KB130859

반에 반의 반

반에 반의

반

천운영
소설

문학동네

차례

우리는
우리의 편이
되어

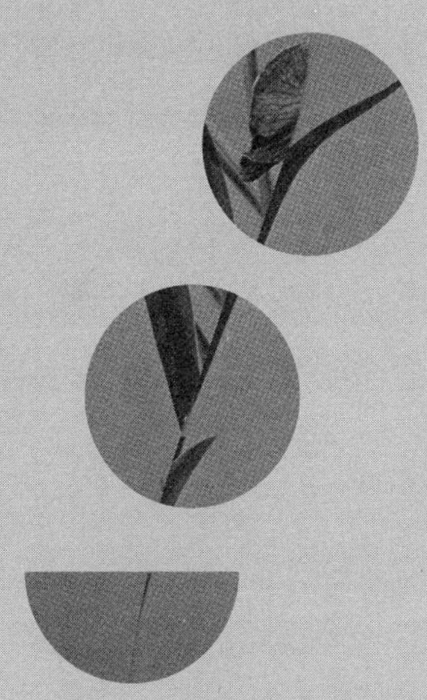

너를 처음 만난 건 네 엄마를 통해서였다. 임신한 몸으로 예술대학에 입학한 삼십대 여자. 그녀를 설명하는 하나의 요소로 너는 존재했다. 질감 혹은 예감 같은 것. 너로 인해 그녀는 더 빛이 났다. 그래서 나는 말할 수 있는 걸까? 네가 태어나기 전부터 너를 알고 있었다고. 네가 뱃속에서 감지하던 세상을 나도 얼마간 공유했다고.

팔다리가 무척 길쭉한 아이였다고 기억한다. 백일이 조금 지났을 무렵, 너를 보러 함께 갔던 친구 하나가, 그렇지 않아도 긴 너의 다리를 잡아 늘리며 무용을 시켜야겠다 했던 것도. 네 손가락과 팔과 다리와 목에 손을 얹으며, 무용수에서 배우로 모델에서 피아니스트로, 네 것이 아닌 우리의 희망을 주고받던 때. 너는 무엇이든 될 수 있었다. 무엇이든 되어야 했다. 무엇이든 될 것이었다. 그게 우리의 너였다. 그리고 그때의 우리는, 무언가 되지 못할까 두려워하며 무언가 되려고 안간힘을 쓰던 때, 지금의 네 나이와 같았다.

그래서 너는 무용을 배웠을까? 피아노가 아니라 그림에서 소질을 발견했을까? 너의 그 기다란 손가락은, 스물몇 해 전 우리를 꿈꾸게 만들었던 너의 몸은 여전히 길고 어여쁠까? 네 소식을 전해 듣기는 했다. 네 엄마와 주고받는 안부와 인사 속에서, 너는 기특하고 굳건하고 독립적인 아이로 성장해갔다. 하지만 나에게 너는 여전히 네 엄마와 연결된 존재, 누군가의 딸이었다.

너를 알고 싶었다. 누군가의 프리즘을 통해서 전해듣는 네가 아니라, 내가 직접 보고 듣고 만져서 느껴지는, 네 입에서 나오고 네 몸이 발산하는 너라는 인간을. 그런데 왜 너였을까?

관세법인에서 통관부 소속으로 있어요. 해외에서 들어오는 물류 서류 만들어서 수입 신고하는 일을 하죠. 지금까지요? 별거 별거 진짜 많이 했는데 그걸 다 말하라고요? 학교 다닐 때 과에서 제 별명이 알바몬 언니였을 정돈데?

첫 알바는 재수할 때 물류센터. 옷 실밥 제거하고 다리고 접어서 포장하고 송장 빼서 발송하는 일. 시간당 오천원. 한 달에 오십만원 정도 받았어요. 두번째는 라멘집. 서빙으로 들어갔는데 얼마 지나니까 주방 보조도 하라고. 꼭 그렇게 서빙으로 뽑아놓고 주방 보조 카운터 다 보라고 하지. 그래도 뭐 난 끈기가 있으니까 하라는 대로 뭐든 잘하지. 그뒤에 이자카야 횟집 다 마찬가지였지. 학교 다닐 때는 학교 앞 편의점에서 야간 알바하고, 주말에는 고속터미널 지하상가에서 가방 팔고. 편의점은 술 취한 사람들 토해놓는 거 질려서 두 달 만에 그만뒀어요. 휴학하고 보험회사에서 보험 설계사로 십일 개월 일했고. 홈플러스 콜센터에서 온갖 진상들 상대하고 번 돈으로 뉴질랜드 워킹홀리데이 갔다 왔고. 복학한 다음 아웃렛에서 신발 팔았고, 지금 일하는 관세법인까지. 진짜 쉰 적이 없네요.

제가 일을 좀 잘하거든요. 가방 팔 때는 가방 팔기의 신이었지, 보험회사에서는 보험왕 MVP 다 해봤구. 보통 열 건만 해도 한 달에 이백오십 정도 나오는데 한 달에 이삼십 건씩 하니 당연히 보험왕이지. 제가 담당한 상해보험이 보험에서도 제일 팔기 힘든 상품이거든요? 생판 모르는 사람한테 전화해서 계좌번호까지 알아내는 건데, 그걸 타이머 켜놓고 이십 분 만에 딱 끝내죠. 어려우면 어려울수록 재미가 나죠.

워킹홀리데이는 한마디로 유혈 낭자. 무작정 뉴질랜드 크라이스트처치로 가서 6인 도미토리 숙소 잡고 여기저기 원서 넣고 기다렸거든요. 거기가 공장들이 많아요. 쿠키 공장 초콜릿 공장 그 많은 공장들 중에서 연락 온 데가 딱 거기뿐이었던 거지. 진짜 큰 닭 도축 공장이었는데, 뉴질랜드 닭은 거기서 다 잡을걸요? 그중에서 제가 일한 파트가 더티 파트, 행잉이라고 닭 죽여서 오면 고리에 거는 건데, 덜 죽어서 오기도 하고 완전 피바다에 냄새 작렬 말 그대로 더티였죠.

고통스러운 시간이었어요. 일도 일이지만 제가 풍토병이 좀 심하게 왔거든요. 공항 도착하면서부터 간지럽더니 피부가 다 벗겨질 정도로 올라와서, 의사 한번 만나는 데도 돈이 드니까 그냥 송진으로 만든 민간약으로 반신욕하고, 보디 왁스를 밀랍처럼 바르고 돌아다니고, 스테로이드제 처방받아서 하루 몇 번씩 먹고 그랬는데 소용없었어요. 일하는 내내 잠도 못 자고 신경은 예민해지고, 삼 개월 정도 버티다가 더이상 정상적으로 일을 할 수 없는 지경이 돼서 그만뒀어요. 그렇게 번 돈으로 완전 고물 중고 도요타를 한 대 사서는, 한 달 동안 차박 하면서 남섬 다 찍고, 배에 차 실어 북섬으로 가서 또 돌고. 아, 그때 재밌었는데. 동네 아저씨들이랑 낚시도 가고. 극한까지 버텨보려는 게 아니라 정말 재밌어서. 이 찰나의 경험이 언젠가 도움이 될 거다, 항상 그런 생각으로 일하죠.

돈 벌어서 뭐 했냐면, 거의 대부분 영화 만드는 데 썼죠. 여자친구랑 맛있는 거 사 먹고 생활비 쓰고, 현재 통장 잔고는 백칠십만 원 정도 되려나? 독립하고 싶긴 한데, 방 하나 얻는 것도 힘들죠, 쥐뿔도 없는 사람한테는. 그냥 하루하루 쌔가 빠지지. 상대적 박탈감? 있죠, 왜 없겠어요. 제가 다닌 예술학과가 미대 안에서도 가장 부잣집 애들이 오는 과예요. 졸업하고 우아하게 갤러리 가는. 입학하고서 깜짝 놀랐잖아요. 다들 입시 과외 받고 뭐 해서 들어왔다는 거야. 어머 나 디게 잘 왔네? 없는 집안에서? 학원도 안 다니고 혼자 공부해서 여길 어떻게 왔지? 부럽다기보다는, 이상했어요. 이십대인데 집에서 지원을 받는다? 저로서는 생각도 못해본 일이죠.

그래도 뭐, 출발점이 좋아서 일찍 성취하는 사람도 있겠지만, 저처럼 자기가 알아서 길을 열어야 하는 사람도 있는 거지. 예술학과에서 워홀 가고 보험왕 되는 사람? 없다. 인생 쫄지 말자. 각자 갈 길 가는 거다. 저는 그게 다 경험이라 생각해요. 나는 프로페셔널하다라는 생각으로, 역할에 완전 몰입해서, 끝까지 연기를 수행한다고 할까? 결국에는 제가 아주 잘될 거라 생각해요. 잘될 거니까 괜찮아요. 내가 나를 인정하니까. 그거면 된 거지. 그래서 제가 부모에게 뭘 받았냐면? 바로 이런 점. 긍정적인 사고? 좋은 성격? 좀더 깊이 들어가면, 예술적 자질?

나는 지금 네가 머리 잘린 닭을 고리에 걸던 그 도시, 크라이스트처치에 와 있다. 무슨 운명처럼. 이곳에서 이 주간 격리를 한 후 최종 목적지를 향해 쇄빙선을 타고 이동할 것이다. 참 멀리까지도 왔구나. 풍토병이 아니라 전염병이 창궐하는 이 시기에, 총을 든 군인들의 감시 속에 호송차를 타고 격리 숙소로 이동하는 동안 어쩐지 나라를 잃고 떠도는 난민이 된 기분이 들었다. 여행자가 아닌, 자국민을 위험에 빠뜨릴지도 모를 잠재적 병원체. 네가 꼭 가보라고 알려주었던 이 도시의 아름다운 공원에는 아무래도 가지 못할 것 같다.

숙소는 공항 활주로가 내려다보이는 호텔이다. 하루 두 번 주어지는 산책 시간을 제외하고는 배정된 방을 벗어날 수 없다. 이착륙하는 항공기를 바라보며 녹음된 너의 목소리를 듣는다. 어디선가 초콜릿 냄새가 흘러들어오는 것만 같다. 네가 공장에 원서를 넣어보았다는 그 유명한 상표의 쿠키가 후식으로 나왔다. 혀가 얼얼하게 달았다. 닭 공장이 아니라 쿠키 공장에서 연락이 왔었다면, 너의 뉴질랜드는 조금 더 달콤해졌을까? 워킹이 아니라 홀리데이에 가까워졌을까?

저녁식사를 마치고 산책을 다녀왔다. 비록 펜스로 막힌 호텔 주위를 도는 것뿐이지만 이곳의 풀숲 냄새가 섞인 바람을 쐴 수 있는 유일한 시간이다. 언젠가 이 바람을 가르며 달리던 낡은 도요타는 형광색이었으면 좋겠다.

뉴질랜드에서 돌아온 직후의 너를 만난 적이 있다. 네 엄마와 함께였다. 그때의 너는 짧은 머리에 염색을 했는데, 연보라색이었는지 연녹색이었는지는 가물가물하지만, 그와 딱 어울리는 컬러 서클렌즈를 착용했었던 것은 생생히 기억난다. 어찌하면 그런 색이 나오는지 물었다. 탈색은 몇 번이나 했는지 시간은 얼마나 걸리는

지. 당장이라도 너와 같은 색으로 염색을 할 사람처럼. 결국 네가 연보라 대신 흑색으로 천연 헤나 염색을 해주었다. 내가 갖고 싶었던 것은 연보라 머리칼이 아니라 네가 발산하는 생동감 그 자체였을 것이다.

부모가 왜 가난한지는 알 수가 없죠. 남동생 태어났을 때 망했다고 하는데. 무슨 일이 있었는지는 모르죠. 물어보지도 않았고. 그건 부모의 일이니까, 자식이라고 모든 걸 다 알아야 할 권리가 있는 건 아니잖아요. 그냥 받아들인 거죠. 저 어릴 적에 할머니가 그렇게 칭찬을 해요. 어린애가 돈 모은다고. 그런데 그게 칭찬할 부분인가? 애가 대체 왜 돈을 모으겠어? 쓰기도 바쁠 나이에. 경제적으로 도움이 되어야 한다, 그런 생각이 있었던 거지. 엄마도 저보고 알아서 잘 컸다고 자랑스러워하시지만, 애는 알아서 안 커요. 끊임없이 보살펴야 해요. 서운한 건 아니고 나중에 생각해보니 그렇다는 거예요. 그래서 이렇게 독립적으로 자라게 됐으니까 괜찮아요. 엄마한테 질척거리거나 감정적으로 의지하지 않고 자랐으니까, 독립적이라면 독립적인 거겠죠?

어린 시절 좋았던 기억이라면. 여의도에서 초등학교 다닐 때. 그때까지는 그래도 순탄했다는 느낌이 들어요. 63빌딩 일층에 서점이 하나 있는데 거기 앉아서 책도 보고. 국회도서관도 가고. 집에서 도서관 가는 길에 공갈호떡 파는 데가 있었거든요. 그거 사

먹으라고 엄마가 돈을 주세요. 호떡 하나 사서 입에 물고 걸어가는 길도 좋았고, 책 읽고 나면 엄마가 독후감을 쓰게 했는데, 그 시간도 좋았어요. 지금도 아주 좋은 기억으로 남아 있어요. 기분 좋은 기억은 딱 거기까지. 갑자기 부산으로 내려가게 되면서 좋은 시절 끝.

엄마는 서울에서 따로 떨어져서 지내고, 동생이랑 저랑 부산에 맡겨졌는데, 할머니에 증조할머니까지 같이 살았으니 누가 누굴 교육시키고 보호하고 그럴 처지가 아니었어요. 그야말로 낙동강 오리알이 된 거지. 제대로 씻기지도 않아서 더러우니까 사람들한테 무시받지, 학교 가면 서울말 쓴다고 애들한테 왕따당하지. 그래서 저 혼자 살길을 찾았죠. 어떻게? 제일 센 사람한테 붙는 걸로. 동네 짱 언니들, 학교 일진들. 누구 오른팔이 되니까 편해지더라구요.

남동생도 제가 빡빡 씻겨서 옷도 깨끗하게 입혀서 데리고 다니고. 괴롭히는 애들 험담하는 애들 다 찾아서 같이 두들겨패주고. 동네도 별로 안 좋은 동네고 같이 다니는 애들도 안 좋은 애들이라 거기서 별 나쁜 경험 다 했는데, 어른들한테는 그냥 말 안 했어요. 징징거리거나 할 처지가 아니라는 걸 알았으니까. 제가 원래 수긍을 잘하는 성격이에요. 그래서 살아남는 법을 배운 거 같아요. 잡풀처럼 잘 살아남았죠. 그때 같이 어울려 다니던 사람들? 물론 지금은 안 만나죠. 거기서 대학 간 사람 나밖에 없을걸요? 사는 게 다르니까 자연스럽게 멀어진 거지.

너는 어디까지 얘기할 것인가. 나는 어디까지 들을 수 있을까. 너는 그걸 취약 계층에게 무수히 일어나는 일들이라 표현했다. 취약 계층. 명치가 저리다.

자주 녹음 파일을 멈추고 먼 곳으로 시선을 돌린다. 마침 활주로를 이동하는 항공기 한 대가 보인다. 나는 집요하게 항공기를 쫓는다. 어느 순간 땅을 박차고 올라, 더이상 보이지 않을 정도로 멀어질 때까지.

어린 여자애가 잡풀처럼 혼자 살아남는 법을 배워야 했던 그 시절. 나는 대학을 졸업하고 막막한 시간을 보내고 있었다. 아무것도 되지 못한 채 되고 싶은 것과 하고 싶지 않은 일을 오가며. 돌파하기 위해, 살아남기 위해, 좌절하지 않기 위해 안간힘을 쓰며 살았다. 두렵고 불안했다. 국가 부도 금융 위기 파산 도산. 그런 단어들을 피해가기가 전염병보다 어렵던 시절. 네 엄마와는 한동안 연락이 되지 않았다. 수년이 지나 네 엄마와 다시 연락이 되어 서로의 사정을 주고받았다. 각자가 견뎌왔던 시간들을.

그때 너는 내게 없는 사람이었다. 내가 듣고 이해했던 시간은 모두 네 엄마의 것이었다. 결코 피해갈 수 없었던 과거와 그로 인해 짊어지고 있는 현재와 그후로 얼마나 더 감내해야 할지 모를 미래를 전해들었다. 그래서 나는 네 이야기를 들으면서 자주, 설명이나 변명을 얹고 싶어지는 것이다. 우리도 힘들었다고. 그 고난의 시절을 정면으로 뚫고 나가야만 했던 세대였다고. 생은 언제나 처음 맞닥뜨리는 사건들의 연속이니까. 같은 일이 일어나도 같은 실수를 하기 마련이니까.

우리는 각자, 자신의 생을 밀고 나가기 위해 온 힘을 다했을 뿐이다.

생애 첫 기억이라면 동생 태어나던 날. 그때 제가 네 살이었는데, 엄마가 소리를 지르던 게 기억나요. 끔찍한 소리였어요. 엄마가 죽어가는구나. 그 생각만 났어요. 나는 구석에 처박혀서 벽에 등을 쿵쿵 찧으면서 서 있고, 그게 병원이었는지 어디였는지는 기억이 안 나는데, 이게 무슨 일인가, 엄마가 죽어가는데 왜 다들 아무것도 안 하고 있나. 남동생이 태어났고, 엄마를 위로해주는 건지 축하해주는 건지 사람들이 모여 있는 게 느껴지고. 다른 건 잘 기억 안 나요. 딱 하나, 엄마가 죽는구나라는 생각 빼고는.

나중에 애는 안 낳을 거 같아요. 혼자 몸 건사하기도 어려운데, 지금 세상에 어떻게 아이를 낳아요. 아이라는 걸 떠올려보면 도와줘야 한다는 느낌이지, 귀엽다 이쁘다 사랑스럽다 그런 느낌은 없어요. 물론 좋아하죠, 좋아해요. 제가, 돌봐줘야 하는 사람을 좋아하는 거 같아요. 동생은 말할 것도 없고 여자친구한테도 제가 항상 양보를 하는 편이죠. 제가 장녀고 동생이 장애가 있어서 어릴 때부터 양보가 몸에 밴 게 아닐까요. 가끔 화가 치밀어오를 때도 있어요. 혼자 있고 싶기도 해요. 애인도 없이 누구 살필 사람도 없이, 날 신경쓰는 사람도 없이.

향수 뿌려드릴까요? 우드 앤드 로열이라고, 제가 좋아하는 향이에요. 여자친구가 사줬어요. 저랑 잘 어울리죠. 이모는 끌로에 쓰시죠? 엄마가 말해줬어요. 이모가 즐겨 뿌리는 향수라고. 엄마는 언제나 이모를 자랑스러워하셨죠. 저도 한동안 그거 썼었는데. 남동생은 그냥 어쩔 수 없다고 생각해요. 제가 빨리 성공해서 책임을 져야죠. 좋든 싫든 당연히, 결국은 제가. 선호의 문제가 아니라 책임인 거죠. 가족이니까. 이 립스틱도 한번 발라보실래요? 제가 쿨톤이라, 핑크 계열이 어울려요. 이모는 조금 더 진한 색을 바르셔야 하겠는데.

엄마는 장애인 아들을 키우는 걸 소명으로 삼고 거기 올인해서 살아왔어요. 사랑스러운 방식으로. 고단한 쪽에서 희망을 찾고 에너지를 발산하고 있는 거 같아요. 열심히 걸어다니면서 마음을 추스르죠. 어쩔 수 없는 거다 받아들이면서, 끊임없이 걷고 산책하면서 시를 쓰고, 희망을 노래하죠. 무엇보다 시를 놓지 않는 거 보면 존경심이 들어요. 누가 대단히 알아주는 작업도 아닌데, 막힐 만도 하고 포기할 만도 한데, 언제나 시를 붙들고 있거든요. 정말 쉽지 않은 일이잖아요? 하긴 저도 영화는 끝까지 붙들고 있을 거 같아요.

·

너의 이런 면이 좋다. 이야기를 하다가 갑자기 좋아하는 립스틱을 꺼내 내 입술에 발라주는 순간. 그리고 다시 하던 이야기로 자연스럽게 돌아가는. 무심하게 숨을 참고 태연히 숨을 고르는 사이. 너는 안쓰럽게 따스하다.

네가 책망을 하는 게 아닌데도 나는 자꾸 변명을 하게 된다. 이해한다는 말은 하지 않았다. 대신 내가 지금 쓰고 있는 향수를 보여주었다. 시트러스 톱 노트의 중성적인 향수였다. 이것도 마음에 드네요. 너의 말이 괜찮다는 말처럼 들렸다.

우리는 세 번의 만남을 가졌다. 한 번은 네가 잘 가는 카페에서, 또 한 번은 내 집과 네가 다녔던 학교에서. 세번째는 잡지에 실릴 사진을 위해 사진작가와 함께였다. 한 잡지사에서 인터뷰를 중심으로 한 새로운 형식의 소설을 제안했을 때, 내 머릿속에 곧장 떠오른 사람이 바로 너였다. 네 엄마에게 연락처를 받았다. 전화로 이런저런 설명을 늘어놓으면서도 큰 기대는 하지 않았다. 너는 흔쾌히 제안을 받아들였다. 뭐든 물어보세요, 재밌겠네요, 재밌어 보이니까 할게요. 이모가 뭘 쓸지 궁금해요. 그런데 나한테 뭐가 있으려나?

세번째 만난 날 밤에 네 엄마에게서 문자메시지가 왔다. 먼길 가기 전에 보고 가. 통상적인 문자였다. 내가 어디론가 떠날 때면 밥이라도 한끼 먹여 보내야 마음이 놓이던 사람이니까. 하지만 이번

만큼은 그저 밥 한끼가 아니라는 걸 알았다. 바빠도 시간 좀 내. 내가 너 있는 쪽으로 갈게. 올 것이 왔다고 느꼈다. 내가 먼저 만나자고 했어야 했는지도 모른다. 내가 들은 것은 너의 시간들이지만, 그 시간 속에는 네 엄마의 시간도 들어 있으니까. 너의 역사이면서 동시에 네 엄마의 역사이기도 하니까.

그러고 보니 네 엄마와 나는 딱 네 나이만큼의 시간을 쌓아왔구나. 각자의 사정에 치여 수년씩 연락도 없이 지내다가 무람없이 다시 만나기도 하고, 명절을 챙기듯 서로의 대소사를 챙기거나, 친자매처럼 며칠씩 일을 봐주기도 하면서, 여기까지 왔다. 그 시간을 유지해온 것은 전적으로 네 엄마의 노력 덕분이다. 적당한 거리와 애틋한 친밀감으로. 어쩌면 이 일이 우리의 역사에 종지부를 찍게 할지도 모르겠다는 예감이 든다. 이쯤에서 그만두어야 하는 게 아닐까. 너를 쓰는 일은 하지 말아야 하는 게 아닐까. 너와 나의 세계는 어떻게 만날 수 있을까. 나는 왜 너를 써야만 한다고 생각했던 걸까.

약속을 잡았다. 너에게는 알리지 않았다.

처음 찍은 영화는, 제목은 아직 못 정했는데, 이야기는 이래요. 다 쓰러져가는 집에 사는 여자가 있는데, 강가에 나갔다가 물귀신을 보고 도망을 쳐요. 그때부터 봉변들이 생기는 거죠. 집으로 도망갔다가 기차를 타고 서울까지 오는데 계속해서 이상한 일이 생

기는 거예요. 그래서 대체 그 강가에서 무슨 일이 있었나 확인을 하러 돌아가는데, 결국 물귀신이 나와서 여자를 끌고 들어가요. 물귀신이 바로 자신이었던 거지. 자기가 죽었는지도 모르고 죽음에서 벗어나려고 발버둥치다가 결국 죽은 자신에게 끌려들어가는 얘기. 지금 편집 단계인데 보강해야 할 게 많아서 놔두고 있어요.

제가 좀 으스스한 걸 좋아하거든요. 학교에서 발표한 페이퍼 내용도 거의 악마성에 관한 거였어요. 졸업논문도 오컬트 영화를 가지고 썼는데. 제목이요? 좀 쑥스러운데, 하도 길어서 저도 찾아봐야 하는데, 제 논문을 통과시켜주신 교수님 감사합니다, 여기 있네요, 「오컬트 호러 영화에 나타난 절단과 밀폐의 이미지—중세 악마성 연구를 중심으로」. 네 제목은 그렇다 합니다. 으스스한데 으스스한 걸 넘어서는 거, 지나가는 행인처럼 쾌활하게 풀어내는 영화를 만들고 싶어요.

지금 편집중인 단편은 그야말로 처치 곤란한 감정에 대한 이야기예요. 진정되지 못하는 감정을 소리로 표현하고 싶었어요. 제가 지금 잠깐 친구네 집 비어 있는 동안 살고 있는데, 거기서 알 수 없는 소리가 나는 거예요. 그걸 어떻게도 처리할 수가 없어. 그래서 시작한 영화예요. 사진 보여드릴까요? 이거 붙이는 데 이틀 걸렸어요. 퇴근하고 밤새워가면서 붙였죠. 부적지예요. 원래 경면주사라는 안료로 써야 부적이 되는 건데, 내용을 쓰지 않은 그냥 종이예요. 뭐가 쓰여 있으면 그걸로 한정되니까. 그럼 진짜 부적이 되니까. 주술적인 거 안 좋아해요. 부적지가 주는 색감하고 문양이 필요했던 거죠. 집 자체를 노란색으로 만드는 게 중요했어요. 그 집에서 시작해서 그 집에서 끝나요. 다음달이면 친구가 돌아올 텐데, 그전에 작업을 끝마쳐야죠.

또다른 단편은 편집증을 가진 여자가 주인공인데, 누가 집에 침입해서 자기를 죽이려 한다고 생각해요. 의심을 하기 시작하면 현실을 왜곡하잖아요. 그런 감정에 대해 얘기하고 싶었어요. 자메이카 영화 중에 〈어려우면 어려울수록〉이라는 영화가 있거든요. 조직에 들어가서 다 쏴 죽이는 얘긴데 마음을 울리더라구요. 나쁠수록 좋다. 그럴수록 더 좋다. 그런 비슷한 제목으로 영화를 만들어보고 싶었는데, 〈I Feel Good〉이라는 노래가 생각났어요, 그 노래가 나오면서 힘든 감정이 한꺼번에 해결되는 거죠. 기분좋아.

여자친구가 주인공이고, 촬영 의상 조명 편집 저 혼자 다 했어요. 의상도 구제 시장에서 사서 리폼 다 하고. 제가 직접 했죠. 원래 패션에 관심이 많거든요. 제가 입는 옷들도 거의 대부분 빈티지 숍에서 사서 고친 거예요. 제일 가성비 좋은 건 모피. 요즘엔 모피들을 안 입는 추세니까 엄청 싸죠. 저 모피 좋아해요. 그냥 모피가 좋아요. 홀리는 기분이 있거든요. 무스탕 양가죽 이런 거. 지금 세대 말고 옛날 세대가 입던 거. 디자인도 다르고 색감도 특이하고. 새 옷에서 느낄 수 없는 독특한 느낌이 있어요. 누군가 몸에 걸쳐서 팔꿈치도 나오고 몸의 굴곡도 잡혀 있고, 시간이 축적되어 있는 느낌이랄까?

모피를 좋아한다? 문제적인 발언이죠. 욕먹는다는 것도 알아요. 제가 속한 집단은 특히나 그렇죠. 여성권 동물권 비건. 이런 게 한 세트처럼 묶여 있잖아요. 사람들이 점점 더 솔직하지 못해지는 거 같아요. 모두가 박물관 센서라도 밟을 것처럼 조심하고 살아. 사람이 원래 삐죽삐죽한 게 있는 건데, 어떤 포맷에 맞춰 살아야 한다고 강박적으로 느끼는 거, 어떤 흐름에 맞춰서 살아가는 거, 그거야말로 교조적인 거 아닌가? 에코가 기호랑 맥을 같이해서 소비되고. 그런 식으로 프리미엄 붙인 옷을 입고, 동물복지니 뭐니 비싼 거 사먹으면 환경 생각하는 사람 되는 거, 정말 별로예요.

정치에는 관심 없어요. 예전에는 진보 단체에서 청소년 잡지도 같이 만들고. 지금 정치 하면 생각나는 단어는 무력감? 알고 싶지도 않고 판단하고 싶지도 않고 관심이 아예 없어요. 선거는 다른 건 안 봐요. 여자 편인 사람을 뽑는다. 여자 후보를 뽑는다. 제가 여자고, 여자를 좋아하는 사람으로서, 늘 여자 편이죠. 물론 페미니스트예요. 페미니스트가 아닐 이유가 없고요. 무슨 구실이 필요해요? 많은 부분에서 고통을 더 많이 받고 있는 사람이 여자들인데. 페미니스트 아닌 이십대 여자를 찾아보기 힘들걸요?

엄마가 되고 싶었다. 그저 좋아서 닮고 싶었을 것이다. 엄마가 되겠다고 하면 대부분의 어른들은 여자라면 누구나 되는 거니 다른 걸 생각해보라고 했다. 누구나 된다는 그 꿈을 나는 이루지 못했다. 결혼은 안 해도 애는 낳겠다 선언도 해보았지만, 지금은 물리적으로 애를 낳을 수 없는 몸에 이르렀다. 그리하여 그 꿈은 아니 된 꿈, 이루지 못한 꿈, 결코 이룰 수 없는 꿈으로 남았다. 사람들은 때때로 이렇게 추궁한다. 애를 낳아보지도 않은 사람이 세상에 대해 뭘 알겠느냐, 부모로서 의무와 책임을 져본 적도 없는 사람이 어찌. 꼭 애를 낳아봐야만 아느냐 항변도 해보았지만, 솔직히 지금으로선 자신이 없다. 나는 결코 알지 못할 것이다. 엄마가 된다는 게 무엇인지.

엄마가 되는 대신 개를 한 마리 키웠다. 그 개에게는 기회를 주고 싶었다. 의사와는 상관없이 교배를 시켜 새끼를 낳게 했다. 네 마리 중 둘이 살아남았고, 그중 가장 건강한 아이를 네 집에 입양 보냈다. 다섯 살이 되어도 말이 어눌했던 네 동생을 위해. 증상의 발현을 인정하라고 조언하는 대신, 내 새끼의 새끼를 밀어넣었다. 비겁했지만 그게 내가 할 수 있는 최선이라 여겼다. 새끼를 다루는 네 동생의 손길은 서툴 수밖에 없었다. 그렇게 나도 네게 짐을 지웠다. 네가 잘 보살펴줘야 해, 엄마처럼. 그때의 네 표정을 기억한다. 제가요? 얘도 보살피라고요? 어린애가 더 어린 애를 보살피고 있는 것을 안쓰러워했으면서도 나는, 그 안쓰러운 아이에게 의무와 책임을 하나 더 얹었다.

지금 여자친구는 사귄 지 삼 년 정도 되네요. 저를 테크노 바에 처음 데리고 간 사람이기도 하고. 여자친구랑 같이 클럽 한번 가 보실래요? 테크노 좋아하시려나? 다른 음악에 비해 잡생각 센티멘털한 생각 이런 거 안 들게 해서 좋아요. 둥둥거리는 느낌도 좋고. 남들 상관없이 혼자 노는 분위기도 좋고. 여자친구를 말해보자면, 일단 위트가 있고, 말이 많지는 않지만 재밌고, 그냥 보고 있으면 너무 웃기고, 별 이상한 짓을 하더라도 용서가 되고, 신기하게도 대화가 끊어지질 않아요.

퀴어는 아무래도 꼬리표가 따라붙기 마련이죠. 기본적으로 우리 세대가 정치적으로 올발라야 한다는 생각을 가지고 있고, 학교에 퀴어 동아리도 많이 활성화되어 있는 편이어서, 적어도 불쾌감을 표시하거나 그러지는 못하고 인정하는 분위기지만, 여고 때는 큰 이슈가 되곤 했어요.

처음에는 약간 혼란스러운 정도. 왜 저 여자애가 좋을까, 왜 이런 감정이 들지? 친구 사이가 깊어져서? 좀 고민하다가 그냥 자연스럽게 받아들였어요. 중고등학교에서 남자친구는 중요한 부분이니까, 관심도 있고 사귀기도 해봤는데, 남자한테는 사랑이랄지 그런 느낌은 안 드는 거예요. 첫 여자친구 사귀고 확실히 알게 된 거죠. 한 번도 느껴보지 못한 강렬한 감정 같은 거. 지독한 느낌이 있었던 거죠. 헤어질 때까지 편지를 하루 두 통씩 썼으니까요. 언제 사랑한다는 확신이 들었냐 물으신다면, 글쎄요? 저는 좀 저차원적이긴 한데, 질투하는 감정으로 알아차린 거 같아요. 남자한테는 그런 적이 없었어요. 사랑 때문에 울어보거나 집착하거나 그런 것도 없고.

여자친구랑 처음엔 정말 많이 싸웠는데. 사소한 말다툼에서 시작해 길거리 주먹다짐까지 장난 아니었어요. 레즈비언 사이에서 질투와 구속? 부끄럽지만 그런 경향이 있긴 하죠. 왜 그런지는 몰라요. 사람마다 다르겠죠. 우리는 이제 서로 적응된 거 같기도 하고. 어쩔 수 없다 포기한 것도 같고. 서로 이 사람 없이 못살겠다 깨달은 거 같기도 하고. 연애 많이 해봤지만, 이 사람은 운명 같아요. 이렇게 운명적으로 느낀 건 처음이야. 예쁘고 성격도 매력적이어서 남자들한테 인기 엄청 많고 과에서 아이돌 같은 존재였는데, 뒤늦게 남자가 아니라 여자를 사랑하게 된 거예요. 내가 더 좋으니까 내 옆에 있는 거고. 날 진짜 사랑하는 걸 내가 아니까. 미래를 생각하면 항상 여자친구가 함께 있어요. 결혼도 생각해요. 나중에 외국 나가서 결혼식도 하고 싶어요.

운명을 이야기하던 너의 표정이 떠오른다. 사랑하고 있는 중이라는 어김없는 증거들. 언제였던가, 나는. 사랑이나 운명을 예감하고, 질투라든가 집착이라든가 하는 감정에 흔들리던 때가 언제였나. 그런 들끓는 감정과 멀어지는 방향으로 길을 잡아가기 시작한 것은 언제부터였을까. 너의 하모니 안의 하모니를 찾아가는 걸음과는 다른 방식으로 나는 걸어왔다. 나에게도 너와 같은 청춘의 시절이 있었다고 얘기해볼까? 다시 오지 않을 시절이다.

엄마한테 커밍아웃은 이 년 전에, 아셔야 할 때가 된 거 같아서, 맥주 한잔 마시면서 그냥 직설적으로 얘기했어요. 나는 여자를 좋아하고, 지금 여자를 만나고 있다. 그때 엄마는 그렇구나 하면서 포용력 있게 이해해주는 것처럼 보였지만, 실제로 그 속은 아주 처참했을 거예요. 아무래도 종교적으로 허용이 안 되는 부분이니까. 엄마가 믿는 종교에서 우리 같은 사람은 악마나 병균, 흑사병과 같아요.

그래서 전 개종했어요. 가톨릭으로. 나는 하느님을 믿으니까 옆집으로 간 거죠. 영세도 받았어요. 어느 날 교회에 갔는데 일층에 부스를 차려놓고 동성애 반대 서명을 받고 있는 거예요. 대형 현수막도 걸려 있고, 예배 시간에 목사님이 완전 뭐라고 흥분하면서 서명하고 가라고, 구약 들먹이면서 수간이랑 같은 거라고, 그런 데를 어떻게 계속 다녀요. 저는 항상 제 편이기 때문에, 하느님 편도 아니고 동네 아줌마 편도 아니고 엄마 편도 아니고, 제 편입이다. 그러니 저에겐 종교를 선택할 권리가 있는 거죠. 그땐 아직 제가 동성애자인 걸 얘기하지 않은 상태니까, 엄마한테 뭐라 설명을 할 수가 없는 거예요. 그래서 대형교회에 대한 환멸, 뭐 그런 뻔한 이유 대가면서, 하느님은 믿는다, 그러면 된 거 아니냐. 설득이 되겠어요? 논리가 안 따라주는데. 그래도 엄마 특유의 성격으로, 그래 그냥 이해해주자, 하며 넘어가준 거죠. 그게 저한테 타격을 주진 않아요. 타격? 일도 없어요. 어쩔 수 없는 거지 뭐, 열받는 것도 없고, 이해시키고 싶지도 않고, 그런가보다, 하면서 넘어가죠.

그렇게 서로 모른 척 한동안 평화롭게 지냈는데 사달이 난 거죠. 학교 패션디자인과에서 만드는 잡지가 있는데, 포토그래퍼로 활동하는 후배가 인터뷰 요청을 해온 거예요. 재밌겠다 싶어서 응했죠. 여자친구랑 같이. 바 빌려서 바텐딩 하는 것도 연출해서 찍고, 여자친구가 바텐더 알바를 하고 있었거든요, 스튜디오 촬영도 하고 재밌었는데. 잡지를 받아서 어딘가 뒀는데 그걸 엄마가 본 거지. 굳이 그걸 인터뷰까지 할 필요가 있었냐, 뭐 자랑이라고 사진까지 찍느냐, 화가 나서 소리 소리 지르고 난리가 난 거지. 그래서 저도 같이 소리지르다가 집 나와 모텔에서 잤어요.

저한테는 너무 당연한 거고 자연스러운 건데, 그냥 생활인 건데, 엄마한테는 안 되는 거구나. 예상은 했는데 그렇게까지 나올 줄은 몰랐죠. 세대 차이가 날 수도 있는 거고, 엄마 입장도 이해가 되긴 하지만, 이게 막으려고 해도 막을 수 있는 일이 아니잖아요? 내 존재를 거부하는 사람이 있으면 나도 거부할 거야, 그런 생각이지만, 엄마는 거부할 수 있는 존재가 아니니까, 그래서 그냥 서로 각자 인생 사는 걸로, 이해하는 게 아니라 외면하는 방식으로,

묻어두는 거죠.

아빠는 의외로 쿨한 태도였어요. 원래 자유방임, 책임도 안 지고 혼자 지내는 사람이니까 당연한 반응이었지. 그래도 감동적이긴 했어요. 왼손잡이 같은 거라고, 엄마는 종교적인 도그마가 있는 사람이니 이해하고, 너는 자유로운 분위기에서 착하고 좋은 사람 만나라, 응원한다 편지도 써서 주셨는데, 코팅해서 보관해두고 있어요. 잘되길 바라야죠. 자식이라도 엄마 아빠 일은 잘 모르는 거니까. 그런데 엄마가 많이 외로울 거 같아. 나는 여자친구랑 떨어져 있으면 되게 외로운데, 어떻게 그렇게 오래 떨어져 지낼 수 있지?

엄마가 이해해줄지는…… 글쎄요…… 엄마는 인내심이 좀 강한 사람이에요. 보통 사람들이라면 이게 말이 되나 싶게. 나는 엄마가 인고하는 사람으로 살지 않았으면 좋겠는데. 엄마 입장에서는 내가 유일하게 의지가 되는 사람, 믿는 자식인 건데, 그 믿는 자식한테 발등을 찍힌 거니까 제가 이해를 해야 하는 부분이겠죠? 언젠가는 엄마도 이해해줄 날이 있겠지, 그렇게 믿고 있어요.

집으로는 다시 못 들어갈 거 같아요. 이제 나올 때가 된 거지. 제 작업을 위해서도 그렇고. 그러려면 일단 방을 하나 구해야 하는데. 현실적으로 어려운 일이죠.

나는 좀 가혹했다. 네 엄마에게 선부터 그었다. 오늘만큼은 언니 편이 되어줄 수가 없다고. 전적으로 네 편에 설 수밖에 없다고. 그렇게 해서는 안 되었다. 우선 네 엄마의 심정부터 헤아렸어야 했다. 천천히 시간을 들여 설득했어야 했다. 한결같은 지지와 애정을 보내왔던 네 엄마를 철저히 외면했다. 받아들이라고. 이해가 안 되면 공부를 하라고, 외면하지 말라고. 야멸차고 가혹하게 몰아붙였다. 그녀의 눈에 눈물이 들어차는 것을 보고도 멈추지 않았다. 나는 왜 그렇게까지 가혹해야 했을까. 내가 너를 대변해야 한다고 생각했을까? 너를 대변함으로써 나는 우리 세대의 사람들과는 다르다고 선을 긋고 싶었던 걸까? 페미니스트라 주장하는 가부장적 남성들처럼, 나는 우리 세대가 아니라 다음 세대 편이라 주장하고 싶었나?

내가 글을 쓰지 말기를 원하는 것이냐 물었다. 잠시 갈등하는 게 느껴졌다. 솔직한 심정으로는 그랬을 것이다. 그 말을 어떻게 할지 나를 만나러 오는 내내 되뇌었을 것이다. 안 썼으면 좋겠지만 써야 한다면 누군지 모르게 써달라고 했다. 사진은 싣지 말아달라고 했다. 꼭 써야 한다면 네가 누군지 알 수 없게 해달라고 했다. 내 작업을 응원하고 지지해왔던 사람으로서가 아니라 누군가의 엄마로서 하는 부탁이었다. 나는 네게 물어보겠다고 했다. 네가 원하는 대로 하는 것이 좋겠다 주장했다. 내 작업을 지지하지는 않아도 네가 선택한 방식을 지지해달라고 설득했다. 너의 용기와 너의 선언을 받아달라고.

전적으로 네 편이었다는 말에 거짓은 없다. 하지만 그 순간 내가 가졌던 두려움이 전적으로 너를 향한 마음 때문이었는지는 자신이 없다. 이 작업을 끝내지 못하게 될 것에 대한 걱정이 없었다 말할 수 있을까? 그녀를 만나고 돌아오면서 네게 가장 필요한 게 무얼까 생각해보았다.

내가 나가 있는 동안 작업실 좀 봐줄래? 진짜 쪼그만 옥탑방이야. 너무 초라해서 와 있으라고 하기도 민망한데. 겨울이라 가끔 보일러도 틀어놓아야 하고. 한번 와서 보고 살 만하다 싶으면……

당연히 좋죠. 무조건 좋아요. 저 추운 거 좋아해요. 살 만하지 않으면 제가 살 만하게 바꿔드릴게요. 해방촌 옥탑방도 제가 다 고쳐놨어요. 그런데 이모, 제가 작업을 해야 해서, 가끔 여자친구가 와도 괜찮을까요?

당연히 괜찮지, 뭐하러 물어. 그럼 혼자 있으려고?

당연히 우린 함께죠. 고마워요 내 편 해줘서.

네 엄마도 똑같이 말했어. 네 편 되어줘서 고맙다고.

엄마는 원래 사랑스럽잖아요.

사진이랑 이름은 어떻게 하면 좋을까?

난 실루엣만 나오는 거 싫은데. 하지만 저 옆얼굴이 더 예쁘긴 해요. 이왕이면 오른쪽으로. 이름은 글쎄요. 내가 나중에 뭐든 성취해서 유명해질 텐데, 내가 이런 사람이라는 건 다 알게 될 텐데,

도대체 뭐가 무서운 건지. 그래도 그건 엄마 뜻대로 예명을 생각해볼게요. 아니다, 그냥 제 이름으로 해주세요. 성은 빼고 그냥 이름만. 엄마가 제 이름을 정말 예쁘게 지어주셨으니까요.

인터뷰를 하는 동안 나는 너였다가 네 엄마였다가 네 애인이었다. 그중에 하나가 되어야 한다면, 나는 네 엄마를 택하기로 했다. 누군가 한편을 들어야 한다면 고민 없이 난 네 엄마 편이다. 네 말대로 많은 부분에서 더 많은 고통을 받은 사람이 엄마니까. 엄마가 되어보지 않은 사람은 결코 알 수 없는 어떤 시간을 통과한 사람이니까. 누구보다 맹렬히 사랑스럽게 여전히. 어쩌면 이 글은 너와 네 엄마에 관한 이야기가 아닐지도 모르겠다. 엄마가 되지 못한 나에 관한 이야기, 결코 되어보지 못한 꿈에 대한 이야기일지도.

아버지가
되어주오

어머니는 이렇게 말하기로 했다고 한다.

저 사람은 시골에 내려가 살자고 하는데 나는 시골에서 살고 싶지 않다. 불편한 건 견딜 수 있지만 벌레는 못 참겠다. 벌에 쏘여서 쇼크 상태에 빠진 적도 있다. 그때 죽을 수도 있었다. 여생을 고향에서 보내고 싶다는 사람 말리고 싶은 생각은 없다. 내 고향은 지금 살고 있는 이곳이다. 떨어져 산 지는 몇 년 되었다. 이미 별거 상태나 다름없다. 각자 저 좋아하는 곳에서 저 하고 싶은 대로 살면서 여생을 보내고 싶다.

그러면 아버지가 이렇게 마무리할 생각이었다.

이 사람이 원하는 대로 해주고 싶다.

시나리오는 아버지가 짰다. 최대한 사실에 근거할 것. 추잡하거나 세속적이지 않을 것. 평범하지만 충분히 납득할 만할 것. 귀책 사유를 한쪽에 전가하지 말 것. 이러한 원칙하에 공을 들여 완성한 시나리오였다. 하나하나가 사실이었으므로 실수할 염려도 없었다. 필요하다면 증거를 제출할 수도 있었다. 이혼 사유로 제법 그럴싸했고 이상적이기까지 하다고 아버지는 생각했다.

아버지의 시나리오는 무용했다. 누구도 이유를 물어오지 않았으니 아버지도 어머니도 대답할 기회조차 없었다. 같은 목적을 가진 부부들이 한방에 모여 차례를 기다리다가 이름이 불리면 판사 앞으로 나가 이혼을 확정받는 것이 전부였다. 한 쌍도 아니고 네 쌍씩 일렬로 서서, 성적표를 받듯 확인서를 받아 챙겼다. 그걸로 끝이었다. 오십 년 결혼관계가 그렇게 끝을 맺었다. 낙제점을 받고도 합격증을 챙긴 셈이었다.

법원에서 나온 아버지는 어머니와 조금 떨어져서 걸었다. 아버지가 앞서고 어머니가 뒤따랐다. 주차장을 가로질러 주차된 차에 다다를 때까지 거리를 유지하며 긴장을 늦추지 않았다. 다음 목적지는 구청이었다. 확인서 접수까지 마치면 서류상으로 완벽한 남이 될 것이었다. 구청은 차로 십 분 거리에 있었다. 어머니가 한발 늦게 차에 올라타 안전벨트를 맸다. 아버지는 시동을 걸며 어머니에게 물었다.

나 안 버릴 거지?

어머니는 그저 피식 웃었다. 아버지가 재차 물었다.

진짜 버리는 거 아니지?

이 모든 과정은 아버지 입으로 직접 말해줘서 알았다. 구청에서 신고까지 마친 아버지는 곧바로 자식들을 소집했다. 중식당이었고 따로 룸 예약이 되어 있었다. 나를 포함한 세 남매가 비슷한 시각에 도착했는데, 아버지는 이미 볶음땅콩 반찬에 백주를 마시고 있었다. 자식들이 자리를 찾아 앉고, 음식 주문을 넣자마자, 아버지는 이혼을 공표했다. 이혼을 해서 얻게 되는 세금 혜택 등을 언급하면서 그간의 과정을 브리핑했다. 자신이 쓴 시나리오가 얼마나 이상적이고 진취적이었는지에 관해서도. 무엇보다 당신들의 이혼은 진짜가 아니라 위장일 뿐이며, 부부의 관계는 앞으로도 변함이 없으리라는 점을 강조했다. 자식들에게 조금이라도 더 남겨주려 행한 일이니 감사의 마음을 가지라는 공치사도 잊지 않았다.

요리가 나오기 시작했다. 지난 어머니 생일 모임 때보다 가짓수가 많았다. 아버지는 자주 술잔을 들어올리며 무언가를 기념하고 싶어했다. 기념하고 싶은 것이 성공적인 위장 이혼인지 여전히 유효한 결혼생활인지는 알 수 없었다. 나는 단무지를 씹으며 아버지가 쓴 시나리오에 대해 생각했다.

이토록 터무니없는 시나리오라니. 물론 하나하나 사실이었다. 아버지는 떠나온 지 육십 년 만에 고향을 찾았고, 폐가를 포함한 천 평의 대나무 밭을 구입한 다음, 폐가를 헐어 터를 닦고 축대를 쌓고 집을 지었다. 처음에는 시골 별장의 개념으로 주말이면 가끔 들르다가, 일에서 손을 뗀 후에는 아주 내려가 살기 시작했다. 자수성가한 남자가 꿈꾸는 금의환향의 진부한 방식. 여기까지는 사실이다. 하지만 마을이 훤히 내려다보이는 언덕에 군림하듯 집을 지은 것은 아버지가 맞지만, 천 평의 땅에 과실나무와 꽃나무를 조화롭게 심고 가꾼 것은 어머니였다. 모기에 물리고 쐐기에 쏘이고 개미떼의 습격을 받으면서도 잡초를 제거하고 모종을 심고 천연 퇴비를 뿌리고 채소를 수확한 것도 어머니였다.

그런 어머니가 벌레 때문에 이혼을 결심했다니. 원하는 대로 해주겠다는 말을 다른 사람도 아니고 아버지가 하려 했다니. 아버지는 어쩌면 자신의 과오들을 덮기 위해 시나리오를 썼는지도 몰랐다. 진짜 이혼이 아니라 가짜 이혼을 위한, 가장 거짓된 사유들을 만들어냈는지도. 어머니에게 시나리오 따위는 필요하지 않았다. 살아온 이야기를 들려주는 것만으로도 충분히 이혼할 수 있었다. 아버지의 수많은 성격적 결함을 언급하지 않아도, 온갖 폭언과 폭력적 사건들을 구구절절이 늘어놓지 않아도, 대부분의 여자들이 감내해야만 했던 희생과 고통만으로도, 이혼의 사유는 차고도 넘쳤다. 필요한 건 시나리오가 아니라 어머니의 결단이었다.

취기가 오른 아버지는 식사로 주문한 우동을 그릇째 들고 국물을 마셨다. 양파조각 하나가 턱을 거쳐 앞섶으로 흘러내렸다. 어머니가 냅킨으로 조심스럽게 양파조각을 집어올리자, 아버지가 그 손을 끌어 잡으며 말했다.

그런데 내가 말이다, 법원에서 나와서 이렇게 가고 있는데 말이다, 기분이 이상한 게 진짜 이혼을 한 거마냥 슬퍼지는 게, 이러다가 진짜 느이 엄마한테 버림받는 거 아닌가, 어디로 도망가버리는 거 아닌가, 갑자기 겁이 확 나면서 다리가 덜덜 떨리는데 말이다, 이렇게 살아온 게 다 느이 엄마 덕이라는 걸 내가 왜 모르겠느냐, 다 알지, 내가 여자 하나는 잘 만났지, 세상에 느이 엄마 같은 여자 없지, 그런데 느이 엄마는 아직 저렇게 젊고, 난 이렇게나 늙었고, 고혈압에 당뇨에 류머티즘에, 온갖 병을 달고 사는 상늙은이지.

나는 좀 진절머리가 났다. 세상 물정 모르는 어린 여자애를 작정하고 임신시켜 결혼해서는, 호강은커녕 평생 멋대로 굴면서 함부로 대하고 부려먹을 대로 부려먹더니, 다 늙어빠져서야 비굴하게 징징대며 애원하는 꼴이라니. 얼마나 좋은 사람인지 다 알고 있다면서, 엄마 덕으로 살았다면서, 내 어머니를 그깟 벌레 때문에 이혼하려는 여자로 만들다니. 끝까지 이기적이고 변함없이 사악했다. 나는 아버지를 향해 그러게 평소에 좀 잘하고 살지 그러셨냐고 쌀쌀맞게 쏘아붙였다.

이왕 서류상으로 정리가 된 거 진짜로 이혼해버리세요. 이제부터 엄마 인생, 마음껏 누리며 사시라니까.

내친김에 그동안 내 어머니가 감내해왔던 희생과 고통에 대해

이야기했다. 아버지의 잘못된 행태들을 조목조목 따져 물었다. 그땐 왜 그러셨어요, 지금이라도 제대로 사과하세요, 말이나 좀 곱게 하시든가, 엄마가 몸종이에요? 하녀예요? 그러다가 진짜 이혼당해요. 비난인 걸 알면서도 멈출 수가 없었다. 두 동생들에게도 거들기를 부추기며 기세를 높였다. 그렇게 나는 우리 가족과 아버지 사이에 선을 그었다. 한쪽은 명백한 가해자였고 또 한쪽은 지금도 여전히 고통받는 피해자 집단이었다.

어머니는 별다른 말이 없었다. 아버지는 법원에 다녀온 여파 때문인지, 아니면 정말로 무언가 깨달은 바가 있어서인지 묵묵히 내 말을 들었다. 변명도 반박도 없었다. 아버지는 확실히 늙었다. 왕좌를 빼앗겼고 제국은 사라졌다. 나는 약간의 쾌감을 느꼈다. 무언가 해낸 것 같았다. 어머니를 대변하고, 어머니의 역사를 복원하고, 어머니를 새로운 삶으로 인도하리라. 어머니의 딸로서, 마땅히 했어야 할 일을, 이제야 비로소 이행하노라.

그날 저녁 모임을 소집한 사람은 아버지였지만, 저녁값은 내가 지불했다. 무사히 이혼에 성공한 것을 진심으로 축하하면서, 모임이 마무리될 즈음 미리 계산을 마치는 것으로 아버지가 누리려 했던 주최자의 지위를 차단했다. 비록 서류상일 뿐이라지만, 이혼의 기쁨을 누릴 자격은 아버지가 아니라 우리에게 있었다. 아버지를 제외한 어머니와 우리들. 아버지는 조금 더 빼앗길 필요가 있었다. 아버지는 그동안 지나치게 누리고 살았다.

제일 먼 곳에 사는 셋째가 아이들을 태워 가장 먼저 출발했다. 나는 주최자처럼 중국집 입구에 서서 배웅했다. 밤바람이 선선하니 좋았다. 술은 반 모금밖에 대지 않았지만 불쾌해진 기분이 들었다. 본가와 가까이 사는 둘째가 아버지를 차에 태웠다. 화장실에 다녀온 어머니가 뒤늦게 나와 내 등뒤에 서는 것이 느껴졌다. 어머니를 한번 안아드리고 싶었다. 몸을 돌리려는데 어머니가 내 등에 몸을 꼭 붙여왔다. 그리고 등에 대고 말했다.

이럴 땐 꼭, 느이 아빠구나, 딱, 네 아빠야.

단어 하나하나에 힘을 준 목소리였다. 나는 좀 억울했다. 단지 어머니 편에 섰을 뿐인데. 언제나 그래왔듯 아버지에게 대항하고 어머니를 대변했는데. 감사는 아니어도 비난이 돌아오리라고는 상상도 못했다. 꿈에서라도 듣고 싶지 않은 말을, 그것도 어머니에게서. 오늘 같은 날에. 이 완벽한 날에. 뭐라 반박을 하고 싶었지만 혀가 움직이지 않았다.

어머니는 어느새 내 옆에 서 있었다. 오만원권 지폐 몇 장을 내게 내밀며, 보태라, 했다. 뭐라 토를 달기도 전에 손에 힘을 주어 내 주머니 속으로 돈을 집어넣었다. 보태. 어머니 손길에 결기가 느껴졌다. 어머니가 몸을 돌려 나와 정면으로 눈을 맞추었다. 그리고 물었다.

넌 네 엄마 인생이, 그렇게 정리되면, 좋겠니?

어머니가 무슨 말을 하려는지 감이 잡히지 않았다.

네 말대로라면 내 인생 참……

어머니가 숨을 깊게 들이마셨다 내쉬었다. 그리고 말했다.

슬프지 않겠니?

나는 좀 황망해졌다. 등짝을 호되게 얻어맞은 기분이었다. 어머니는 나를 남겨두고 둘째네 차 쪽으로 걸어갔다. 차 뒤편으로 돌아 뒷좌석 문을 열고 차에 올라탔다. 아버지 얼굴에 가려 어머니 모습이 보이지 않았다. 시동이 걸리고 둘째네 차가 움직이기 시작하자 아버지가 차창을 내리고 고개를 내밀었다.

운전 조심해라.

아버지는 해맑게 웃으며 손을 흔들었다.

결국 나는 혼자가 되었다. 배웅을 하고 남은 것이 아니라, 모두 떠나고 버려진 것 같았다. 그제야 아버지의 두려움이 이해되었다.

어머니는 그런 사람이었다.

*

어머니는 스물두 살에 나를 낳았다. 결혼식은 그로부터 일 년 뒤 신문회관에서 치렀다. 함박눈이 내리는 포근한 토요일이었다. 예식을 위해 내 어머니는 허리께까지 기른 머리칼을 잘라 가발을 만들어 썼다. 재클린 케네디 스타일의 부푼 머리가 유행하던 시절이었다. 아버지가 첫눈에 반했다던 검고 풍성한 머리카락은 신부

머리를 완성하고 사라졌다. 신부 측과 신랑 측 가족들은 결혼식에서 처음 인사를 나눴다. 상견례 같은 건 없었다. 답례품으로는 종로떡방에서 맞춘 찹쌀떡을 나눠주었다. 신혼여행은 택시를 대절해 남산을 한 바퀴 도는 것으로 대신했다. 친구들이 그 뒤를 따르며 적당한 곳에 차를 세우고 기념사진을 찍어주었다. 외가 식구들은 케이블카를 타고 올라가 남산타워를 구경했다. 그때 나를 업은 사람은 할아버지였다. 신랑 신부를 태운 택시는 직장 동료들이 결혼 선물로 예약해준 평창동의 호텔로 향했다. 외가 식구들은 다 함께 신혼집으로 가서 저녁을 지어 먹고 다음날 돌아올 신혼부부를 기다렸다.

어머니와 아버지는 직장에서 만났다. 무교동의 어느 다방에서 고백을 듣기 전까지 어머니는 아버지를 잘 몰랐다. 안면은 있지만 대화를 나누는 사이는 아니었다. 아버지는 그날을 위해 무려 열 달을 기다렸다고 한다.

1968년 순천에서 여고를 졸업한 어머니는 어머니의 이모부가 전기기사로 일하고 있는 인쇄소의 일자리를 소개받는다. 쿠데타 때 위험을 무릅쓰고 전단지를 찍어 뿌린 업적으로 순식간에 커버렸다는 대형 인쇄소였다. 어머니와 세 살 터울의 내 이모는 마침 맞게 여중을 졸업하고 무악재에 있는 서울여상에 합격한 상태였다. 두 사람은 영천시장 근처에 한 칸짜리 방을 구해 서울 생활을 시작한다. 영천에서 전차를 타면 독립문을 통과해 서대문 지나 종로 수송동으로 출근하기 수월했고, 무악재 서울여상까지는 걸어서 갈 만한 거리였다.

어머니는 문선공이었다. 활자케이스에서 활자를 뽑아 문선 상자에 옮겨 담는 일을 했다. 어머니는 거기서 영자 파트를 담당했는데, 한글이나 한자보다는 일이 수월해서 시간당 일천 자를 담을 수 있었다. 당시 고졸 출신 초봉이 삼천삼백원. 잔업수당과 야근수당을 추가하면 대략 사천원이 조금 넘는 돈을 받았다. 하루 여덟 시간 근무를 기준으로 계산하면, 일천 자를 옮겨 담는 데 십삼원을 받은 셈이다. 당시 왕복 전차비는 이원 오십전 버스비는 십원이었다.

그 시절, 사람들은 어머니를 남양이라 불렀는데, 호칭에 대한 거부감은 없었다고 한다. 모두들 그렇게 불렀고 그렇게 불리는 것을 당연히 여겼다. 함께 면접을 보고 입사한 여자 동기가 넷 있었는데, 어머니처럼 여고를 막 졸업한 동갑내기들로 덕성여고 출신의 채양, 온양여고 출신의 한양, 인천여고 출신의 김양, 서로를 그렇게 부르며 친하게 지냈다. 업무가 끝나고 나면 둘씩 셋씩 짝을 지어 팔짱을 끼고 명동이나 남대문 일대를 돌며 어울려 다녔다. 안 살 거면 뭣하러 만지냐 호통치는 장사치들이 무서워 멀찍이서 구경만 했다. 그것만으로도 즐거웠다. 어머니에게 첫 사회생활은 호칭만 바뀐 여고 생활의 연장이었다. 인쇄소 수위인 고모부의 소개로 입사한 채양과는 특히 각별히 지냈는데, 어머니에게 자리를 알아봐준 전기기사 이모부가 채양의 고모부와 같은 사무실에서 일했던 터라, 틈만 나면 각자의 이모부와 고모부가 있는 수위실로 달려가 함께 호빵을 쪄 먹거나 라디오를 들으며 놀았다. 그들은 때때로 서로의 집으로 가서 밤을 새우며 놀기도 했는데, 채양 집에 다녀온 어머니는 함께 살던 이모에게 서울 사람들은 이렇게 살더라, 하며 그 집 풍경을 세세히 들려주곤 했다.

염리동 한옥집이었는데, 가봤더니 글쎄 처마밑에 굴비를 엮어서 주욱 걸어놓은 거야. 그 비싼 굴비를. 서울 사람들은 이렇게 사는구나 했지. 무슨 날 되고 그러면 채양이 음식을 찬합에 싸서 가져다주고 그랬어. 그때 빈대떡이라는 걸 처음 먹어봤네. 빈대떡은 서울 음식이지. 기름에 지글지글하게 지져가지고 왔는데 얼마나 맛있던지. 우린 풋전이나 생선전 이런 거나 해 먹었지 빈대떡이란 건 말로만 들어봤어. 어느 날 채양이 청평이란 데를 가자고 그러데? 청량리에서 기차를 타고 청평역에 내려 배를 타고 건너갔어. 나는 과일 좀 사고 음료수도 사고 그래서 갔는데, 채양은 뭘 잔뜩 싸온 거야. 김밥도 싸고 나물도 무치고 전도 부치고. 아침부터 참 많이도 준비해왔더라. 거기가 강이었는지 계곡이었는지 아무튼 나무 그늘에 자리를 펴고 앉아서, 수박이었는지 참외였는지 물에 담가놓고는, 도시락 꺼내 까서 먹고 누웠다가 일어나서 발 좀 첨벙이다가, 뭐 하는 것도 별로 없이 그냥 앉아 과일이나 까먹고 돌아왔는데, 얼마나 재미가 나던지, 참 좋다, 참 좋다, 참 좋다, 계속 그러면서 앉아 있었지 뭐야. 다시 배 타고 나오면서 우리 또 오자 약속했어. 뭐가 그리 좋았는지는 가물가물한데, 그 느낌은 두고두고 기억이 나. 아 좋다, 참 재미나다, 우리 다시 오자.

채양은 그곳에서 열 달을 채우고 광명에 있는 다른 인쇄소로 이직을 한다. 규모가 두 배쯤 되는 곳이었다. 신입에서 경력직이 되니 월급이 삼천삼백원에서 일만이천원으로 뛰더라고 내 어머니에게 알려주었다. 한양과 김양도 무슨 이유에선지 갑작스레 회사를 그만둔다. 채양이 광명의 인쇄소에 자리가 있다고 알려주었지만, 어머니는 영천에서 광명까지 다니기에는 너무 멀다고 판단해 포기했다. 결국 인쇄소에는 순천여고 출신의 남양만 남았다. 혼자 남은 어머니는 외로웠다. 수위실도 혼자서는 들락거리기 편하지 않았다. 어머니는 그제야 비로소 여고 생활을 마치고 낯선 사회에 발을 디딘 기분이 들었다. 아버지가 어머니를 불러세운 건 그즈음이었다.

아버지는 문선부 한자 파트에서 일했다. 영자 파트와 같은 층을 쓰고 있었지만 칸막이로 나누어져 있어서 교류는 거의 없었다. 오며 가며 안면은 익혔지만 말 한번 섞지 않은 사람이었다. 아버지는 종로 1가 전차 정거장에서 기다리고 있었다. 아버지의 집은 신영동이었으니 가던 길은 아니었다. 어머니가 혼자 쓸쓸히 걸어갔고 아버지가 알은척을 했다. 명자씨라 불렀다. 남양도 아니고 명자씨. 어머니보다 나이가 훨씬 많은 남자가 명자씨. 어머니는 아버지 성도 이름도 몰랐다. 아버지는 할 얘기가 있으니 어디 가서 커피를 마시자 했다. 어머니는 경계심이 없었다. 달리 급한 일이 있는 것도 아니었으므로 거절할 이유가 없었다. 어머니는 아버지가 이끄는 대로 따라갔다. 테이블마다 칸막이가 있는 다방이었다. 아버지는 커피를 어머니는 요구르트를 주문했다. 주문한 음료가 나오기 전에 아버지가 고백했다. 첫눈에 반했노라고. 오랜 시간 지켜보고 있었노라고.

아버지는 군대를 마치고 어머니보다 두 달 먼저 인쇄소에 입사했다. 그리고 어느 날 새로 들어온 문선부 직원들이 일렬로 서서 인사를 하는 모습을 지켜보게 되었다. 그중에 단연 어머니가 눈에 띄었다. 긴 생머리에 미니스커트를 입은 내 어머니는 예뻤다. 날씬하고 고왔다. 그때부터 아버지는 어머니를 지켜보았다. 볼수록 마음에 들었다. 다소곳하고 상냥하고 성실했다. 목소리도 웃음소리도 나긋나긋 부드러웠다. 말을 건네고 싶었으나 어머니 주변엔 항상 붙어다니는 여자애들이 있었다. 무엇보다 불안했던 것은 아버지처럼 어머니를 엿보며 기회를 노리는 남자들이 여럿 보인다는 것이었다. 어머니가 외로이 혼자 남게 되었을 때, 아버지는 그 기회를 놓치지 않았다.

아버지가 어머니에게 말했다. 나하고 연애합시다, 명자씨. 어머니는 당황했다. 아버지는 어머니보다 아홉 살이나 많았다. 아홉 살이나 많은 남자는 아저씨였다. 삼촌이나 당숙이나 아버지처럼, 보호를 받고 공경을 주는 대상. 연애가 무언지 정확히 알지 못했지만, 연애란 또래 남자애들과 인연을 맺는 것이라고 막연히 생각하고 있었다. 그런데 연애라니. 이름도 몰랐던 아저씨와 연애라니. 그런데도 어머니는 바로 거절하지 않았다. 생각해보겠다고 했다.

그때부터 나도 눈여겨봤지. 시선이 갈 수밖에. 가만 보니까 그 사람 왼손잡이더라? 왼손잡이는 속도를 낼 수가 없거든? 문선이란 게 활자를 골라서 왼쪽에서 오른쪽으로 차곡차곡 쌓아야 하는데 왼손잡이라 손이 자꾸 엉키는 거야. 당연히 속도가 안 나지. 게다가 한자는 영자보다 좀더 복잡하거든. 그런데 오른손잡이들하고 속도를 맞추려고 기를 쓰고 일하는데, 그렇게 집중해서 일하는 사람은 첨 봤어. 내가 살펴보고 있는데도 모르더라. 입술을 앞으로 요롷게 뾰족하게 오므리고서는, 눈동자도 안 흔들리고 활자 옮기는 데만 집중하는데, 애쓰는 그 모습이 어쩐지 안쓰럽고, 또 어쩐지 예쁘고. 그래서 해보자 했어, 그 연애라는 거.

어머니는 임신 육 개월이 될 때까지 내 존재를 자각하지 못했다. 그만큼 무지했다. 워낙 마른 체형에다 생리는 불규칙했고, 임신과 관련된 증상도 뚜렷이 나타나지 않은 탓이었다. 평소보다 약간 불룩하다 싶은 정도였던 아랫배는 그 상태에서 크게 변하지 않았다. 뒤늦게 입덧이 시작되었고 임신이라는 걸 깨달은 순간, 어머니는 제일 먼저 할아버지를 떠올렸다. 한 번도 본 적 없는 뱃속의 태아보다 할아버지가 더 중요했으므로, 결정을 내리는 데 주저함이 없었다.

병원은 아버지가 알아보았다. 서울에서 제일 좋은 산부인과라고 했다. 의사는 수술하기에 좋은 시기는 아니지만 불가능한 것은 아니라고 했다. 어머니는 그 자리에서 당장 수술을 받겠다고 했다. 어머니에게 나는 실체감이 있는 어떤 생명체가 아니라, 차멀미를 일으키는 기름냄새처럼 막연한 증상 같은 거였다. 더 늦기 전에 나는 없는 것이 되어야 했다. 그때 나를 살린 것은 아버지였다. 대기실에서 수술 차례를 기다리던 아버지는 갑자기 무서워졌다고 한다. 나중에 큰 벌을 받게 될 것 같았다고. 그래서 아버지는 어머니를 돌려세우고, 일단 살림을 차리고 보자고 제안했다.

그냥 같이 삽시다, 명자씨.

어머니는 알겠다고 했다. 다음날 아버지는 함께 살 집을 구했다. 방이 두 개에 마당까지 있는 단독주택이었다. 산골 고개에 있는 집이라 가파른 계단을 올라야 한다는 단점이 있었으나, 월세를 내지 않아도 될 뿐 아니라 아직 학교를 마치지 않은 이모에게 방 하나를 내어줄 수도 있었다. 아버지는 직접 풀을 쒀서 도배를 하고 장판을 새로 깔고 부엌을 손봐 얼추 신혼집에 걸맞은 모양새를 만들었다. 살림살이는 각자 집에서 쓰던 것들을 그대로 가져왔지만, 침구만큼은 새로 장만했다. 이사를 마치고 난 후 어머니는 할아버지에게 편지를 써서 새 주소를 알렸다. 아버지와 함께 살게 되었다는 것도, 뱃속의 내 존재에 대해서도. 답신은 없었다.

사 개월 후 나는 당시 서울에서 제일 좋은 산부인과에서 3.2킬로그램의 건강한 아이로 태어난다. 그저 아랫배에 힘 몇 번 주는 것만으로 머리를 쑥 내밀고 나왔다고, 들어설 때나 나올 때나 어쩌면 그리 수월한지, 그럴 줄 알았더라면 그렇게 비싼 산부인과에 가지는 않았을 거라고 어머니는 후회했다. 산기를 느낀 어머니가 짐을 챙겨 병원에 도착한 시각이 오전 아홉시. 내가 태어난 시각이 오전 열시 반. 점심으로 나온 닭백숙을 먹고 오후 네시에 퇴원을 했는데, 당시 아버지의 석 달 치 봉급만큼의 금액을 지불해야만 했다. 만 하루도 채우지 못했는데, 미역국도 못 먹었는데. 제일 좋다는 것은 제일 비싸다는 것과 같은 말이었다. 닭 한 마리를 푹 고아 솥째 나온 백숙을 정작 산모는 비린내 때문에 못 먹고 아버지가 대신 먹었다. 아버지는 솥을 다 비운 다음 잠이 들었다. 아버지가 잠든 사이 병원비를 확인한 어머니는 아버지가 깨어나길 기다렸다가 그만 갑시다, 했다. 후에 아버지는 그날 먹은 백숙이 기가 막히게 맛있었던 것은 기억하지만, 잠을 잤던 것은 기억나지 않는다고 했다. 만약 그때 잠이 들었다면 너무 긴장을 했다가 풀어져서 그랬거나, 산모를 위한 온돌방이 지나치게 뜨끈했기 때문일 거라고 변명했다.

집으로 돌아온 어머니는 곧장 할아버지에게 편지를 써서 내가 태어난 것을 알렸다. 태어난 일과 시를 쓰는 것도 잊지 않았다. 답장을 보내는 대신 할아버지는 다른 사람을 보냈다. 어머니의 할머니, 할아버지의 어머니, 내 증조할머니. 증조할머니는 새로 받은 주소 한 장 들고 전라남도 승주군 쌍암면에서 서울 홍제동 집까지 찾아왔다. 한복에 두루마기까지 갖춰 입고, 열차로 여덟 시간, 버스로 갈아타 골목을 돌고 돌아 집까지 꼬박 열두 시간이 걸려 도착했다. 보따리만 이고 지고 다섯 개였다. 전에 몇 번이고 와본 사람처럼 능숙하게. 대문을 열고 마당으로 들어선 증조할머니는 우렁차게 어머니를 불렀다. 명자야, 할미 왔다 명자야.

그 양반이 기골이 장대한 게, 남자로 태어났으면 장군감이라고 다들 그랬어. 발이 얼마나 큰지 여자 고무신은 맞는 게 없어서 남자 고무신을 신고 다니셨다니까. 손도 크고 배포도 커서 집에서 떡을 해도 한 말씩, 모든 게 큰 양반이었어. 아무리 그래도 시골 노인이 주소 한 장 달랑 들고 그 한겨울에, 서울이 어디라고 그리 찾아와. 아버지는 차마 못 오셨을 게야. 엄마를 보내기에는 미덥지가 못했을 테고. 할머니가 먼저 내가 가마 나섰겠지. 유과를 잔뜩 구워 오셨더라고. 옛날식으로 참기름 살짝 발라 숯불에 구운 유과였어. 보따리를 풀다 말고 유과부터 찾아서는 냉큼 입에 넣어주시는 거야. 명자 좋아하는 유과다, 하시면서. 어쩌나 고소하고 맛있던지. 그날 너 낳고 처음으로 미역국을 먹었어. 그 비싼 병원에서도 못 먹어본 미역국을.

증조할머니는 일주일을 머물다 내려갔다. 일주일 동안 매끼 새로 지은 밥과 오래 공들여 쑨 묵이나 나물 반찬으로 어머니의 식사를 챙겼다. 어머니가 밥을 먹는 동안에는 나를 업은 채 연탄불에 유과를 굽거나 무를 졸여 조청을 만들었다. 어머니의 끼니를 챙기고 나를 돌보면서도, 혼자 종로 포목점까지 가서 감을 끊어와 기저귀를 만들어놓기도 했다. 다시 한복에 두루마기를 갖춰 입고 집을 떠나기 전, 증조할머니는 그동안 속주머니에 넣어두었던 할아버지의 편지를 어머니에게 건넸다. 편지에는 내 이름 석 자와 함께 딱 한 문장이 적혀 있었다.

'삼칠일 지나 오니라.'

할아버지는 그런 사람이었다.

*

어머니는 1949년 전라남도 승주군 쌍암면 남강리 남씨 집성촌에서 태어났다. 사범학교를 졸업하고 열여섯 살에 국민학교 교사가 된 할아버지는 열여덟 살에 양씨 성을 가진 해룡 여자와 중매로 결혼해 열아홉에 어머니를 보았는데, 아버지가 되었다는 것에 너무나 감격한 나머지 사흘 동안 등교하는 것도 잊은 채 아이 옆을 지켰다 한다. 밝을 명에 자식 자를 써서 명자라 이름 짓고, 같은 이름의 나무를 구해와 마당에 심었다. 아기씨나무. 명자나무의 다른 이름이다.

다음해 전쟁이 발발했지만 전쟁에 대한 기억은 어머니에게 남아 있지 않다. 나중에 할머니에게 전해들은 바로는, 전쟁이 나자 할아버지는 한동안 어느 절에서 숨어 지냈는데, 할머니가 어머니를 등에 업고 보따리를 이고 든 채 십 리 산길을 올라 할아버지에게 갔더니, 임자 왔는가 고생했네 한마디 없이, 명자가 왔구나 명자가 왔어, 내 어머니만 받아들고 어르고 달랬으니, 그것이 몹시 서운했던 할머니는 어머니는 그대로 놔둔 채 보따리를 도로 싸서 산을 내려갔다고 한다. 할아버지가 무엇 때문에 숨어 지내야 했는지는 정확히 들은 바가 없었지만, 사범학교 시절에 일본 제국 군복을 입고 찍은 사진과 할아버지의 말들을 종합해보건대 재징집이 될까 두려워 피해 있었던 게 아닐까, 어머니는 추측했다. 어쨌거나 그때 절에 남겨진 어머니를 데리러 온 사람이 증조할머니였으며, 집안 소유의 산을 팔아 마련한 돈으로 할아버지의 은신 생활을 끝낸 것도 증조할머니였다고 한다.

전쟁이 끝난 후 할아버지는 도청 소재지 학교에서 근무하기를 원했으나, 무슨 이유에서인지 당시 건구칠동이라 부르던 산골 벽지 국민학교로만 발령이 난다. 그러던 중 드디어 본인이 원하던 도청 소재지로 배정을 받아 혼자 고향을 떠나게 되었는데, 할머니의 오지랖 넓은 자매들은 할아버지의 도시 발령을 두고 걱정이 많았다. 젊은 남자 혼자 놔두었다가는 무슨 사달이 나도 크게 날 거라며 할머니를 들쑤셨다. 할머니의 자매들은 머리를 한데 모으고 대책 회의를 열었고, 고심 끝에 어머니를 함께 보내자는 묘책을 강구해냈다. 어머니에게는 아버지 끼니를 챙기며 수발을 들라는 임무가 내려졌다. 그때 내 어머니 나이 여섯 살이었다. 여섯 살 여자애가 정말로 아버지 수발을 들 수 있을 거라 생각하지는 않았겠지만, 적어도 어머니가 있는 한 할아버지가 한눈을 팔거나 하는 일은 없을 거라는 판단에서였다. 어머니는 할아버지를 지키는 파수꾼, 문지기가 될 것이었다.

자매들의 계략은 맞고도 틀렸다. 문지기는 문을 닫아걸기보다 문을 활짝 여는 사람이 되었다. 여자애들은 끊임없이 그 문을 두들겼다. 삶은 고구마며 호박전이며 갱엿이며 뭐든 하나씩 손에 들고, 명자 잘 있나 보러 왔어요, 말하며 자연스럽게 문턱을 넘었다. 혼자일 때도 있고 여럿일 때도 있었다. 느지막이 학교에 들어와 다 큰 처녀애도 있었고, 어머니보다 조금 클까 말까 한 어린애도 있었다. 젊은 남자 선생 혼자 살고 있었다면 그 누가 되었든 함부로 드나들 수 없었을 집을, 내 어머니를 핑계삼아 마음놓고 드나

들었다. 누군가는 빨래를 해 널고 누군가는 청소를 하고 누군가는 할아버지를 훔쳐보면서.

젊었을 적에 아버지가 참 잘생기셨거든. 키도 크고 눈썹도 진하고 눈도 부리부리하고. 똑똑하지 점잖지 따뜻하지. 그애들이 무슨 요상한 생각을 가지고 온 건 아니었겠지만, 그렇게 한방에 있는 것만으로도 좋지 않았겠어? 젊은 남자 선생님인데. 좋아서 오긴 했지만 달리 할일이 뭐가 있었겠어. 그냥 나를 가운데 두고 빙 둘러앉아서는, 예쁘다 귀엽다 이거 먹어라 저거 먹어라, 애지중지하며 어루만지고 노는 거지. 옷도 해 입히고 그랬어. 치마랑 블라우스랑 직접 손바느질해서. 어린애들이 솜씨들도 좋아. 아버지는 저쪽에 흐뭇하게 앉아 월간지만 읽고 있고. 그런데 그게 참 이상하게 으쓱하고 좋더라. 어린 마음에도 그게 다 느껴지는 거야. 이 애들이 아버지를 이렇게나 좋아하는구나, 아버지는 모두가 좋아하는 사람이구나, 저 사람이 내 아버지구나 그랬지.

어머니와 함께 있어서 할아버지가 한눈을 팔지 못할 거라는 자매들의 예상은 맞았다. 할아버지는 한시도 어머니에게서 눈을 떼지 않았다. 할아버지 곁에는 늘 어머니가 있었다. 어머니는 할아버지와 함께 등교를 하고 수업을 들었다. 할아버지 책상과 마주한 창가 첫번째 자리가 어머니의 지정석이었다. 내용을 알아들을 수는 없지만 어머니의 시선은 언제나 할아버지를 향했다. 수업이 없는 날에는 옷을 차려입고 시내로 나가 팥빙수나 단팥빵 같은 걸 사 먹거나 서점에 들러 월간지와 만화책을 샀다. 어머니는 할아버지가 읽는 월간지를 통해 글자를 익혔다. '자문 밖 설마담'이니 '안개 바다'니 하는 연재소설 제목을 읽으며 할아버지 세계를 엿보았다. 무슨 뜻인지도 모르고 무슨 내용인지도 모르고 그냥 함께 들여다보는 것만으로도 좋았다.

오롯하고도 충만한 날들이었다. 그런 날들에 어머니는 술을 배웠다. 어머니가 접한 술은 일용할 양식이었다. 음악이고 이야기이고 추억이며 참으로 평온하고 아름답고 정겨운 어떤 것이었다. 할아버지는 술을 즐기는 사람이었다. 아침에 눈을 뜨면 자리끼 마시듯 소주 한 컵을 마신 후에야 기척을 하고, 잠자리에 들기 전에도 반드시 한 컵의 소주로 마무리했다. 끼니 대신 술을 마시는 날도 많았다. 술을 마셨다고 자세가 흐트러지거나 실수를 하는 법은 없었다. 오히려 평소보다 생기가 돌았다. 수학여행으로 갔던 교토의 절들을 생생하게 묘사해주는 것도, 일본말로 노래를 불러주는 것도 그때였다. 할아버지가 술잔을 비우면 어머니가 대신 안주를 먹었다. 할아버지가 옛 노래를 흥얼거리면 어머니가 발가락을 꼼지락거리며 박자를 맞추었다. 어머니가 종알거리면 할아버지는 말없이 술잔을 비웠다. 어머니는 할아버지의 가장 좋은 술벗이었다. 그만 자시라는 할머니 잔소리도 없이, 술과 노래와 벗이 있는 정겨운 술상.

어머니가 여고 졸업 후 서울로 떠나면서부터 할아버지는 어머니에게서 온 편지를 벗삼아 술상 위에 펼쳐놓고 술을 마셨다 한다. 한 줄 읽고 한 잔, 두 줄 읊고 한 잔. 그렇게 편지와 주거니 받거니 술을 마시다보면, 내 어머니가 금방이라도 소주 됫병을 옆구리에 끼고 걸어들어올 것 같다고, 할아버지는 어머니에게 보내는 편지에 마지막 인사처럼 덧붙이곤 했다.

술심부름은 다른 누구한테도 안 맡기셨어. 엄마도 안 되고 꼭 나한테만. 명자가 받아오는 술이 제일이라 하셨지. 요즘 같으면 아동 학대니 뭐니 하겠지만. 난 술 받아오는 일이 그렇게 좋더라. 술도가에 가면 다들 알아봤지. 서국민학교 남선생 딸내미로구나 하고. 병은 딱 반만 채워. 당신 하루 자실 만큼만. 반병을 넘기는 법도 남기는 법도 없었어. 그땐 주전자도 아니고 됫병, 유리 됫병이었는데, 여섯 살짜리 애가 들고 가기엔 얼마나 무거워. 그러니 옆구리에 끼었다가 두 손으로 받쳐들었다가 바닥에 내려놨다 하면서 가지. 그렇게 가다 서다 사택으로 향하다보면, 저만치 교문 앞에서 아버지가 기다리고 서 있는 게 보여. 그러면 나는 됫병을 품에 안고 힘을 내서 뛰어가고, 아버지는 아주 오래 헤어졌다 만난 것처럼 두 팔을 벌리고서는, 명자가 왔구나 우리 명자가 왔어, 하시지. 그러려고 보내신 거 같아. 반갑게 맞으려고. 명자가 왔구나, 그 말을 하시려고.

어머니는 할아버지가 편지에 이른 바대로, 삼칠일이 지나길 기다렸다가 길을 나섰다. 따로 기별을 넣지는 않았다. 새벽 첫차를 타고 증조할머니가 왔던 길을 거슬러 쌍암까지 갔다. 고향집 대문 앞에 도착한 것은 저녁 식사 때가 막 지난 무렵이었는데, 한밤중처럼 캄캄했다. 대문을 열고 들어서자 준비하고 있었다는 듯 할머니가 뛰쳐나왔다. 할아버지는 그때 안방에서 유과 한 접시를 놓고 술을 마시는 중이었다. 할머니는 포대기부터 풀어 나를 받아 안았다. 어머니가 먼저 문지방을 넘고 아버지가 뒤따랐다. 할아버지는 술상을 앞에 두고 절을 받았다. 명자가 왔구나, 그 말은 하지 않았다. 대신 할머니를 향해, 술 좀 데워오소, 라고 청했다. 할머니는 안고 있던 나를 할아버지에게 넘기고 술을 데우러 나갔다. 할아버지는 나를 받아 무릎 옆에 뉘었다. 술상을 사이에 두고 할아버지와 내가, 무릎을 꿇은 아버지와 어머니가 있었다. 할머니가 데운 술을 가져왔다. 할아버지가 먼저 아버지에게 술을 따라주었다. 아버지는 두 손으로 공손히 받아 입술을 축이고 내려놓았다. 어머니 앞에는 유과 한 조각이 놓였다. 어머니는 차마 집지 못했다. 술잔이 채워지고 비워지고 마침내 됫병 하나를 다 비운 후, 할아버지는 조용히 상을 물렸다.

우리는 그곳에서 사흘을 머물렀다. 그동안 할아버지는 어머니를 피했다. 꾸짖지는 않았지만 보듬지도 않았다. 이름 한번 불러 주지 않았다. 할아버지는 그 대신 내 얼굴을 들여다보며 술잔을 비웠다. 당신이 직접 지어준 내 이름을 부르며, 요 녀석에 한 잔, 요 이쁜 녀석에 두 잔, 어머니가 받아온 술을 비웠다. 어머니가 태어났을 때 그리했듯, 사흘 내내 내 얼굴만 들여다보며 자리를 지켰다. 어머니는 할아버지의 사랑이 내게로 옮겨간 것을 알았다. 나 또한 그 사랑을 알았는지, 할아버지가 내게 요 녀석 할아버지랑 살래? 라고 물었을 때, 나는 엄마를 향해 빠이빠이 손을 흔들며 미련 없이 할아버지 품에 안겼다고 한다. 동생이 태어난 후부터 내가 아홉 살이 될 때까지, 쌍암으로 내려간 나는 할아버지와 함께 학교 사택을 돌며 살았다. 내 어머니가 그랬던 것처럼 교실 책상 한 자리를 차지하고 도둑 수업을 들었다. 동초등학교 교감선생님 손주딸이로구나 소리를 들으면서.

다시 절을 올리고 서울로 떠나던 날, 할아버지는 그제야 어머니의 이름을 불렀다. 명자야, 하고 불러세운 다음, 어머니에게 말했다.

이제부터 네가, 저 사람 아버지가 되어줘라.

*

아버지는 어떻게 아셨을까. 단 며칠을 함께 지냈을 뿐인데. 그 사람에게 필요한 게 뭔지 어찌 그리 잘 아셨을까. 참 불쌍하게도 살았더라. 얼마나 가난했는지 베갯속으로 넣었던 수순지 보린지를 꺼내 죽을 끓여먹을 정도였단다. 아무리 없이 살아도 우린 배는 안 곯았어. 형편이 좋아서 그런 게 아니라, 강이니 바다니 뭘 주워다 먹을 것도 많았고, 긁어온 다슬기로 근사한 음식을 만들 줄 아는 할머니도 있었으니까. 우린 어떻게든 고등학교까지는 마쳤잖니. 그 시절 교사 월급이라고 해봐야 얼마나 돼. 사실 당신 술값도 안 되는 돈이었을 거야. 누가 감당했겠어. 엄마가 했지. 해룡 외가에 가서 쌀도 지고 오고 고구마도 져오고 참견쟁이 자매들에게 손도 내밀고. 아버지는 우리에게 그저 좋은 사람이었지만, 엄마에게는 아주 대책 없는 사람 아니었겠니. 그렇다고 내 아버지가 잘못 살았다고 어떻게 얘기할 수 있겠어. 아버진 아버지가 할 수 있는 걸 해준 거야. 엄마는 엄마가 할 수 있는 일을 하고.

그 사람은 그게 없었지. 사랑을 주는 아버지도 없고 뒤를 봐주는 엄마도 없고. 그런 세상도 있더구나. 어떤 아버지는 자식을 죽자고 때리고 미워하고, 어떤 어머니는 저 혼자 살겠다고 자식을 매 받이로 밀어넣고 도망을 가고, 어떤 형제들은 서로 시기하고 헐뜯기도 하더구나. 그런 세상에 살았으니 원망만 남지, 울화가 치밀어오르지, 누가 무시할까봐 먼저 공격하지. 처음엔 저 사람이 나한테 왜 이러나, 내가 뭘 잘못해서 저러나 했어. 그 좋은 술을 먹었는데 왜 흥이 안 나고 화가 나는 걸까. 왜 매사에 날을 세우고 꾸짖고 공격을 하나. 그때마다 아버지 말을 떠올렸지.

저 사람 아버지가 되어주어라. 아버지는 왜 나한테 그런 말을 하셨을까? 당부였을까 충고였을까 걱정이었을까. 사랑을 주라는 말이었을까, 사랑을 받으라는 말이었을까. 그래서 일단 사랑을 주기로 했어. 내 아버지는 사랑을 주는 사람이었으니까. 그런데 사랑을 받아본 적이 없는 사람은 사랑을 할 줄도, 받을 줄도 모르더라. 내가 주는 것이 사랑인 줄도 몰랐지. 그래서 사랑을 받는 법부터 알려줘야 했어. 끊임없이 사랑을 주면서. 그래야 또 내가 사랑을 받을 테니까.

난 희생한 적 없어. 하루하루 사랑하면서 살았을 뿐이야. 내가 할 수 있는 걸 하면서. 내가 할 수 있는 게 그것뿐이어서. 그걸 하며 살아온 거야. 네가 그걸 그저 희생으로만 생각한다면, 네 말대로 그 모든 게 그저 희생과 인내였다면, 내 인생이 그런 거였다면, 난 정말 슬플 거 같아.

*

어머니는 그렇게 아버지가 되었다. 어머니의 방식으로 아버지를 키웠다. 내 어머니가 키운 것은 한 남자가 아니라 한 세상이었을 것이다. 모자라고 불안정하고 허점투성이인 어떤 한 세상. 어머니는 그 세상을 품어 아버지가 되었다. 어머니가 가진 사랑스러움으로 보드라움으로 나긋함으로.

아버지는 그렇게 어머니 몸을 통해 다른 세상에서 살게 되었지만, 자신의 아버지가 누구인지, 그 아버지에게 무얼 받고 살았는지 모른다. 아버지는 여전히 아버지 본인으로만 살아가고 있다. 아버지는 어머니와 함께 살기 위해 이혼을 한 사람 같았다. 정말로 어머니에게 버림을 받을까 두려워서인지, 분리 불안이 있는 어린애처럼 어머니 치맛자락을 붙들고 자신만 바라봐주길 바란다. 여전히 어머니의 희생과 보살핌을 필요로 한다.

어머니의 입으로 들려준 아버지의 역사는 지금까지 내가 들어왔던 것과는 다른 결을 가지고 있었다. 나는 줄곧 아버지의 역사를 들으며 자라왔다. 아버지가 얼마나 가난했는지, 가난에서 벗어나기 위해 어떤 고난을 겪고 어떤 노력을 했는지, 도전과 응전 투쟁과 성취의 지난한 과정을 들어왔다. 그 성공의 신화에서 빠지지 않고 등장하는 이야기가 하나 있는데, 오래전 할아버지가 아버지에게 했다던 말이다. 할아버지가 어머니에게 아버지의 아버지가 되어주라고 했던 그날, 할아버지는 아버지에게 이렇게 말했다고 했다.

눈빛이 좋으니 되었다.

처음 받아본 인정과 믿음이었다. 할아버지는 자신을 알아봐준 생애 최초의 사람이었다. 가진 것 하나 없는 아버지의 진가를 알아봐준 높은 안목의 사람. 내가 이렇게 성공할 줄 알아보셨던 거지, 그러니까 그 애지중지 딸을 딱 맡기신 거지, 맞아 죽을 각오를 하고 갔는데 말이야, 닭도 잡아주시고 말이야, 그 양반이 그렇게 사람 볼 줄을 아는 사람이야. 아버지가 할아버지를 떠올리면 항상 그 이야기가 따라왔다.

아버지가 쓴 아버지의 역사는 투쟁의 역사였다. 그것이 어머니 입을 통과하는 순간 사랑의 역사로 바뀌었다. 하지만 내겐 여전히 과오로 점철된 역사로 읽힌다. 고치고 빼앗고 응징해야 할 어떤 것.

내 어머니의 말마따나 그런 이야기를 할 때의 나는 딱 내 아버지다. 혼쭐을 내주고 싶어하는 것도, 집중할 때 입술을 뾰족하게 내밀게 되는 것도, 딱 아버지다. 나는 어머니의 딸이기도 하지만 아버지의 딸이기도 하다. 내 몸에는 어머니의 역사와 아버지의 역사가 공존한다. 간혹 내게서 아버지의 모습이 나올 때면, 나는 이렇게 변명하곤 한다. 어머니 같은 아버지가 없어서 그렇다고. 아버지가 어머니와 같았으면 나도 이리되지 않았을 거라고. 나는 어머니와 같은 아버지를 가지지 못했을 뿐이라고.

어쩌면 나는 어머니에게 배웠어야 했는지도 모른다. 어머니가 되는 법을. 유리 됫병을 들고 조심조심 걸어 아버지에게 가던 어린 계집애의 발걸음을. 비난과 비아냥으로 누군가의 술잔을 엎을 것이 아니라, 가만가만 술잔을 채워주며 귀를 기울이는 법을. 내 어머니가 어머니의 아버지에게 그랬듯.

그런데 아버지는 내 어머니에게서 무얼 배웠을까. 아버지가 되는 법을 배웠을까? 그랬으면 좋겠다. 내 아버지가 그저 권좌를 잃은 늙은 남자가 된 것이 아니었으면 좋겠다. 내 어머니를 아버지로 가졌으니, 이제라도 내 어머니와 같은 아버지로 거듭날 수 있지 않을까? 그러나 그런 일은 결코 일어나지 않을 것만 같다.

나는 여전히 어머니의 역사에 아쉬움이 남는다. 종종 생각한다. 그때 내가 태어나지 않았더라면 어머니의 삶이 지금과 달랐을지. 서울에서 가장 비쌌다던 산부인과에서, 태어날 것이 아니라 죽었더라면. 어머니가 채양을 따라 광명의 인쇄소로 이직을 했더라면. 채양 한양 김양이 아니라 어머니를 탐내던 남자들을 고루고루 만나보았더라면. 속도를 맞추려고 애를 쓰는 왼손잡이 남자의 고투를 어여뻐하지 않았더라면. 할아버지가 내 어머니에게 그런 사랑을 가르치지 않았더라면. 그렇게 꼬리에 꼬리를 물고 생각을 이어가다보면 결국 나는 내가 잉태되던 그 순간으로 다시 돌아간다.

작정하고 달려든 아버지를 물리쳤더라면. 거의 겁탈에 가까운, 아니 분명히 준강간이었을 그 순간을 벗어날 수 있었더라면. 그것을 운명으로 받아들이고 살지 않았더라면. 그런데 어머니는 절대 그런 일은 없었다고 얘기한다.

*

내가 이런 얘기를 자식한테까지 해야 하나 싶어서 말을 안 했는데. 느이 아빠 집에 먼저 찾아간 게 나였어. 남자 혼자 사는 집에 가서 무슨 일이 일어날지 왜 몰라. 다 알았지. 가르쳐주지 않아도 알게 되는 게 있는 거야. 그날은 정말 완벽한 하루였거든. 그래서 찾아갔지 그 집에. 완벽한 날에 함께 있고 싶어서. 그런 날에 네가 생긴 거야.

을지로 불고깃집에서 불고기를 먹었다. 불판에 얹어 구워먹는 고기 맛을 처음 보았어. 버스를 타고 자하문 고개 넘어 세검정으로 갔다. 버스 안에서 처음 손을 잡았어. 내 손 위에 슬그머니 포개진 손이 참 듬직하고도 포근했지. 자하문. 어릴 적 아버지 월간지에서 봤던 제목이 생각났어. '자문 밖 설마담'. 자문이 자하문이라는 걸 그때 알았네. 그 자문 밖에는 자두 밭이 많은 것도. 마침 오얏꽃이 흩날리는 봄날이었다. 자두나무 아래서 술잔을 비웠지. 아버지와 한 상에 앉아 술을 배우던 날처럼 오롯했다. 여름이 되면 다시 와 자두 맛을 보자 약속했다. 자문 밖 자두 맛은 시고도 달콤하리라 생각했다. 완벽한 하루였다. 완벽하게 아름다운. 아름답고도 사랑스러운, 오얏꽃 피던 밤이었다.

반에
반의 반

혹시나 해서 하는 말인데, 너 그거 쓰면 안 된다? 어젠 동생들 맘껏 얘기하라고 가만뒀다만, 아무리 생각해봐도 빈틈이 너무 많다. 그걸 그대로 가져다 쓰면, 물론 그대로 쓰지는 않겠지만, 아무래도 안 될 일이야. 얘기가 어쩌다 관악산까지 거슬러갔는지는 모르겠다만, 거기까지는 가지 말았어야 했어. 그래서 말인데, 언제 한번 나오지 않겠니? 이쪽으로 한번 와라. 큰아버지가 맛있는 갈비탕 사줄게. 마장동 사람들만 알고 가는 진짜 갈비탕집이야.

예 언제 한번 갈게요. 나는 슬쩍 꽁무니를 빼보았다. 짐작 가는 바가 있긴 했지만 꼭두새벽부터 전화를 걸어야 할 만큼 다급한 일은 아니었다.

오늘은 어떠니? 아무때고 괜찮다. 그래 몇시에 오겠니?

적당한 핑계가 떠오르지 않았다. 오후로 약속을 잡았다.

그는 마장동 축산시장에서 정육기계점을 한다. 사십 년 동안 같은 장소에서 창고만 조금 넓혀가며 육절기를 판매하고 수리하는 일을 해왔다. 가게는 내가 마지막으로 들렀던 십 년 전과 별반 달라진 것이 없어 보였다. 그는 비닐 소파 위에 있던 체인 더미를 치워 앉을 자리를 마련해주었다. 믹스커피를 타서 건네주며 자신은 방금 마셨다고 했다. 나는 덜 녹은 커피 분말을 저으며 그가 뭐라도 먼저 말을 꺼내주기를 기다렸다. 그는 두 손을 깍지 낀 채 한동안 말없이 손만 내려다보고 있었다.

나는 녹음을 해도 괜찮겠느냐 물었다. 그는 상관없다고 했다.

일단 이야기가 시작되자 막힘이 없었다. 그는 미리 준비한 대본을 외는 것 같았다. 무엇부터 어떻게 얘기하면 좋을지, 몇 번이고 고치고 고쳐서 완성한 시나리오. 간혹 추억에 잠긴 듯 되새김질하며 시간을 끌기는 했지만 흐름을 잃지는 않았다. 그가 말하고 나는 들었다. 나는 최대한 끼어들지 않으려 했다. 그의 이야기는 노래처럼 흘렀다. 그에게서 나오는 한 마디 말이 하나의 완성된 문장이었다. 나는 그의 문장이 흐르도록 내버려두었다. 단 한 번 흐름을 놓치고 다른 생각을 하긴 했다. 그의 기억이 내 기억을 자극한 탓이었다. 해마다 여름이 되면 어디선가 배달된 개 반 마리. 그것이 하루종일 베란다 한쪽에서 들통에 담겨 핏물을 빼고 있던 모습. 또 한나절 고기를 삶느라 온 집안을 가득 채우던 습하고 누린

공기. 잠깐 스쳐지나가는 기억이었지만 기분이 썩 좋지는 않았다.

세 시간가량 그곳에 머물렀다. 중간에 소형 육절기를 수리하러 온 사람이 하나 있었을 뿐, 방해받을 만한 일은 없었다. 문의전화가 몇 통 오기는 했지만 맥락이 끊어질 정도는 아니었다. 그럼에도 불구하고 그의 이야기가 관악산에 이르기까지는 꽤 먼길을 돌아야 했다. 관악산에 다다라서는 정작 말을 삼갔다. 새롭다 할 만한 이야기가 있는 것도 아니었다.

이야기를 마치고 난 후, 우리는 함께 셔터를 내리고 갈비탕집으로 갔다. 축산시장 사람들만 알고 간다는 그곳에서, 마구리뼈는 하나도 섞지 않은 진짜 한우갈비탕을 먹었다. 그곳에서 그는 반주로 소주 반병을 마셨다. 딱 그 정도 양이 좋다고 했다. 그리고 우리는 식당 앞에서 헤어졌다. 헤어질 때까지 그는 말을 더 보태지 않았다. 쓰라거나 쓰지 말라는 말도 없었다. 새벽부터 전화를 걸어와 다짜고짜 쓰면 안 된다고 하던 태도와는 사뭇 달랐다.

그는 내가 그것을 쓸 거라고 여기고 있었다. 관심이 갔던 것은 사실이지만, 당장 무얼 하겠다는 생각은 없었다. 소설을 써야겠다고 생각한 것은 오히려 그의 전화를 받고 난 후였다. 그의 다급함이 아니었더라면 나는 그 이야기를 한동안 잊고 지냈을 것이다. 집으로 돌아와 녹음된 파일을 옮겼다. 노래처럼 흐르는 그의 목소리를 다시 한번 들어보았다. 그의 목소리가 흔들리는 순간이 언제인지 뒤늦게 알아차렸다. 그리고 그가 반드시 기억하라고 했던 것도.

결국 나는 쓰지 않기로 했다. 불완전한 기억과 불필요한 상상으로 만들어진 소설은 쓰지 않을 것이었다. 이 이야기는 소설이 아니라 다른 것이 되어야 했다. 그의 목소리를 그대로 들려주는 것. 그걸로 충분했다.

*

여기다 말하면 되냐? 그냥 편하게 말씀하시면 돼요. 그래 편하게 말하마. 잊지 않으려면 이렇게 기록을 해두는 게 좋지. 잘하는 거다.

흥이 좋은 냥반이었다. 그걸 기억해야 한다. 흥이 아주 많은 냥반이었다는 걸. 흥이 나면 떡도 나오고 노래도 나오고. 노래가 나오면 어깨춤이 따라붙고. 손수건을 할랑할랑 흔들면서. 네 할머니 노래 부르는 모습 기억나니? 왜 꼭 뭔가를 손에 쥐지 않니. 손수건이든 옷고름이든. 난 손수건보다는 옷고름이 훨씬 보기 좋더라만. 어쩐지 새색시 느낌이 나거든. 고름 끝에서 한 뼘쯤 되는 부분을 요렇게 잡고, 할랑할랑 흔들면서, 어깨를 들썩들썩, 뻗었다가 흘렀다가 올랐다가 내렸다가, 흥이 옷고름을 타고 손으로 어깨로 머리로. 그게 모두 한 가락인 것처럼, 장단이 아주 은근하지. 기억나니?

잘 모르는 모양이로구나. 어디 사진이 있을 게다. 나중에 찾아서 주마. 네가 그 냥반을 그리려면 반드시 그 옷고름을 포함시켜야 할 게다. 자주색이었어. 붉은색에 좀더 가까운 자주 고름.

노래를 부르셨지. 죽기 전날까지도. 한 곡, 두 곡, 쉬었다가 또 한 곡. 딱 노래가 나올 타이밍이었지. 떡도 돌릴 만큼 돌렸겠다, 보신탕도 한 그릇 맛나게 자셨겠다, 며느리야 딸내미야 모다 지켜보고 섰겠다, 흥이 나지 왜 안 나겠니. 흥이 오르니 나비도 날고 꽃도 날고 술도 빚고 그러더라. 술 빚으니 임도 오고, 임아 임아 불러도 보고, 그런 봄이 없었다. 얼굴이 참 맑았어. 한숨 달게 잔 어린애모냥 아주 뽀얬다. 그걸 뭐라 하나. 창이라고 하나 타령이라고 하나. 그땐 뭘 쥐고 흔드셨으려나. 옷고름이 없으니 환자복 소맷자락을 쥐셨나. 허허허 웃음도 흘리시고, 어랑어랑 잘한다 추임새도 넣으시고. 병실 사람들 모두 혀를 내두르며 감탄했다. 그 나이에 어찌 그리 해맑으시냐고. 그때 여든넷이었다.

그게 마지막인 줄 알았더라면…… 영원한 줄 알았다. 흥만 돋우면 되는 거라고. 아침 새들처럼 재재재재. 맛난 걸 자셔도 날씨가 좋아도 재재재재. 지금도 그 양반 목소리가 들려오는 거 같어. 아이 맛나다, 아이 좋다, 아이 예쁘다, 아이 뭐 또 읎냐. 그뿐이야. 냄새만 풍기고는 훽, 사라지지. 기억이란 게 그런 거다. 생생한가 싶다가도 긴가민가, 스르르 왔다가 형체도 없이 사라지지.

기록이 그래서 중요한 거다. 글이든 뭐든 모아서 남겨둬야지.

기억은 믿을 게 못 돼. 거짓말을 잘하지. 녹음이라도 해뒀으면 얼마나 좋았겠니. 그렇게 흥이 나서 노래를 부르시는데. 네가 왔으면 그리했을 텐데. 그때 못 가 뵈어서 죄송해요, 전 입원하신 줄도 몰랐어요. 아니, 아니다. 그게 어떻게 네 잘못이니. 손주들한테까지 연락할 일이 아니었다. 그럴 필요가 없었어. 그리 가실 줄 누가 알았어. 아무도 몰랐지. 흥이 나서 노래까지 부르셨는데. 에구구구 노인네 앓는 소리 한번 없이, 가셨구나. 그 냥반 가신 지 구 년이냐 십 년이냐. 십이 년이에요. 벌써 그렇게나 됐니? 시간이 이렇게나 빠르구나. 십이 년이라니.

그래도 네가 그 냥반 얘기를 꺼내줘서 얼마나 고마운지 모른다. 내가 못한 걸 네가 했어. 제삿날이라고 모여가지고서는, 그저 손주들 자랑에 먹는 얘기 노는 얘기, 아니면 연예인들 놀고 먹는 거나 멍하니 보고 앉았고. 다섯 형제가 모두 모이는 날이 일 년에 고작 하룬데, 기억이나마 다 같이 풀어놓으면 얼마나 좋아. 근데 그게 그렇게나 어렵더라. 고맙다, 고마워. 정말 잘했다.

우린 몰랐지만, 당신은 알았던 거 같어. 가실 날이 언젠지. 그저 감만 잡은 게 아니라 정확히 알고 계셨던 거야. 잘 들어봐라. 정정하던 냥반이 느닷없이 화장실에서 넘어질 게 뭐냐. 그것도 가족들 모두 외출한 사이에. 당신이 직접 응급차 불러, 구급대원들 손에 옮겨져 안전하게 병원까지 가, 입원실에서 며칠 지내다가 그대로 영안실까지, 자식들 번거로울 일은 하나도 안 만드셨어. 임 온

다 임 온다 노래하더니, 혼자 임 맞을 준비까지 하셨는지, 그 밤에 손톱 발톱 다 깎고, 목욕까지 깨끗이 마치셨단다, 믿어지니? 그것도 옆 환자 간병인한테 도움받아서 말이다. 염치없는 일이긴 하지만 그랬단다. 그 와중에 돈은 또 언제 챙겨갔는지, 이만원인가 삼만원인가를 주머니에 넣어주더라고 간병인이 그러더구나. 힘 하나 안 들었다고, 살결이 참 고우셨다고, 깔끔하기가 아주, 그러면서 울먹이더라. 오랜 세월 정든 사람처럼. 겨우 사흘 같이 지낸 사람한테 어찌 그래.

그 낭반이 그렇게 사람 마음을 사로잡는다. 거절할 수 없게 만드는 뭔가가 있지. 끌어당기는 힘이랄까, 뭐 그런 게 있어. 주변 사람들을 자기 사람으로 만드는. 안 그러니? 병원에 입원한 지 이틀 만에 병실 사람들 사연이란 사연은 다 꿰뚫어. 아픈 사람들 둘러 모아서 뭔 얘기를 또 그렇게 재미나게 들려주시는지. 갈 때마다 보면 다들 네 할머니 주변에 모여서 하하 호호.

이거 하나는 꼭 기억해둬라. 사람 마음을 사로잡으려면 말이다. 우선 들을 줄을 알아야 해. 자기 말만 하려 드는 사람 얘기는 누구도 귀기울이지 않는 법이야. 네 할머니를 봐라. 먼저 그 사람들 얘기를 들어주잖니. 어디가 아프고 자식들은 어떻고 뭐가 어떻고. 그렇게 자기 얘기를 했으니 당신 얘기도 들어보자 하지 않겠니? 너 같은 직업을 가진 사람들은 특히 중요하지. 많이 들을수록 많이 쓸 수 있는 거지. 내 말이 너무 주제넘니? 아니에요, 맞는 말씀이에요, 저도 노력하고 있어요. 그래 잘하고 있구나. 참, 네게 줄 게 있었는데 잊고 있었구나, 기다려봐라.

네 할머니가 쓰신 거다. 공책 한 권 사다달라고 하시는데, 마침 거래처에서 준 게 있어서 그걸 드렸다. 옛날엔 연말 되면 달력이니 수첩이니 꼬박꼬박 챙겨주더니 요즘엔 그런 것도 없더구나. 봐라 여기 후지 마크 있는 거. 옛날 마크야. 그때나 지금이나 정육기계 하면 후지가 최고지. 아무튼지 간에 그걸 드렸는데, 거기다 뭘 그렇게 남기셨더라. 난 뭐 그냥 전화번호나 그런 거 적어놓으려고 하신 줄 알았는데.

일기를 쓰셨어요? 일긴지 뭔지. 운율을 맞춰 썼으니 시라고 해도 되겠냐? 나중에 한번 읽어봐라. 그러네요, 옛날 시조 같아요. 사사조로 맞춰서 쓰셨어요. 할머니 글씨 처음 봐요. 여기 고스톱 쳐서 이천오백삼십원 잃었다고 적혀 있어요, 크게 잃으셨다고. 그런 얘기가 있니? 난 몇 장 읽어보다 말았다. 어쩐지 야단맞는 기분이어서. 이제 네가 가지고 있어라. 혹시 아니? 네 소설에 도움이 될지. 그런 게 다 자료가 되고 재료도 되고 그런 거 아니겠니? 네, 감사합니다, 잘 읽어볼게요.

네 할머니가 그런 말을 하셨다. 네가 작가가 된 건 아무래도 당신을 닮아서인 것 같다고. 저한테도 그렇게 말씀하셨어요. 니가 암만해도 날 닮았어야? 이렇게요. 그랬니? 왜, 영 틀린 말 같니?

아니요, 저도 그렇게 생각해요. 그렇지? 나도 그렇게 생각한다. 네 할머니 피를 물려받은 거지. 그 냥반이 오죽 말씀을 잘하시니? 옛날 얘기 한번 시작했다 하면 아주 끝도 없이 하시지. 라디오드라마 성우라도 그렇게 재미나게 못할 거다. 소설 쓰는 게 어차피 그런 거 아니냐? 재미나게. 그래. 그 피가 어디 가겠어, 너한테로 간 거지. 그 냥반이 소설을 썼으면 노벨상도 받으셨을 게다. 노벨상이 어디 쉬운 상이겠냐만, 그 나이에 그렇게 써놓은 거 보면 받고도 남지.

아무튼지 간에 신문에 네 사진 실렸을 때, 이 큰아빠가 신문을 스무 부나 샀잖니. 버스정류장마다 다니면서 한 부씩 두 부씩, 매대에 있는 건 다 달라고 했어. 옛날 같았으면 장원급제한 건데, 집안의 경사지. 그래서 그걸 집안사람들한테 다 돌렸잖니. 그게 집안의 큰어른이 할 일이지. 그리고 참 그것도 읽었다. 네 할머니 얘기 쓴 거. 네 아버지가 읽어보라고 주더구나. 놀랐지 뭐냐. 평생을 모시고 산 나보다 오며가며 봐온 네가 더 잘 알고 있어서. 소설가는 뭐가 달라도 다르구나 했다. 그 발이 그렇게 예쁜지 미처 몰랐다. 치마폭에 숨긴 가루약은 어떻고. 톡톡, 손톱으로 봉지를 치던 그 소리. 어이구야, 어떻게 그런 걸 다 썼니?

그런데 말이다, 진짜 중요한 건 말이다, 아주 잘 들어야 한다는 거다. 아주 잘. 잘 골라서 들어야 해. 그냥 들리는 대로 믿어서는 안 된다는 얘기야. 예를 들면…… 그러니까 지난번에 화자가 한

말 같은 거…… 작은고모가 무슨 말을 했는데요? 그러니까 그, 식구들 밥은 굶겨도 떡은 해 자셔야 되는 양반이었다는, 뭐 그런 얘기 말이다. 그 얘기는 큰고모도 하셨어요. 어떻게든 떡은 해 드셨다고. 마지막날까지 떡 타령이셨다고.

그래 맞다, 그랬지. 찹쌀 몇 됫박만 있어도 떡을 안쳐. 쌀이 없으면 밀개떡이라도 쪄서 나눠줘야 하는 그런 냥반이었지. 그래, 화자 말대로 우린 맛도 못 봤단다. 그렇다고 혼자 드셨을까? 식구들 굶겨가면서 혼자 떡을 해 먹어? 말도 안 되는 소리. 그게 다 베풀려고 하는 떡인데, 그걸 혼자? 절대 그런 사람 아니다.

정말이야, 내가 장담한다. 식탐으로 치자면 화자 그 계집애 따라갈 사람이 없지. 어릴 적에 보면 떡칠 때마다 옆에 꼭 붙어앉아 있어, 뭐 좀 떨어지는 게 없나 하고. 틈만 나면 절구통으로 손을 쑥 집어넣지, 손이야 어떻게 되든 말든 일단 넣고 보는 거지. 그럼 네 할머니가 부러 손에다가 절구질을 해. 시늉만 아니라 정말 쿵 찧어버려. 그럼 바락바락 울어대면서도 절구통 옆을 뱅뱅 도는데, 그 냥반이나 화자 계집이나 독하기가 막상막하야. 시루떡이라도 앉혀봐라. 익기도 전에 시룻번을 야금야금 다 뜯어먹어버리지 않니. 떡이 설익든 말든 아주 그냥. 그렇게 혼이 나고도 그러고 또 그러고.

그런데 왜 다른 사람도 아니고 고모한테 떡을 해오라고 하셨을까요? 가르쳐주고 싶으셨던 게지. 뭘요? 떡 얻어먹은 놈이 술 얻어 마신 놈보다 낫다고. 속담이에요? 속담인지 뭔지는 모르겠다만, 어머니가 늘상 하던 말이다. 일종의 믿음 같은 거지. 믿음이요? 그래, 믿음. 그 얘기를 해주마. 네가 반드시 들어야만 하는 얘기야. 네 할머니에 대해 뭔가 쓰려면 그게 빠져서는 안 된다. 동생들은 잘 모르는 얘기야. 모를 수밖에. 태어나지도 않았을 때니까. 그러니 이제부터 내 얘기 잘 들어봐라. 정말 중요한 이야기야.

도무지 이해할 수 없는 시절이었단다. 어떻게 이해하겠니. 전쟁을. 그저 비극이라고밖에. 젊은 사람들은 또 전쟁 때 얘기냐 싫어하겠지만, 그 시절을 직접 들려줄 사람도 이제 얼마 남지 않았어. 한 세대가 갔지. 저세상으로 다 가버렸지. 그러니 들어봐라. 그때 할아버지는 면장이셨다. 네 할아버지 말고 내 할아버지 말이다. 해방 전에도 면장, 해방 후에도 면장. 아들 넷을 두었는데 큰아들은 면서기로 함께 면사무소에 다녔고, 둘째 아들은 선생질 좀 하다 전쟁 직전에 월북했고, 나머지 두 아들은 그쪽 공부를 좀 하긴 했다고 들었다. 이러나저러나 죽은 목숨이었지. 둘은 총살당했다. 마을 한복판에서. 월북한 둘째 생사는 알 수가 없고. 내 아버지, 그러니까 면서기 하던 큰아들은 용케 살아남았지. 마을 사람의 반 이상이 죽어 나갔는데, 해마다 그맘때가 되면 한 집 걸러 한 집 젯밥 짓는 연기가 자욱했지. 하루는 죽창 든 무리가 또 하루는 총 든 무리가, 색출이니 처형이니 보복이니, 죽고 죽이고 또 죽이고. 그

와중에 면서기 하던 아버지가 살아남았다는 건 기적 같은 일이었지.

어떻게 살아남았냐고? 나중에 사람들이 그러더구나. 인심을 많이 쌓아놔서 살았다고. 인심이 사람 목숨을 구할 수 있냐고? 물론이다. 내가 봐서 안다. 그때 그 일은…… 그래, 지금 생각해도 이렇게 다리가 후들거리는데. 그 작은 몸에서 어떻게 그런 기백이 나올 수 있었는지. 네 할머니 말이다. 사람들이 아버지를 잡겠다고 집에 들이닥쳤는데, 문 앞을 딱 막아선 사람이 바로 네 할머니였어. 양팔을 쫙 벌리고 버티고 서서는, 눈을 부릅뜨고 사람들을 쏘아보는 거야. 울고불고 애원하고 빌고 그러는 게 아니라, 그냥 버티고 서 있는 거야. 그러곤 나지막이 사람들 이름을 불러. 아이 누구 아짐, 아이 누구 자식, 누구 동생, 누구 아버지. 하나하나 눈을 맞추면서, 무언가를 골라내고 있는 사람처럼. 아이, 아이, 아이.

그런다고 될 일이 아닌데 어쩌려고 저러시나. 저러다 어머니까지 다치면 어쩌나. 애가 탔지. 그때 아버지는 벽장에 숨어 있었다더라. 숨을 데가 되기나 하나. 두엄까지 죽창으로 쑤시고 다니던 판이었는데. 죽은 목숨이었지. 그때 내가 열 살인가 그랬는데, 어디 있다가 왔는지는 모르겠지만, 뒤늦게 집에 도착한 거야. 사람들이 우르르 몰려온 직후에. 무리들 뒤에. 안으로 들어가지도 못하고, 그렇다고 어디 도망가지도 못하고, 이러지도 저러지도 못하고 서 있었지. 어머니와 대치하고 있는 바로 그 무리들 뒤에 말이다. 무서웠어. 어머니가 사람들을 죽 둘러보면서 이름을 부르는데, 너무 무서워서 오줌이 줄줄 나오더라. 어머니가 내 이름도 부를 거 같았거든. 기길현 장남이 왜 거기 서 있느냐고, 호통을 칠 것 같아서. 그땐 죽창보다 어머니 눈빛이 더 무서웠다.

그래서 어떻게 됐어요?

아무 일도 일어나지 않았어. 정말, 아무 일도 없었어. 그렇게 좀 서 있더니 순순히 돌아가는 거야. 세간살이가 나동그라지는 일도 없이 조용하게 끝났지. 기적처럼. 바다를 가르는 거보다 더한 기적이었지.

어떻게 그래요?

나도 그게 궁금했다. 왜 다들 그냥 돌아갔는지. 겨우 이름을 부른 것뿐인데. 나중에 어머니가 그러더구나. 우리 동네에 내 떡 맛, 안 본 사람이 있가니? 그 말을 하곤 손을 탈탈 털어. 별것 아니라는 듯이. 상상이 가니?

떡이요?

그래, 떡 말이다. 어머니 떡 맛을 본 사람. 누구 아짐 누구 자식 누구 동생.

어머니는 그때 골라내고 있었던 거야. 그 양반이 떡을 해 먹였던 사람들을. 자식들 굶겨가며 만들어 돌렸던 그 떡. 그 떡이 아버지를 살렸다. 사람들 말마따나 그동안 쌓아둔 인심이. 그게 저절로 쌓아진 인심이었겠니? 누구네 산달이 언제인지, 그래서 딸을 낳았는지 아들을 낳았는지, 누구네 할멈 몸이 어디가 어떻게 아픈지, 그 할멈이 무얼 제일 먹고 싶어하는지. 그걸 다 파악하고 만들어 돌린 인심인 거지. 피죽도 어려웠던 그 시절에.

어머니는 믿고 있었던 거지. 그 떡이 언젠가 큰 힘이 되리라는 걸. 그 믿음이 기적을 만든 거지. 그걸 기적이 아니고 뭐라 할 수 있겠니. 그러니 신앙이 될 수밖에. 성경책 끼고 교회당에 나가는 노인들처럼, 언제든지 떡을 이고 집을 나서는 거지. 그런 냥반이었다, 네 할머니가. 기억해둬라. 식구들 굶겨가면서 저 혼자 떡이나 해 먹고 앉은, 그런 사람 아니다.

생각해봐라. 어머니 떡이 아니었다면, 그래서 아버지가 죽었다면, 화자 그 계집애, 세상 구경이나 할 수 있었겠나. 잘 생각해봐라. 네 할머니가 화자 고모한테 뭘 가르쳐주고 싶었는지. 화자가 해온 떡이 뭐라도 도움이 되지 않았겠니. 병원에서 떡이라도 돌리고 그랬으니, 생판 모르는 남의 간병인이 목욕도 시켜주고 그런 거지. 같은 주사를 놔도 살살 신경써서 놔줬겠지. 사는 게 다 그런 거다. 네 고모는 전쟁을 안 겪어봐서 잘 몰라.

네 고모로서는 부아가 나기도 했을 거야. 병원 개업을 하는 것도 아니고, 병원에 시루떡이 웬 말이냐. 멥쌀이 소화가 잘된다고 찹쌀 말고 메시루떡으로다가, 부암동 어느 떡집이 잘한다고 딱 집어서. 그 더운 여름에 거기까지 가서 땀 찔찔 흘리며 짊어지고 오느라 힘들었을 텐데, 생색은 또 제 언니가 다 냈다지. 큰딸이 아무래도 가세가 제일 기우니까 어머니가 일부러 떡 나눠주는 일을 맡기신 거지. 육인실 환자에 간병인에 방문객들에, 간호사들은 물론이고 식사 배달 온 사람들까지 한 접시씩 다 받아먹었어.

정작 그 냥반은 팥고물 한 톨 입에 넣지 않았어. 네 엄마가 끓여온 보신탕을 드셨지. 얼마나 맛나게 자시던지 나도 옆에서 한술 거들고 싶더구나. 생전에 할머니가 네 엄마 음식 솜씨 칭찬 많이 하셨다. 큰며느리 음식은 서울 음식이라 영 입맛에 안 맞아했거든. 그래도 큰며느리가 식혜 하나는 잘 띄운다고 칭찬하시니, 그걸 또 부리나케 해가지고 왔지. 병문안 온 사람들 얼음 동동 띄워 한 잔씩 내주면, 얼마나 달고 맛있어. 그냥 캔 음료 하나 딱 따주는 거랑은 차원이 다르잖니.

그게 다 계획에 있던 거야. 마지막 가시는 길에 뭐라도 하게 하려고. 다섯 자식들 공평하게 골고루. 그게 두고두고 위안이 될 거라는 걸 아신 게지. 남은 자식이 평생 가슴 치며 후회하는 게 뭔지 아니? 마지막 가시는 길에 아무것도 못 해드렸다는 거. 그거만한 후회가 없다. 봐라, 네 고모 당장 그 얘기부터 하잖니. 내가 그때 병원에 떡 해갔다고. 어제도 그렇게 자랑을 하지 않니.

그건 식탐이 아니라…… 그래, 배려였다. 이해하겠니?

기억이란 그런 거란다. 다 자기 처지대로 입맛대로 저장하지. 화자는 화자대로, 어머니는 어머니대로. 그러니까 네 고모 말은 잊어버려라. 자식들 굶기며 떡 해 먹은, 그런 사람 아니다, 네 할머니. 소설이라고 해서 절대로 그런 식으로 쓰면 안 돼. 사람 말은 그냥 들리는 대로 들어선 안 되는 거다. 그 사람 내력을 잘 들여다봐야지. 내력이 중요한 거야. 무슨 내력이 있어서 저런 말을 하나, 잘 살펴야 한다. 알겠니? 기억해둬라. 기억만 하지 말고 어디 써서 딱 붙여놔라. 아까도 말했잖니? 기록해두지 않으면 다 잊어버린다고. 네, 그럴게요.

그런데 그 작은 몸 어디에 그런 기운이 숨겨져 있었을까. 다시 떠올려봐도 그저 놀라워. 그런 용기가 어디서 나왔는지. 아무리 믿는 구석이 있어도 그렇지. 어떻게 그래. 누가 떡을 믿고 그래. 안 그러니? 그 작은 몸에서 어떻게 그런 힘이.

참 작았어. 손도 작고 발도 작고. 네 큰엄마가 할머니 버선 구하려고 시장 여기저기 많이 다녔다. 맞는 게 있어야지. 나중엔 그냥 양말 신으시라고 티격태격하는 것도 봤다만. 한복에는 버선이지. 참 잘 어울리셨어. 고왔지. 옥색 치마저고리. 내가 얘기했던가? 자주 고름이었다고. 고름은 꼭 자주색이어야 한다고. 흥이 많아서 그런 거지. 흥이 없으면 떡도 없고 춤도 없고 그런 거지.

그런데 큰아버지, 관악산 얘기 해주신다고.

그래, 관악산. 그 얘기를 해야지. 얘기가 어쩌다 거기까지 갔니. 그때 관악산에 간 건 다 내가 계획한 거다. 우리 다섯 형제 식솔들이 한 명도 빠지지 않고 모인 건 그때가 처음이자 마지막이었을 거야. 다들 먹고살기 바쁜 시절이었으니. 미자네 막내가 돌이 막 지났나 그랬지. 그 녀석 애기 때는 참 예뻤는데. 커서는 왜 그렇게 넙데데해졌는지 모르겠다.

아무튼지 간에 내가 개를 업었다. 다들 뭐 하나씩 이고 지고. 돗자리야 솥단지야 수박이야. 한참 휴가철이라 계곡마다 사람들이 한가득이었지, 다 같이 자리 펴고 앉을 곳이 어디 있어야지. 그야말로 스물한 명이나 되는 대군단인데. 그래, 모두 모이면 스물하나구나. 참 복도 많은 분이잖니? 다섯 자식이 딸 하나에 아들 하나. 치우친 데도 모자란 데도 없이, 그렇게 골고루 손주를 보셨잖니. 그러기도 쉽지 않다. 터울도 고만고만해서 우애도 좋고. 그래 그거, 그거 기억나니? 스카이 콩콩.

스카이 콩콩이요?

네 할머니가 사준 건데 기억 안 나? 얼마나 유행이었는지, 골목마다 그거 안 타는 애가 없었지. 그걸 보시더니 돈을 주시면서 사다달라고. 그걸 직접 들고 집집마다 배달까지 하셨지. 경이네 정자네 화자네 미자네 집마다 하나씩.

네 기억나요, 할머니가 사다주신 스카이 콩콩. 계속해주세요, 관악산 얘기.

그래 관악산. 내가 어디까지 얘기했더라? 산에 가는데 굳이 치마저고리를 꺼내 입으시더구나. 그때 찍은 사진이 어디 있을 텐데. 내가 다음에 보여주마. 그걸 입고 어떻게 거기까지 갔는지. 아무튼지 간에 꽤 올라갔어. 그러다 괜찮은 곳을 찾았다. 좀 구석지기는 했지만 애들 놀기 좋게 웅덩이도 한쪽에 있고 평평한 바위도 있어서 돗자리 깔기도 괜찮았지. 일단 사람이 많지 않아 한갓져서 좋더구나. 닭 삶아 먹고 술 한 잔씩 하고 노래도 불렀을 거다. 왜 아니겠니. 그렇게 다들 모였는데. 바람은 선선하지. 물도 졸졸 흐르지. 노래도 부르고 물장구도 치고. 기억나니? 저는 전혀 기억나지 않아요. 거기 간 줄도 몰랐어요. 그럼 그냥 잊어버려라. 기억에도 없는 일을 굳이 들어서 뭐해.

나도 잘 모르겠다. 내가 네 할머니 평생을 모셨지 않니. 군대 갔을 때 말고는 떨어져 산 적이 없어. 그런데 어떻게 내가 모르는 일이 있어? 그런 일은 없다. 내가 장남인데. 살면서 그런 모습 본 적도 없다. 아무리 더운 날에도 함부로 옷 벗어던지고 흐트러지고 그런 분이 아니었는데 말이다. 가시기 몇 년 전에야 좀 편한 옷을 입으셨지, 그전까지는 집에서도 한복을 곱게 차려입고 계셨어. 그런데 어떻게 저고리를 벗고 치마까지 벗어던지고 물속으로 들어가. 그 아끼던 옥색 치마저고리를 아무데나. 그럴 리가 없다. 그리고 어떻게 그걸 내가 못 봐. 애들이 잘못 기억하고 있는 거야. 암만 생각해봐도 실제로 일어난 일 같지가 않아.

왜요? 전 그거 하나도 안 이상한데. 할머니도 멱을 감고 싶으셨던 거겠죠.

그런 일은 없었다니까 그러네. 네가 그렇게 자꾸 옆에서 들쑤셔대니까 애들이 신이 나서 그냥 이 얘기 저 얘기 함부로 막, 응? 응? 어머니 영정 앞에서 버르장머리 없이, 그냥 막 응?

죄송해요. 그러려던 건 아닌데.

아니다. 이렇게 언성을 높일 일은 아닌데. 큰아빠가 미안하구나.

아니에요. 그런데 전 정말 그게 왜 문제가 되는지 잘 모르겠어요. 애들처럼 신나게 물장구치고 논 건데. 제가 들은 할머니 얘기 중에 제일 재밌는 얘기였는걸요. 아, 그 재미라는 게, 이상한 재미가 아니라, 아 그러니까 그게.

그 얘기는 그만하자.

혹시 '단오풍정'이라는 그림 아세요? 그 유명한 그림 있잖아요. 단옷날 계곡에서 여자들이 머리 감고 목욕하고 그러는 거. 그거 보고 누구도 이상하게 생각 안 하잖아요. 그런 느낌이었어요.

그래? 그렇구나. '단오풍정'. 그거 혹시 기생 그림 아니냐? 단옷날 머리 감는.

그런데 큰아버지는 정말 기억 안 나세요, 그날 일?

아무리 생각해봐도 기억나는 게 없어. 도무지 모르겠다. 어떻게 그런 일이 일어났는지. 내가 장남인데, 어떻게 몰라. 하나같이 그 일을 얘기하긴 하지만, 애들마다 말도 다르고. 밤새 생각해봤어. 손을 꼭 잡고 산길을 올라가던 순간순간들은 이렇게 생생한데. 도대체 언제 옷을 벗고 물속으로 들어갔는지. 그래서 또 언제 어떻게 물 밖으로 나왔는지. 그래서 집으로 어떻게 돌아왔는지. 아무리 생각해봐도 이해가 안 되는구나.

그 얘긴 그만하는 게 좋겠다. 여기까지 오느라고 괜한 고생을 했구나. 왔으니 밥이나 먹고 가라.

*

거기까지였다. 빈틈이 너무 많아서 쓰면 안 된다고 했던 관악산 이야기는 메워지지 않았다. 식당에서도 그 얘기에 대해서는 일절 언급하지 않았다. 식사를 하는 내내 그는 갈비탕에 대해서만 이야기했다. 진짜 갈비탕이란 어떠해야 하는지. 마구리는 갈비라고 할 수 없지, 양지는 양지고 갈비는 갈비지, 갈비로만 끓여야 진짜 갈비탕이지. 마치 나에게 골라내라고 말하는 것 같았다. 할머니에 관한 이야기들 중에서 무엇이 마구리고 무엇이 갈비인지. 무엇을 고아내야 진짜 이야기가 될지. 때로는 갈비가 아니라 마구리에서 더 깊은 감칠맛이 나는 거 아니겠냐고 대답하고 싶었다.

그런데 그는 뭐가 그렇게 두려웠던 걸까. 그저 특별히 즐거웠던 한때의 추억일 뿐이었다. 이른아침에 전화를 걸어 제지해야 할 만큼 심각한 문제는 결코 아니었다. 그는 기록된 것과 기록되지 않은 것에 대해 자주 언급했다. 기록해야 할 것과 기록하지 말아야 할 것에 대해서도. 분명한 건 그가 부끄러워하고 있다는 점이었다. 그날의 일을. 그의 어머니를. 관악산에서의 할머니는 결코 기록되어서는 안 될 이야기였다.

나도 궁금했다. 그가 궁금해했던 것처럼, 어쩌다가 이야기가 관악산까지 올라갔는지. 할머니 제사를 마치고 모두가 느긋하게 앉아 과일이나 까먹으며 언제 일어설까 하고 있던 즈음에, 왜 그 이야기가 나오게 되었는지.

그날의 녹음 파일을 확인했다. 옷고름이었다. 누군가의 환갑잔치에서 할머니가 옷고름을 나풀대며 춤추던 이야기가 발단이었다. 그가 그토록 강조했던, 할머니를 그리려면 반드시 포함시켜야 한다고 했던, 흥이 나면 노래와 함께 할랑이던 바로 그, 자주 고름. 그 고름은 어김없이 풀리게 되어 있었다. 관악산 계곡에서. 그 고름을 잡아당긴 사람은 둘째 고모였다. 옷고름이 풀리자 할머니의 맨살이 드러났다. 드러난 맨살이 그리 아름다웠다고 할 수는 없었다.

*

꼭 자주여야 한다고 그랬다니까. 다른 건 싫으시대. 엄마가 싫은 건 또 절대 안 하잖아. 저고리도 꼭 삼회장이야. 자주색으로. 맞아, 요즘엔 그렇게 안 한다고 말려도 들을 생각을 해야지. 그때 우리 북한산 갔을 때 기억나? 왜 애들까지 다 해서 간 적 있었잖아. 형제들 다 같이? 엄마도? 그럼 북한산이 아니라 관악산이지. 북한산 아니야? 관악산이야. 내가 봉천동 시장에서 닭 잡아 갔다니까? 식구가 많아서 네 마린가 다섯 마린가 잡았어. 닭은 무슨, 개 잡았지, 작은오빠네가 끓여왔잖아. 맞아요, 제가 그때 한 마리 통째로 끓여갔어요, 어머니가 어디 시골에서 잡은 거라고 보내셔서. 아무튼 엄마 식탐은, 개를 잡아서 보내신 거야? 끓여오라고? 개건 닭이건, 북한산이건 관악산이건, 그게 중요한 게 아니라! 그럼 뭐, 뭐가 중요한데? 왜 엄마 거기서 신나서 춤췄잖아, 그놈의 자주 고름 붙잡고 덩실덩실 춤추다가 미끄러져서 계곡물에 빠졌잖아. 춤만 췄어? 옷 홀딱 벗고 물속에 뛰어들어서는 난리도 아니었지. 홀딱 벗지는 않았어. 속치마 여기까지 올리고 있었어. 그 얇은 속치마, 입으나마나 벗으나마나.

그게 무슨 얘기예요, 고모? 어딜 뛰어들어요? 그니까 느이 할머니가 옷을 다 벗고 물속으로 뛰어든 거야, 계곡에. 뛰어든 게 아니라 춤추다 빠진 거라니까? 아니 그냥 빠졌다 나온 게 아니라, 들어갔다 나왔다 아푸아푸 물장구를 치고 수영 흉내를 내고 아주 난리도 아니었어. 애들 노는데 같이 놀겠다고. 다 늙어서 그게 뭐야. 가슴 다 드러내놓고. 니 할머니가 가슴이 또 오죽 크냐? 장모님이 좀 크시지. 그 큰 젖통이를 내놓고선 출렁출렁 난리를 치는데.

발가벗고요? 아니, 그 얇은 속치마 한 장 달랑 걸치고. 입으나마나지. 물에 홀딱 다 젖어가지고. 그거 나도 기억나요. 할머니 왜 저러시나 했어요. 나 그때 사춘기였는데 암튼 너무 보기 흉했어. 민망해 죽는 줄 알았다니까. 어른들은 안 말리고 뭐하나, 그랬어. 오빠도 봤어? 그럼 다 봤지. 얼마나 요란하게 들어갔다 나왔다 하는지. 어른들은 옆에서 좋다고 웃고 앉았고. 그럼 어떻게 안 웃어? 재밌어 죽겠는데. 노인네가 좀 놀겠다는데, 그걸 뭐라 해? 우리들끼리 있는데 뭐 어때서. 비누칠해서 목욕하는 것도 아니고, 뭐가 문제야? 무슨 소리야 언니, 사람들이 없기는? 사람들 많았어. 무슨 사람들? 어디서 숨어 있다 나타났는지 온갖 변태들이 다 모여드는 거야. 늙어빠진 남자들이 여기저기서 그냥 막 나와서는. 어머나, 그런 일이 있었어요? 어머니 물에 들어간 건 기억이 나는 것도 같은데, 그런 건 난 못 봤어요.

변태요? 무슨 변태요? 아니 꼭 변태까지는 아니고, 그냥 어디서 노인네들이 하나둘씩 모여드는데. 어머, 언제 그런 일이 있었대요? 있었다니까. 전 전혀 모르는 일이에요. 그래서요? 그 노인네들이 이상한 짓 했어요? 뭐 이상한 짓이랄 건 없었는데. 암튼 그냥 옆에서 같이 물도 찌끄려주고, 때를 밀어주겠다고 붙어앉아가지고는 손도 집어넣고. 몰라, 나도. 늙으나 젊으나 남자 새끼들은 그저 틈만 나면. 여어어 우리 장모님 영화 한 편 찍으셨네. 왜 그런 거 있잖아. '옹기골 뽕녀' '물레방아' 이런 거. 속곳 차림으로 관아에 끌려가서 물볼기 맞고, 몸 비틀고 물 짝 뿌리고, 어디서 많이

본 풍경인데? 당신은 무슨 그런 데다 비유해, 더럽게. 더럽긴 뭐가 더러워. 딱 그건데. 원래 속옷 입고 물에 젖는 게 더 야해. 홀딱 벗은 거보다. 이왕이면 흰 속옷이지. 그니까 홀딱 벗은 건 아니고 속치마는 입으셨다는 거잖아요. 속치마를 어떻게 올려요? 허리끈으로 묶었다는 얘긴가?

아니 봐봐. 고무줄 달린 치마 있잖아. 그걸 이렇게 끌어올려서 겨드랑이에다 착 걸치는 거지. 팬티도 다 벗고 들어갔어. 딱 그거 한 장, 입으나마나 한 것만 걸치고. 브래지어는 평생 안 하셨잖아. 그런 거 뭐하러 하냐고. 젖도 크면서 참 내. 왜 엄마는 늙을수록 그게 더 커져? 미쳤나봐 정말. 그때 어머니 연세가 얼마나 되신 거죠? 글쎄 그때 아마 환갑 좀 지났을걸? 그거 이모님 환갑잔치 때 해 입은 한복이었잖아. 이모가 엄마보다 네 살 아랜가 다섯 살 아랜가? 그치, 언니. 그쯤 됐을 거다. 예순 중반이었겠지? 그보다 젊었나? 에효, 그 잔치 때도 새 한복 입고 얼마나 휘젓고 다녔어, 엄마가? 춤을 추고 노래를 부르고 아주.

그래서요, 그다음엔 어떻게 됐는데요?

몰라. 어떻게 됐지? 내가 끌고 나왔나? 아마 그랬을걸?

그 변태 남자들은요? 할아버지들이었어요, 아님 아저씨들이었어요?

모르겠다. 그다음이 생각이 안 나네? 작은오빠가 데리고 나왔나? 아니야, 그때 작은오빠는 자릿세 받으러 온 사람이랑 싸우고 있었지. 그거 말린다고 다들 붙어가지고 난리도 난리도 아니었어. 아냐, 그건 그전 일이야. 닭 삶아먹기 전에. 아니야, 그다음이라니까? 그러니까 작은오빠가 술 먹고 싸웠지. 술 안 들어가면 어디 싸울 사람이야 오빠가? 그냥 돈이나 집어주고 말지. 거기 내 얘기는 왜 끼어들어? 맞잖아, 오빠 기억 안 나? 계곡에 무슨 자릿세가 있냐고 오빠가 멱살 잡고 싸우다가 넘어져서 입술 찢어지고 올케언니 울고 애들도 따라 울고……

*

이야기는 잠시 내 아버지가 벌인 사건에 머물렀다가 다시 할머니에게로 돌아갔다. 고모들은 할머니 얘기보다는 북한산인지 관악산인지 닭인지 개인지를 가리는 데 더 많은 힘을 쏟았다. 고모들을 부추긴 사람은 그의 말대로 바로 나였다. 이왕에 풀린 옷고름을 붙잡고 늘어진 사람.

그런데 그는 없었다. 정말 단 한 마디의 목소리도 들리지 않았다. 그만하라거나 아니라거나 틀렸다거나 보태는 말도 없었다. 그는 그곳에 존재하지 않는 사람 같았다. 하지만 분명 어딘가에서 그 모든 것을 다 듣고 있었을 터였다.

궁금했다. 그가 어디에 있었는지. 고모들이 변태 할아버지들을 할머니 옆에 갖다붙일 때, 고모부가 '옹깃골 물레방아'를 들먹이며 비웃을 때. 그는 어디에 있었을까? 그는 왜 아무 말도 하지 않았을까. 제지하지도 부정하지도 못하고 슬그머니 자리를 피했을까? 병풍 뒤에 숨어, 할머니와 손잡고, 그 말들을 다 엿듣고 있었을까.

과연 무엇이 그를 부끄럽게 만든 것일까? 옷을 훌훌 벗어던지고 멱을 감던 어머니가 십몇 년이 지나 그런 식으로 입방아에 오르게 된 것이? 아무것도 기억하지 못하는 자기 자신이? 전화를 걸어 다짜고짜 쓰면 안 된다고 못을 박아야만 했던 그것은, 대체 무엇이었을까?

눈을 감고 상상해보았다. 언제 벗었는지 모를 그 치마는 어디쯤 놓여 있었을지. 나뭇가지에 걸려 있었을지 바위 위에 펼쳐져 있었을지. 가슴 위로 올렸다던 속치마는 고모들 말처럼 고무줄로 조였을지 끈으로 동여맸을지. 할머니가 물속으로 들어갈 때, 한 발 한 발 걸어들어갔을지 한 번에 퐁당 빠져들었을지. 발로 물장구를 쳤을지 어깨를 들썩이며 하느작거렸을지. 그렇게 천천히 조금씩 계곡 깊숙한 곳으로 들어갔다.

그려보았다. 어린아이들이 팬티 바람으로 물장구를 치고 놀 때, 한편에서 저고리를 벗고 슬그머니 물속으로 걸어들어가는 한 늙은 여자를. 흰 속치마를 수영복인 양 갖춰 입고 물놀이에 동참한 늙은 여자를. 물에 젖은 늙은 몸이 환하게 빛나는 순간을. 늙어서도 줄어들지 않은 둥근 젖가슴과 붉은 젖꼭지를. 춤을 추듯 사뿐

한 장단으로 놀리는 가녀린 두 팔을. 숲의 햇살과 함께 조각조각 부서지는 웃음소리를.

나는 다시 궁금해졌다. 그가 어디에 있었을지. 그날 그 계곡에서는. 할머니가 물보라를 일으킬 때, 그는 어디에 있었을까? 도무지 기억이 안 난다는 그날 관악산 계곡에서는.

어느 나무 기둥 뒤에 숨어 지켜보는 한 남자가 보였다. 흰 속옷이 물에 젖고, 그가 물고 자던 젖가슴이 환하게 드러나고, 고름 한 끝을 잡고 춤을 추듯 우아하게 물장구를 치는 어머니의 모습을, 하나도 빼놓지 않고, 숨죽인 채 지켜보는 한 남자가. 방해꾼들이 나타났을 때 나서지도 도망가지도 못할 처지에 놓인 한 남자가 보였다.

어쩌면 어머니와 잠시 눈이 마주치기도 하지 않았을까? 오래전 그녀가 누군가의 이름을 하나하나 부르며 기적을 일으켰을 때처럼, 그날도 그녀는 눈빛으로만 조용히 그를 부르지 않았을까? 기길현 장남이 거기 숨어 뭐하고 있냐고. 너도 어서 옷을 벗고 이리 들어오라고. 들어와서 내 즐거운 놀이에 동참하라고. 정말로 재미지다고. 그러지 않았을까? 그래서 보란듯이 더 힘차게 물장구를 친 것은 아닐까?

어쩐지 그가 그날 일을 모두 기억하고 있을 거라는 확신이 들었다.

어쩌면 물속에서 할머니를 데리고 나온 사람이 그였을지도.

내 아버지가 자릿세를 받으러 온 사람의 멱살을 쥐었을 때, 모두 그 주위로 몰려가 언성을 높이고 떼어놓느라 정신이 없었던 바로 그때. 그는 슬그머니 나무 뒤에서 나와 할머니에게로 갔을 것이다. 할머니와 함께 잠시 물놀이를 즐겼을 것이다. 그리고 함께 물에서 나왔을 것이다. 젖은 몸을 닦아주고 다시 치마저고리를 입히고 옷고름을 묶어준 사람이 바로 그였을 것이다. 긴 머리를 털어 말리고 손빗으로 빗어 틀어올려준 것도. 그랬으면 좋겠다. 그 환한 풍경에 그도 함께였기를. 부끄럽지 않았기를. 함께 아름다웠기를.

그러니까 이것은 내가 그와 그들의 기억에 보탠, 반의반의 상상이다. 어쩌면 그것의 반. 딱 그만큼.

우니

"기사 양반, 문 좀 열어줘, 엉? 나 죽어, 죽는다고."

독골댁이 기어이 버스를 세웠다. 위험하다는 가이드의 만류도 소용없었다.

"다 왔어요, 어머니. 저기 주차장 보이잖아요. 거기까지만……"

"내가 멀미가 나서 그래, 어서 세우라고, 험한 꼴 보기 싫으면 냉큼, 엉?"

문제는 멀미가 아니었다. 식혜였다. 흔들리는 버스 안에서 식혜를 먹겠다고 수선을 피우더니 결국 관동댁 치마에 옴팡 쏟고 난 직후였다. 독골댁다운 해결책이었다. 수습보다는 덤탱이를 씌우는 방식. 관동댁은 어쩔 수 없이 가방을 챙겨 독골댁 뒤를 따랐다. 버스는 두 사람을 남겨두고 주차장 안쪽으로 머리를 돌려 들어갔다. 독골댁은 연석에 걸터앉아 곧 죽을 사람처럼 거칠게 숨을 내쉬었다.

관동댁은 먼 곳으로 시선을 돌렸다. 방파제 너머에서 먹장구름이 몰려오고 있었다. 꽃놀이하기에 적당한 날씨가 아니었다. 봄이라지만 바람은 아직 억센 기운을 품고 있었다. 바람이 젖은 치마를 휙 들치고 지나갔다. 허벅지가 서늘했다. 주름치마 사이사이에 식혜 밥알이 붙어 있었다. 관동댁은 치맛자락을 탈탈 쳐서 밥알을 털어냈다.

"소만 바람에 설늙은이 얼어죽는다 했어. 벌써부터 여름 치마를 입고 뽐을 내니까는, 안 추워? 춥지. 봐. 난 아직 내복 안 벗었어. 요로케 양말 속으루다 느서 티도 안 나고 을매나 좋아. 누구한테 잘 뵈려고 멋을 부려? 멋부리다 얼어죽지."

"이제 좀 살아나셨소?"

"저 사람 언제 죽나 그 생각만 하고 살지?"

"멀미기 가셨으면 요거나 다소."

"저리 치워요. 옷에 구멍나잖아."

"그럼 어디, 모자에 달까?"

"모자는 뭐 달라? 이게 우리 둘째네 손주며느리가 사다준 거라고."

"요 배지를 달아야 유람선도 타고 섬도 들어갈 수 있다는데?"

"금시초문이네, 그런 소리."

"가방에 넣지 말고 윗도리에 달라고, 아까 가이드 총각 하는 얘기 못 들었어요?"

"달고 싶으면 어머니나 다시든가. 요런 거 달구 댕기면 장사치들이 저거하게 보는 법이야. 뭘 몰라도 이릏게 몰라."

독골댁이 손을 쳐내며 모자를 매만졌다. 챙이 넓은 흰색 아마 모자였다. 개나리색 점퍼에 진달래색 바지까지, 독골댁이 오래 공들여 완성한 꽃놀이 복장이었다. 꽃놀이를 가자고 한 것은 독골댁이 먼저였다. 관광 상품을 고르고 예약을 한 것도 독골댁이었다. 독골댁 주머니에서 저절로 나온 돈을 마다할 이유는 없었다. 성화에 어쩔 수 없이 따라나선다고 했지만, 기대를 아주 안 한 것도 아니었다. 노부부가 꽃을 심으며 말년을 보낸 섬이라고, 섬 전체가 정원이고 꽃밭이라고. 꽃도 꽃이지만 부부의 시간을 가늠해보고 싶었다. 부부가 함께 늙으면 어찌되는지. 함께 늙으며 키워낸 꽃은 향기가 다른지.

관광버스에서 내린 사람들이 무리 지어 주차장을 나오고 있었다. 젊은 커플이 두어 쌍 있었지만 대부분 중년 여자들이었다. 늙으나 젊으나 꽃놀이 관광버스에 탄 여자들 표정은 한결같았다. 얼굴마다 꽃섬이었다.

"좀 괜찮으세요? 멀미약 챙겨드릴까요?"

가이드 총각이 다가와 물었다.

"갠찮여 총각. 나 다 나았어."

“배 타면 힘드실 텐데, 정말 괜찮으시겠어요?”

“걱정 말어. 나 귀에 이거 딱 붙였어. 바닷바람 쐬니까는 개운하네. 냉큼 갑시다 꽃놀이.”

“아, 아직 시간 있으세요. 한 시간 정도 자유시간 가지시고요. 한시 삼십분에 저기 보이시죠, 터미널 입구. 그리로 오시면 돼요. 아까 나눠드린 배지 안 잃어버리셨죠?”

“여기 있네 여기. 우리 멋쟁이 총각이 좀 달아줘.”

독골댁이 관동댁에게서 배지를 빼앗아 가이드에게 내밀었다. 가이드가 무릎을 구부려 키를 맞추고 배지를 다는 동안, 독골댁은 모자를 매만지며 의기양양하게 가슴을 내밀고 있었다.

“그런데 동생분은 멀미 안 하세요?”

가이드가 관동댁을 향하는 순간, 독골댁이 득달같이 앞을 막아섰다.

“동생은 무슨! 우리 시어머니야.”

“전 또…… 두 분이 닮으셔서.”

“닮기는 어디가? 내가 저 냥반하고? 그런 소리 하지도 마. 저 냥반 후취야 후취. 내가 셋째 뱄을 때 들어왔잖여. 그때가 열여섯이었나, 열넷이었나? 아무튼지 우리 시어머니가 나보다 딱 다섯 살 어려. 내가 임신년 잔나비. 우리 어머니가 정축년 소잖여. 그래도 내가 나어린 시어머니를 지극정성으로 모셨지. 입때까지. 안 그래요, 어머니?”

독골댁이 이를 환히 드러내고 웃었다. 틈 없이 고른 틀니가 반짝 빛났다.

"아, 네…… 어머님들 좀 둘러보시고, 저기 터미널 보이시죠? 공중전화박스 있는 데, 저기서 제가 깃발 들고 서 있을 거니까. 한 시 반까지 오시면 돼요."

"왜 우리랑 좀더 놀지 않구서. 말도 잘하고 아주 재미지더만."

"배 타기 전에 준비할 일이 있어서요. 둘러보시고 화장실도 다녀오시고. 늦지 마시구요. 늦으시면 그냥 떼어놓고 갑니다."

"안 늦어. 나 저기 공중전화박스에 딱 붙어앉아 있을 테니, 걱정허지 마."

"저기 어시장도 구경할 만해요. 배지는 꼭 달고 다니시고요."

"그럼 장만 얼른 구경하고서 오지 뭐. 어여 갑시다, 어머니."

독골댁이 관동댁의 손을 끌어 제 겨드랑이 사이에 끼고 수선스럽게 걸음을 옮겼다. 가이드는 가볍게 목례를 하고 자리를 떠났다.

"여태 그 얘기 못해 어떻게 참았댜? 아예 버스에서 마이크 잡고 연설을 하제?"

"뭔 얘기? 아아, 후취? 그럼 아니야? 내가 거짓말했어?"

"어이 독골댁!"

"왜, 잘생긴 총각 앞에서 후취라고 그래서 좀 저거하신가? 그

총각, 엉덩이가 이뿌드만, 툭 볼그라진 게."

"독골대액!"

"여기 다 둘러보려면 바쁘겠네, 어여 가봅시다."

독골댁이 길을 나섰다. 저러다 부러지지 싶을 정도로 등을 뒤로 젖힌 채, 팔을 휘휘 저으며 기세등등하게 걸었다. 관동댁은 독골댁 가방까지 양손에 나눠 들고 한 발짝 떨어져서 그 뒤를 따랐다. 독골댁은 어물전을 기웃거리며 좋네 나쁘네, 싸네 비싸네 퉁바리를 놓고는, 아무것도 사지 않고 되돌아서기를 반복했다.

"민어 말린 거 좀 사가제. 독골댁 좋아하잖여."

"이릏게 몰라도 뭘 한참 몰라요. 저게 민어가 아니야. 진짜 민어가 이렇게 천지에 깔렸을라고. 을매나 귀한 생선인데. 예전에 광장시장 가믄 근으로다가 띠어 팔았다구. 고거 반 근 띠다가 호박 넣고서는 바글바글 끓여먹으며는, 맛이 참 좋지."

"그럼 어디 가서 해물이나 한 접시 하고 갑시다. 점심 먹은 게 영 시언찮네. 북새통 같은 데서 비빔밥이라고 참 형편없더만."

"관동댁이 살 거야? 난 돈 없어."

독골댁이 야멸차게 돌아섰다. 관동댁은 마른침을 삼키며 독골댁 뒤를 따랐다. 어시장을 지나 해양공원 쪽으로 가던 독골댁이 갑자기 비명을 지르며 주저앉았다.

"으악, 이게 뭐야, 뭐가 쑥 쑤시고 들어오네. 발바닥에 뭐가 백인 것 같어. 뭐가 붙었는가 한번 좀 봐봐."

독골댁이 관동댁에게 기대고 발을 들어 보였다. 줄을 단 낚싯바늘이 신발 밑창에 박혀 있었다. 관동댁은 일단 독골댁을 부축해 공원 벤치로 자리를 옮겼다. 신발을 벗겨 바늘을 빼보려 했지만 신발 밑창에 단단히 박혀 쉽지가 않았다. 독골댁이 신발을 빼앗아 들고는 바늘과 실랑이를 벌였다. 무딘 손이 가는 바늘을 어찌 못하고 튕겨나가기는 마찬가지였다. 이윽고 박혀 있던 바늘이 밑창에서 뽑혀 나오는 순간, 독골댁의 비명소리가 들렸다.

"아이구 이건 또 뭐냐. 피다. 피야. 나 죽네 나 죽어."

독골댁 입가에 허옇게 거품이 일었다. 바늘이 뽑혀 나오면서 손등을 스친 것 같았다. 그래봐야 속눈썹만큼의 생채기에, 피래봐야 실금 아래 비치는 정도로 미미한 양이었다. 독골댁이 손으로 상처 부위를 꾹 누르자 비로소 핏방울이 맺혔다.

"이걸 어째, 이 피 좀 봐. 이 무식한 촌놈들. 이런 걸 아무데나 헐쳐놓고. 아무튼지 누구 하나 잡아야 정신들을 차리지. 나 파상풍 걸리는 거 아냐? 가만있어봐. 파상풍 걸려서 죽은 사람도 있지? 그렇지? 에고 나 죽네, 꽃놀이 왔다가 파상풍 걸려 죽네, 에고 나 죽어."

"이깟 걸로 사람이 죽가니?"

"죽을 수도 있지. 늙으믄 한겨울에 똥 누나가도 저세상 가는 법이라 했어. 지금 남의 살이라고 쉽게 생각하는 거지? 나 아주 갔으면 좋겠지? 저 늙은 메느리 언제 가나, 그 생각만 하지?"

독골댁의 부아는 쉽게 가라앉을 것 같지 않았다. 이럴 땐 제풀에 지칠 때까지 기다리는 수밖에 없다는 걸 관동댁은 잘 알았다. 괜히 말을 더 붙였다가는 관동댁이 옴팍 뒤집어쓸 터였다. 관동댁은 독골댁 옆에 앉아 치맛자락에 들러붙은 식혜 밥알이나 손톱으로 떼어내며 기다리기로 했다.

"저기요, 할머니. 이거 쓰세요."

웬 계집애가 소리도 없이 나타나 일회용 밴드를 내밀었다. 분홍 고양이가 그려진 어린이용 밴드였다. 자그마한 체구에 아기 포대기를 앞으로 메고 있는 모습이 어색해 보였다. 기껏해야 고등학생쯤이나 되었을까 싶은 여자애가, 백일이나 지났을까 싶은 어린 아기를 안고. 계집애는 직접 밴드의 포장을 뜯은 다음 관동댁에게 건네주었다. 관동댁이 밴드를 받아 독골댁 손등에 붙여주는 동안, 독골댁은 선글라스를 코끝에 걸친 채 계집애를 천천히 훑었다. 참견하기 좋아하게 생긴 입가 주름을 움찔거리면서.

"애엄마야? 시집을 일찌감치 갔나보지?"

"조카요. 언니 기다려요."

"그래, 애엄마라기엔 너무 어리다 했지."

"언니는 은행일 보러 갔어요."

"옷에 그 뭐야? 시커머니?"

"커피 쏟았어요."

"으응. 난 또 젊은 사람이라 요상한 무늰가 했지. 늙은 사람이 그릏게 묻히고 있으면 추접하다 할 건데. 젊은 사람이라 다르네."

독골댁은 무언가 말참견을 더 하고 싶은 모양이었지만, 계집애가 옆 벤치로 가 앉자 입을 다물었다.

"애를 등에다 안 업고 앞에다 둘러맸네. 애가 애를 맸어."

독골댁이 관동댁 귀에 대고 속삭였다.

"뭐 관심이 그리 많아. 이제 좀 살아났나보네."

독골댁은 생각났다는 듯 손등 위 밴드를 매만졌다.

"진짜 죽다 살아났지 뭐야. 우린 그냥 여기 좀 앉아 있다 갑시다. 돌아다니다 또 낚싯바늘 밟으면 어째."

독골댁은 신발 한 짝을 마저 벗고 발바닥을 주물렀다. 흰 면양말 속에 감춰진 독골댁의 발은 조그마했다. 크고 넓적한 관동댁 발에 비하면 어린애 발이었다. 그 발을 처음 보았을 때, 그것이 서울 여자의 발이라고 관동댁은 생각했었다. 독골댁의 암상궂은 말투는 어찌 따라 할 수 있겠다 싶더라도, 그 고운 발만큼은 흉내낼 수도 닮을 수도 없는 것이었다. 관동댁은 슬그머니 무릎을 끌어당겨 벤치 아래쪽으로 발을 숨겼다.

"할머니. 죄송하지만, 이 아이 좀 잠깐 봐주실래요?"

"그래, 봤네. 애구만."

"그게 아니구요. 잠깐만 애 좀 봐달라고요."

"그니까 애 얼굴을 보라는 게 아니라, 애를 봐달라는 말이지?"

"화장실이 급해서."

"기껏 반창고 하나 주고서는, 그걸, 안고 있으란 말인 거지?"

"그냥 여기 잠깐 뉘어놓고 갈게요. 안고 있지 않으셔도 돼요."

"너 없는 동안 애가 울면 어째? 난 우는 애는 딱 질색인데. 보채고 울고 그러면 볼기짝을 때릴지도 몰라. 애나 어른이나 암튼 우는 건 싫단 말이지."

"안 울어요. 얼마나 순한데요. 보세요, 쌔근쌔근 잘 자고 있잖아요."

"보기 싫은 애는 왜 자꾸 보라 그래? 힘없는 늙은이들한테 이루지 말고 다른 데 가서 알아보라구. 우린 이제 배 타러 가야 하니까는."

"배 뜨려면 아직 시간 있는데. 꽃섬 가시잖아요. 저도 그거 탈 거예요. 화장실에 애를 안고 가기가 좀 그래서."

"애 데리고 화장실 가지 말라는 법도 있나? 정 안 되면 업고서 일을 보면 되지. 어머니, 우리 셋째, 셋째 말야. 어릴 적에 내가 개를 변소까지 업고 갔잖아. 고것이 하도 안 떨어지려고 울어대니까는."

"그럼, 가방만이라도 좀 봐주실래요?"

"아 근데 요게, 냄새나는 변소에서 뭐가 좋다고 히죽히죽 웃어. 그래 이릏게 돌아보며는, 똥덩어리 떨어지는 거 보고서는 좋다고 그냥. 등에 대롱대롱 매달려가지고서는."

"잠깐이면 돼요. 네?"

계집애나 독골댁이나 만만한 상대가 아니었다. 그걸 아는지 모르는지, 계집애 앞에 매달린 아기는 옹알이 소리를 내며 발을 이리저리 뻗대고 있었다. 눈앞에서 아기 발이 오락가락했다. 조그마한 신발에는 노란 곰돌이가 그려져 있었다.

"어이쿠 저기 저 아줌마들. 우리 버스 같이 탔던 사람들이지. 맞지? 시간 다 된 거 아냐? 우리도 이제 갑시다. 뭐 해요, 서두르지 않구서는!"

독골댁이 급한 용무가 생각난 사람처럼 벌떡 일어났다. 계집애가 어쩔 수 없다는 듯 눈을 내리깔고 손톱 끝을 씹었다.

"그라지 말고, 애 부탁 좀 들어줍시다. 오죽 급허면 그러겠소."

"시간 다 됐다니까는 그러네. 그런데 우리 가이드 총각은 어디에 있으려나?"

"우리도 화장실 다녀와야 하니까. 애 먼저 가고, 그 담에 우리가 가고. 우리가 애 봐주면 그담에 얘가 우리 짐 봐주고. 그럽시다."

"짐이고 애고 난 모르는 일이니까능. 오줌을 싸든 똥을 누든. 난 배 타러 갈 거니까능."

독골댁 몸은 이미 저만치 가 있었다. 어쩔 수 없이 관동댁이 계집애를 향해 말했다.

"우리 배 타러 가야 항게 얼렁 와야 혀. 단체 여행이라 늦으면 안 된게. 알겄지야?"

"그럼요."

계집애가 아이를 싼 포대기를 풀어 관동댁에게 건넸다. 배낭도 벗어 벤치에 내려놓았다.

"지금 무슨 소리야? 이 어머니가 미쳤나, 시간 없다니까능?"

독골댁이 잽싸게 돌아와 배낭을 밀치며 말했다. 계집애가 허리를 깊게 숙여 인사했다. 지나치게 예의바른 몸짓이었다. 계집애는 뛰듯이 걸어 화장실 건물 쪽으로 향했다.

"얘, 얘, 어디 가니? 야! 이 계집애야! 거기 안 서?"

독골댁이 손을 휘휘 저으며 계집애를 불렀다. 계집애는 뒤도 돌아보지 않고 달음질쳤다. 독골댁이 관동댁을 향해 맵게 쏘아붙였다.

"미쳤수? 그걸 왜 받아, 그게 뭐라고 받아?"

"그거라니. 요게 물건이랑가?"

"괜한 거 맡았다가 머릿살이나 아프지."

독골댁이 배낭을 픽 집어던지며 웅얼거렸다.

"사람이 인정머리 없이 그러면 못쓰는 법이요."

"계집애가 영 의뭉스럽게 생겼단 말이지. 따박따박 말대꾸하는 것도 그릏구. 내가 사람 보는 거 틀린 적 있나?"

"그렇게 의심이 많아서야……"

"저기 등대도 가보고 해야 하는데."

"발바닥 아프다구 지청구할 땐 언제고."

"우리가 가방 지키러 왔나? 꽃구경하러 왔지."

“꽃구경 가기 전에 여그 이쁜 애 구경 먼저 하소.”

관동댁은 무릎을 올렸다 내리며 아이를 얼렀다. 아이가 눈을 맞추고 입을 벌리고 웃었다. 첫니도 나지 않은 분홍빛 잇몸이 환히 빛났다. 잇몸을 보이며 웃을 때마다 독골댁이 덩달아 쩝쩝 입맛을 다셨다.

“애기 처음 봐? 뭐가 이쁘다고. 못생겼구만.”

“저 할망구가 심통이 났에요, 심통이. 심통쟁이 할망구 좀 보시오, 심통쟁이.”

“좋기두 하겠어. 메느리 심통쟁이 할망구 만들어서.”

“좋다마다. 이런 때 아니면 언제 놀려먹겠어요. 어이쿠 요놈 웃는 것 좀 봐라.”

어느새 아이 쪽으로 바싹 붙어앉은 독골댁이 아이의 이마를 되통스럽게 눌렀다.

“마빡 좀 봐라, 고놈 성깔 있게 생겼네.”

“놈이 아니라 공주고마.”

“공주는 무에? 딱 보니 사내자식인데. 한번 벗겨봐, 있나 없나.”

“바람 들게 옷은 왜 벗기자 그래.”

“벗겨보라니까, 고추 좀 만져보게.”

“이 냥반이 참말로.”

“왜애, 기저귀도 볼 겸, 고추도 볼 겸. 한번 벗겨나 보자구요. 애 봐주는데 그 정도 셈은 해야지. 그게 맞는 셈이지. 그깟 반창고 하나 갖고 되겠어? 어디 이눔, 잘생긴 불알 한번 보여줘봐라, 이눔."

독골댁이 거친 손놀림으로 포대기를 들췄다. 관동댁도 굳이 말리지는 않았다. 독골댁은 내친김에 똑딱이 단추를 풀어 옷을 헤치고 기저귀를 풀어냈다. 맨살이 드러난 순간, 독골댁이 두 팔을 위로 번쩍 치켜올리며 우렁차게 외쳤다.

"고추다, 고추야!"

어깨춤이라도 출 태세였다.

"거봐, 거봐, 내가 고추랬지? 내 눈썰미가 보통이 아니지?"

"그래 고추 봤으니 이제 입혀요. 바람 들어."

"어라, 그런데 이게 뭐야, 똥 쌌어? 뭘 처먹어서는 냄새가 이리 독해? 화장실이 급한 건 계집애가 아니라 요놈이었군."

"애가 참말로 순하네. 칭얼대도 않고."

"순한 게 아니라 둔한 거지. 똥을 깔고 앉아서는 좋다고 웃기는."

"가방 한번 가져와보소. 기저귀 있능가."

"그냥 덮어!"

"이걸 보고 으뜷게 그냥 둔다요?"

"그냥 덮어버리라니까는."

"그러지 말고 기저귀 좀 꺼내소."

"참 비위도 좋으우. 남의 애 똥기저귀도 갈아주고. 그냥 놔둬. 지 똥 싸고 오면 지 조카 똥도 치워주겠지. 그걸 왜 관동댁이 해?"

독골댁이 마지못해 배낭을 끌어오며 투덜거렸다. 독골댁이 기저귀와 물티슈를 찾는 동안 관동댁은 아기 다리를 들어올리고 똥 묻은 기저귀를 빼냈다. 기저귀가 묵직했다. 똥을 싸고도 꽤 되었던지 가랑이와 엉덩이 사이사이 똥딱지가 앉아 있었다. 막상 기저귀를 갈겠다고 나서긴 했지만 관동댁은 그다음에 어찌해야 할지 몰랐다. 평생 아기 기저귀 한번 갈아본 적 없는 관동댁이었다. 손아귀에 잡힌 아기 종아리가 너무 야리야리해서 이상한 기분마저 들었다. 독골댁이 물티슈를 건넸다. 다리를 살짝 들고 물티슈로 엉덩이를 톡톡 건드렸다. 똥딱지는 쉽게 떨어지지 않았다. 독골댁이 힐끔거리며 말참견을 했다.

"거 불알 주름 사이사이까지 싹싹 닦아요."

"기저귀 하나 가는 데 물티슈 한 통을 다 쓰겠구만."

"고추를 앞으로 싹 쓸어올려서 채워야지."

관동댁은 독골댁이 시키는 대로 이리저리 움직여보았지만 자신이 생각해도 손놀림이 영 어설프게 느껴졌다. 보다 못한 독골댁이 관동댁을 밀쳐내며 아이의 발목을 거머쥐었다.

"아이고 그것도 하나 못하나? 비켜봐요. 이릏게 이릏게. 이래야지, 응? 고추도 닦고 불알도 닦고. 이제 시원하냐 이눔아? 이눔 어니 고추 맛 좀 보자. 요거, 요거. 이 할미가 다 따먹을 거다, 요거 요거, 아이고 맛있네 맛있어. 웃긴 뭘 웃냐 이눔. 뭘 안다고 웃어, 뭐 좋다고 웃어. 이눔 이눔."

아기 고추를 따서 입에 넣는 시늉을 하던 독골댁이 기저귀를 야무지게 채우고 옷을 입혔다. 익숙한 손놀림이었다. 기저귀 가는 것쯤이야 눈감고도 할 수 있는 일이라고 말하는 것 같았다. 아기는 다리를 치켜들고 기분좋게 발바닥을 부딪쳤다. 발이 고물거릴 때마다 관동댁의 허벅지가 이상하게 근질거렸다. 독골댁과 관동댁은 한동안 말없이 아이만 내려다보고 있었다.

“이 기집애는 왜 이렇게 안 와. 화장실을 어디꺼정 간 거야?”

독골댁이 퍼뜩 고개를 들며 말했다.

“지금 몇시다요? 시간 안 되었능가?”

관동댁도 화들짝 놀라며 주위를 둘러보았다.

“화장실에 한번 가보지? 뭔 일이 일어난 거 아닌가 모르겠네.”

“내가 왜? 어머니가 가.”

“그럼 애를 안고 있든가.”

“당최 왜 맡아가지고.”

“어째, 나가 가? 독골댁이 가?”

“조카 새끼 똥 싸지른지도 모르고서는. 노인네들한테 똥기저귀나 갈게 만들고 말야. 내가 이년을 잡아서 혼꾸녕을 내줘야지.”

팔을 걷어붙이고 일어났던 독골댁이 두어 발짝 떼다가 되돌아왔다.

“아니지, 또 낚싯바늘 밟을라. 내가 애 안고 있을라니까는 어머니가 가보셔요."

독골댁이 관동댁의 옆구리를 찔렀다. 도리 없이 관동댁이 나섰다. 슬쩍 뒤를 보았다. 독골댁은 아이를 벤치에 내려놓은 채 모자를 썼다 벗었다 하기에 여념이 없었다.

화장실은 썰렁했다. 문은 고장나 있거나 열린 채였다. 계집애는 없었다. 화장실 뒤편도 돌아보았지만 계집애는 보이지 않았다. 관동댁은 계집애가 뛰어가던 순간을 떠올려보았다. 인사가 지나치게 예의발랐던 게 이상했다. 아가, 여기 있니? 아가? 관동댁은 빈 화장실에 대고 불러보았다. 소용없는 일이라는 걸 알면서도 두어 번 더 불렀다. 입안에 쓴침이 돌았다. 당장 독골댁의 지청구를 들을 생각을 하니 생목이 올라왔다. 독골댁이 있는 곳으로 돌아가면서도 고개는 자꾸 화장실 쪽으로 뒷걸음쳤다. 이대로 아주 도망을 쳐버리고 싶었다.

"뭐야? 왜 혼자 와. 계집애는?

관동댁은 대답 대신 아이를 들어올렸다.

"뭐야? 읎어? 읎는 거야? 애를 척하니 맡겨놓고서는, 어디 볼일이라도 보러 간 거야? 볼일이 그 볼일이 아닌 게야?"

"좀 기다려보소. 입정 사납게 굴지 말고."

"기다리긴 뭘 기다려. 우리가 지금 한가롭게 애 똥기저귀나 갈고 앉아 있을 땐가? 배 타러 가야지! 꽃섬! 꽃놀이! 내 이럴 줄 알았어. 내 그랬잖어? 고 계집애 얼굴이 의뭉스럽게 생겼다구."

"내역도 모르면서 무단히 욕을 하고 그래."
"어여 갑시다."
"어딜?"
"배 타러 가야지!"
"애는 어떻코롬 하고?"
"파출소에 맡기든가, 저기 생선 파는 노인네 줘버리든가, 몰라 몰라. 관동댁이 데꼬 살든가."
"말없이 데리고 가블믄 유괴범인디?"
"유괴범이 되더라도, 꽃놀이는 갔다 오고 됩시다."
"야를 데불고 어찌 배를 타. 아즉 시간 있응게 좀 기다려보쇼."
독골댁은 일어섰다 앉았다를 반복하며 부아를 내더니 힘이 부치는지 자리에 털썩 주저앉았다. 독골댁이 생각난 듯 계집애의 배낭을 끌어왔다. 배낭 속의 물건들을 하나씩 꺼내 바닥에 늘어놓기 시작했다. 관동댁도 말리지 않았다. 가방에서 나온 것들은 여벌의 옷가지 기저귀 분유통 젖병과 같은 아이에 관련된 물건들뿐이었다.
"내 이럴 줄 알았지. 이럴 줄 알았어. 이것 좀 봐봐."
독골댁이 사진 한 장을 내밀었다.
"조카라더니. 이 기집애가 애엄마야. 엄마라구. 내 말이 맞지? 그 머라 그러지? 미혼모. 그래 미혼모인 게야. 계집애 얼굴 반반하게 생겼다 싶더니 일찌감치 사내 맛을 알아가지고 애를 밴 게야."

즉석카메라로 찍은 사진이었다. 계집애가 갓 태어난 아이를 안고 있었고 그 아래쪽에는 아이의 생년월일과 태어난 시간이 적혀 있었다. 계집애 행색이 딱 출산을 마친 산모 같았다.

"가만있어봐 멀리 못 갔을 거야. 내 이년을 잡아서 다리몽둥이를 부러뜨려놓든가 해야지. 아니지. 분명히 어디 숨어서 우리를 훔쳐보고 있을 거야. 우리가 어떻게 하나 보구 있을 거라구. 애를 패대기치면 나타나려나? 버리려고 작정한 년이 패대기친다고 나올 리가 없지."

독골댁은 눈을 부라리며 주위를 두리번거렸다. 그러다가 다시 가방 앞에 쭈그려앉아 물건을 뒤졌다. 아기용품을 하나씩 집어들고는, 무릎을 치며 그럴 줄 알았어, 이거 봐, 이거 봐, 하며 계집애가 아이를 버리고 갔다는 확실한 물증을 보탰다. 독골댁은 아예 배낭을 뒤집어 속을 다 털어냈다. 봉투 하나가 떨어졌다.

"돈이야, 돈. 이거 봐, 애를 버릴라구 작정을 한 거라구. 한나 둘 서이. 십육? 뭐야, 이십이면 이십, 십오면 십오지, 십육은 또 뭐야. 이런 얼어죽을 년."

"어어…… 쩌그 쩌그 우리 배 들어온 거 아니오?"

"가자. 배 놓치겠다."

"애는 우짜고?"

"삶아먹든지 구워먹든지 그건 받은 사람이 알아서 하고. 나 먼점 가요."

"독골댁, 같이 가여. 어이, 어이 독골댁!"

독골댁은 아랑곳하지 않고 내처 달렸다. 서둘러 뛰어가느라 모자가 날리는 것도 모르고, 뒤늦게 돌아와 모자를 주워 다시 쓰고 두 손으로 감아쥔 채, 바닥에 널브러진 그물을 뛰어넘고 사람들을 밀쳐내며, 맹렬하게 달렸다. 낚싯바늘이고 뭐고 괘념치 않고 달렸다. 배를 놓치지 않으려는 집념 하나로 기를 쓰고 달렸다.

관동댁은 일단 아이를 앞으로 안고 가방을 챙겼다. 엉거주춤 걸음을 떼다가 그 자리에 딱 멈춰 섰다. 개나리색 점퍼가 너울대다가 여객터미널 안으로 사라지는 것이 보였다. 개나리가 사라지고 꽃놀이가 사라졌다. 독골댁 말이 하나 틀린 게 없었다. 뭐 한다고 애는 받아가지고. 관동댁은 무너지듯 자리에 앉았다.

관동댁은 습관적으로 아이의 가슴을 도닥이며 섭섭한 마음을 달랬다. 입에서 저절로 자장가 비슷한 소리가 나왔다. 옛날 어른들 길쌈 소리 같은. 노인들이 애를 안으면 왜 흥얼흥얼 노래를 부르는지 이해가 되지 않았는데, 관동댁은 저도 모르게 몸을 흔들며 아이를 어르고 있었다. 이런 것은 배우지 않아도 저절로 나오는 몸짓인가보았다. 아이가 눈을 깜박이며 박자를 맞추는 듯했다.

관동댁은 바닥에 떨어진 사진을 주워올렸다. 사진 속 계집애는 약간 놀란 표정이었다. 독골댁 말대로 작정하고 도망간 것인지도. 언제까지 아이를 안고 있어야 할지. 꽃섬엔 가보지 못한다 하더라도, 일행들이 돌아오기 전까지는 어떻게 해야 할 텐데. 무얼 어찌

해야 할지 가늠이 서질 않았다. 관동댁은 아이의 입술에 손가락을 살짝 대보았다. 보드라웠다. 낯선 느낌이었다.

"가? 진짜 가? 나를 버리고?"

독골댁이었다. 독골댁은 의자 밑에 말아놓았던 기저귀를 발로 차며 불퉁거렸다.

"우째 그냥 와. 배는? 가이드 총각은?"

"이런 썩어빠질 가이드 놈. 실실거리며 비위 맞출 때는 언제구. 하나 둘 숫자도 못 세? 사람이 없으면 찾기라도 해야지. 그냥 가?"

표시는 내지 않았지만 관동댁은 반가웠다. 허둥거리며 뛰어가던 뒷모습이 생각나 슬며시 웃음이 새어나왔다.

"이게 다 관동댁 때문이야. 어쩔 거야, 응? 어쩔 거야, 어쩔 거냐고. 내 꽃놀이. 관동댁이 다 책임져. 괜히 꽃놀이는 오자고 해가지구. 괜히 애는 맡아가지구!"

"나가 오자고 했가니? 성님이 오자고 했지?"

"내가 왜 성님이야!"

"그럼 메느님이라고 불러요?"

"그 양반 돌아가신 지가 언젠데, 다 늙어빠져서 시엄씨 노릇 하려구? 후취 주제에 무슨 시엄씨. 내가 첫날부터 확실히 길을 안 들였으면 시엄씨 노릇 오죽이나 안 했겠어. 아주 새초롬히 앉아서 밥상 받는 꼴이라니. 내가 밤낮으로 부엌에서 꼬부리구선 상 들구

댕기느라 허리가 이렇게 된 거 아냐. 들어주기나 해? 나이 어린 시어머니가 척 하니 아랫묵에 상 받구 앉았지."

"또 옛날 얘기. 여기서 그 얘기는 왜 또 나오요."

"옛날 얘기 안 하게 생겼어? 내 뒤집어쓸 줄 알았어. 옛날에도 그랬잖아. 밖에만 나갔다 들어오믄 꼭 뭐 하나씩 속아서 사가지구 들어오구. 쓰잘데도 없는 거, 옴팍 속아가지고. 응응응?"

관동댁은 침묵했다. 독골댁도 입을 다물고 씩씩 거친 숨만 내쉬었다. 관동댁은 독골댁이 아니라 아이를 향해 조그맣게 말했다.

"어쩐당가. 꽃놀이 몬 해서……"

"못 하긴. 해야지!"

독골댁이 분연히 일어섰다. 눈을 반짝이며 선언하듯 말했다.

"일단, 파출소에 애를 갖다주구! 다음 배를 타구! 갑시다, 꽃섬. 요 배지가 유람선 선표고 꽃섬 입장권이라믄서. 꽃은 지대로 못 봐도 꽃섬은 밟아봐야지. 자. 갑시다 가."

"조매 더 기다렸다가……"

"기다리긴 뭐 기다려. 이 사람이 아직도 정신 못 차리고. 그렇게 물러터졌으니 그 모양으로 사는 거지. 가요, 얼른. 이 값은 서울 돌아가서 톡톡히 받을 테니까, 어서 그애나 치웁시다."

독골댁이 배낭을 번쩍 들어 등에 메고 걸어갔다. 관동댁은 아기 포대기를 앞으로 메고 남은 가방들을 챙겨 독골댁 뒤를 쫓았다. 혼쭐을 내주러 몰려가는 노인네들처럼 앞서거니 뒤서거니 하며 속도를 높였다. 파출소는 공동주차장 옆에 있었다. 파출소 앞에 도착한 독골댁이 안을 슬쩍 들여다보고는 한발 뒤로 물러섰다.

"자, 여기까지는 내가 데리고 왔으니까는, 이제 나머지는 어머니가 알아서 하시구."

"같이 안 들어가고?"

"애 하나 주고 오는 게 뭐 어렵다구. 난 순경이라면 딱 질색이야. 발바닥 아파서 저기 가 앉아 있을라니까, 혼자 들어가서 저거 하셔."

독골댁이 직접 문을 열어주며 관동댁 등을 밀었다. 뒤로 문이 닫혔다. 관동댁은 그 앞에 우두커니 서서 주위를 둘러보았다. 책상에 앉아 컴퓨터를 들여다보고 있던 순경이 슬그머니 일어나 다가왔다. 애를 맡게 된 경위를 설명했다. 관동댁이 생각해봐도 두서가 없었다. 굳이 설명하지 않아도 될 신발 밑창의 낚싯바늘과 아기 기저귀를 간 것까지. 순경은 관동댁이 하는 말을 주의깊게 들으면서도 의심스러운 눈초리를 지우지 않았다.

그때, 독골댁이 문을 열고 들어왔다. 고개를 숙인 채, 아무와도 눈을 맞추지 않겠다는 태도로, 땅바닥만 보며, 쭈뼛쭈뼛 걸어오더니, 계집애의 배낭을 책상 위에 탁 내려놓고는 서둘러 파출소 문을 나섰다. 잠시 후 파출소 창문 너머로 챙 넓은 모자가 쑥 올라왔다가 내려가는 것이 보였다.

"그애 가방이요. 거그 사진도 있고 다 들었어요. 그리고 여기…… 여기 돈봉투도 있었고. 방송을 하등가 뭐 컴퓨터 조회를 해보등가 해서 찾아주면 좋겠소."

"그래서 어떤 애가 와서 반창고를 주고, 애를 맡기고 갔다?"

"그렇지."

"언제요?"

"그러니까 한 반시간쯤 되았나?"

"어디서요?"

"쩌그 공원 벤치에서."

"그런데 저분은 누구세요? 저기 밖에."

뒤를 돌아보았다. 유리창에 눈을 바싹 들이대고 안쪽을 살피는 독골댁이 보였다. 손짓으로 독골댁을 부르자, 독골댁은 흠칫 뒤로 물러서며 몸을 감췄다.

"십만원 들었네요? 봉투에?"

순경이 말했다.

"뭐이? 십? 아닐 틴디?"

순경이 돈봉투를 건네주었다. 관동댁은 아기 엉덩이를 한번 추스르고는 돈을 꺼내 꼼꼼히 세어보았다. 더도 덜도 없이 딱 열 장이었다.

"그런데 어르신. 우리는 해양경찰이라서요. 해양 업무만 해요. 미아 관련 업무는 저기 파출소로 가보셔야 해요. 나가셔서 왼쪽으로 돌면 주차장 있잖아요. 주차장 가로질러서 가면 큰 횟집이 있고 그 옆에 있어요."

"그럼 뭐 땀시 이것저것 물어봤당가."

관동댁 입에서 큰소리가 나왔다.

"잉? 여기서 맡아줄 것도 아니롬서, 잉? 나 여기 그냥 두고 갈랑게, 당신들이 알아서 처리하쇼잉? 해양이고 뭐고 다 같은 순경 아닝가?"

"어차피 습득한 분 인적사항이랑 적어야 하니까, 거기 가서 처리하세요."

"습드윽?"

순경이 어쩔 수 없다는 듯 어깨를 들썩여 보였다. 가방을 챙겨 문을 나섰다. 문 옆에 걸린 해양경찰 팻말이 뒤늦게 눈에 들어왔다. 독골댁은 어디로 갔는지 뵈지 않았다. 우선 독골댁부터 찾아야 했다.

관동댁은 아이를 앞으로 매달고 터덜터덜 걸었다. 등뒤로는 계집애의 배낭을 멨고 손가방까지 들었다. 걸을 때마다 아이 다리가 대롱대롱 흔들리며 배를 톡톡 건드렸다. 그 기분이 썩 나쁘지는 않았다. 어시장을 지나 선착장 근처에 다다랐을 때 독골댁이 보였다. 다라에 해산물들을 놓고 파는 좌판 앞에 앉아 있었다. 독골댁이 손짓을 하며 알은척을 했다.

"여기 여기, 관동댁 여기…… 어어? 뭐야? 애는 왜 다시 데리고

와?"

"거는 해양만 한다네?"

"그게 먼 소리야?"

"그런데, 독골댁!"

"일단 우리 회나 한 접시 먹읍시다. 우니가 지금 딱 제철이라네. 여기 멍게도 한 접시 썰어줘요. 그 징그럽게 생긴 건 빼고."

"독골댁! 애한테 돌려줄 거 없소?"

"독골댁 여기 있수. 뭐해요 앉지 않고?"

"독골댁!"

"그놈의 독골댁, 독골댁. 내 이름은 길현이요."

"봉투."

"봉투 뭐."

"어여 내놔."

"당최 무슨 말인지."

"정말 안 가져갔능가?"

"몰라 몰라, 돈이고 뭐고. 난 몰라."

마침 회 접시가 나왔다. 독골댁이 호들갑스럽게 접시를 받아들었다. 접시 위에는 반으로 가른 성게에 작은 숟가락이 꽂혀 있었다. 독골댁이 숟가락을 들고 성게알을 푹 퍼내 입에 넣었다. 그러고는 눈을 지그시 감고 신음소리를 내며 진저리를 쳤다.

"참말로 모르요? 그럼 이건 다 뭔 돈으로 샀다요?"

"내 노임으로 샀지. 노임. 애를 봐줬으면 그 정도 노임은 받아야지. 안 그래? 그러지 말고 관동댁도 이거 한 점 먹어봐. 기가 막혀. 흐읍."

관동댁은 고개를 홱 돌려버렸다. 오물거리는 입도, 환하게 피어나는 낯빛도, 벌름거리는 코도, 갑자기 다 징그럽게 느껴졌다. 관동댁은 아이 얼굴만 집요하게 쳐다보았다. 독골댁은 연신 숟가락질을 하며, 감탄사를 연발하며, 성게알을 푹푹 퍼넣고 있었다.

아이가 혓바닥을 동그랗게 말고 입술을 움찔거렸다. 손가락 끝으로 아이의 왼쪽 볼을 톡톡 건드려보았다. 아이의 입술이 손가락 쪽으로 움직였다. 오른쪽 빰을 건드리자 오른쪽으로 움직였다. 배가 고픈가, 관동댁이 아이의 볼을 건드리며 혼잣말을 했다. 계집애의 가방 속에 젖병도 들었던 걸 기억해냈다. 배낭에서 젖병을 찾아 꺼냈다. 젖병은 아직 미지근했다. 독골댁이 입을 오물거리며 참견을 했다.

"누리끼리한 게 우유가 아니라 모유네. 옘병할 년이 양심은 있어서 젖은 짜놓구 도망쳤네. 젖퉁이가 불지도 않았던데 어찌 젖은 나왔나보네."

관동댁은 아이의 입에 젖병을 물렸다. 아이는 볼우물을 파며 힘차게 젖꼭지를 빨았다. 애기 젖꼭지 빠는 소리가 쪽쪽, 듣기 좋았다. 그 소리에 몸이 저절로 박자를 맞추었다. 좌우로 한 번씩 움직이고, 손으로 톡톡 엉덩이를 두들기고.

"아이구 보기 좋네그래? 다 늙어빠진 할망구가 애 젖병이나 물리고 앉았구. 왜 그 쭈그렁 젖퉁이두 꺼내서 물리면 잘도 빨겠구만."

"헝게. 내가 평생, 애한테 젖 한번 못 물려봤네."

관동댁은 손가락으로 아기의 얼굴을 살살 쓰다듬으며 혼잣말을 하듯 읊조렸다. 독골댁이 숟가락을 접시 위에 살포시 내려놓았다.

"젖 물려 키우면 뭐해. 다 지들 살기 바쁘지."

"썬글라스라도 하나 얻어 썼으려나."

"참 내, 어머니가 뭐라도 하나 낳았어봐, 일이 얼마나 복잡해."

"안 복잡하려고 그리 가셨나보네."

"그 냥반은 뭐가 급해 그리 서둘러 가셨어 그래?"

"그 냥반 기억난당가?"

"기억나구말구. 참 멋있었지. 양복전에서 새 옷 입고 나오믄 폼이 어찌나 나던지."

"멋있었당가? 난 무섭기만 하던디?"

"무섭긴. 성품이 순하시지. 음성도 좋으시구. 메느리 응석도 다 받아주시고. 서울서 데리고 온 메느리라고 끔찍했지. 비로도 치마도 사주시고. 사랑 많이 받았잖여 내가."

"비로도는커녕 옥양목 치마 하나 못 얻어 입어봤소."

"어머니 온 날, 그 냥반이 그랬어. 암것도 모르는 애다. 네가 하나하나 다 가르쳐라. 그 냥반도 눈에 뭐가 씌었지. 뭐가 좋다고 암

것도 모르는 걸 데리고 와가지고설라무네. 어머니 볼 게 뭐 있어? 얼굴은 밉구 키는 쬐끄매해가지고, 할 줄 아는 게 있어, 애교가 있어. 나이 어린 거 말고 뭐가 있어. 그거 내가 일일이 다 가르쳤잖아. 그 냥반이 가르치라니 별수 있어? 그래도 섭섭하지. 메느리밖에 모르시던 냥반이 어디서 밉상을 하나 데리고 왔는데."

"그 냥반 가고 나니, 의지할 데라고는 독골댁밖에 없데. 그 냥반 자석들이야 눈을 실쭉하니 뜨고 보고, 무서워서 말도 못 붙였지. 그냥 언니 같고, 성님 같고, 엄니 같고…… 우리 엄니가 그 냥반한테 그랬다네…… 데려가서 밥이나 멕여달라고…… 그 집 와서 흰 쌀밥 처음 먹어봤소. 아따 고거이 참말로 답디다."

"자, 여기 쌀밥 대신, 우니 한번 먹어봐. 여간 단 게 아냐."

독골댁이 숟가락에 성게알을 가득 담아 관동댁에게 들이밀었다. 눈앞에 노란 성게알이 아른거렸다. 관동댁은 입을 앙다물었다. 그때 보드라운 성게알이 입술을 스치고 지나갔다. 아기 엉덩이처럼 야들야들했다. 살짝 스치고 지나간 것뿐이었는데, 볼에 갖다댄 손가락에 반응하는 아기처럼, 입이 쩍 벌어졌다. 기회를 놓칠세라 독골댁이 숟가락을 쑥 밀어넣었다. 관동댁은 얼결에 입을 다물었다. 입안에 들어온 성게알은 씹을 것도 없이 사르르 녹아 목구멍을 타고 그대로 내려갔다. 독골댁이 숟가락을 다시 빼며 말했다.

"맛이 좋지? 달달하지? 요것이 진짜 우니 맛이야, 우니."

맛있었다. 기가 막히게 맛있었다. 너무 향기롭고 달콤해서 눈물이 날 것 같았다. 관동댁은 입을 꾹 다물고 맛있다는 말만은 하지 않으려고 안간힘을 썼다. 독골댁이 성게알을 한 숟갈 푹 퍼서 제 입에 넣고 혀를 오물거렸다. 독골댁 얼굴에 샛노란 꽃이 활짝활짝 피어났다. 입을 꾹 다물고 있으려니 저절로 눈이 찌푸려졌다.

"왜, 맛이 읎서? 맛이 이상해서 우나? 다시 한번 먹어보아, 맛있어. 내가 가르쳐줄게. 요로코롬 숟가락으로 노란 것만 살짝 떠서 혀로 삭 녹이면 을매나 맛있어."

독골댁이 관동댁에게 숟가락을 새로 하나 내밀고는 자기도 한술 떠서 입에 넣었다. 관동댁은 숨을 깊게 들이마셨다. 여진처럼 성게 향이 잔잔히 번졌다.

"어머니는 인생을 몰라도 너무 몰라. 요 맛도 모르구. 아직도 갈챠줄 게 많이 남았으니. 어쩌나? 내가 오래오래 살아야지."

관동댁은 우니 맛을 음미하며 생각했다.

'한나한나 다 가르챠줬제. 버선 맹그는 것도 가르챠주고 나백김치 담그는 것도 가르챠주고, 우니 맛도 가르챠주고. 나도 뭐 한나 가르챠줄까? 그릏게 메느리만 이뻐했던 그 냥반이 밤마다 내헌테 머라 했는지 아능가? 요 맛은 아무도 모를 거다, 요 맛이 최고다, 요 맛이 최고야. 어릴 적에는 고 말이 고로코롬 무섭고 싫드만. 독골댁은 죽어도 그 냥반 다 모를 거이네. 암만, 내 양반인디?'

명자씨를
닮아서

그녀에게 폐경이 왔어요. 그것이 그 아이의 시작이었죠.

포근한 겨울밤이었어요. 밖엔 눈이 내리고요. 우린 바닥에 배를 깔고 누워 자몽을 까먹고 있고요. 자몽 껍질로 탑도 쌓아올리고. 속껍질까지 말끔하게 벗겨낸 알맹이를 입에 넣어주면 날름 받아먹고, 그렇게 사이좋게 서로 주거니 받거니 하다가 마지막 한 개가 남았을 때. 그녀가 자몽 껍질에 엄지손톱을 툭 박아넣으며 말해요.

'폐경이 왔다더라? 심리적 충격에 의한, 조기, 폐경?'

어디서 재미난 소문이라도 주워들은 사람처럼, 자기랑은 무관한 일을 들려주듯 폐경을 선언했죠. 그동안 생리가 없었다는 걸

문진표를 작성하면서야 깨달았대요. 안면홍조니 무기력이니 우울증이니 의사가 어떤 증상들을 대면 그녀는 기억을 더듬어 손가락을 접었고, 거의 대부분 그녀에게도 해당되는 것들이었고, 그게 다름 아닌 폐경기 증상이라는 걸 알게 되었죠. 그가 죽은 지 일 년하고도 이 개월. 그동안 그녀에게 나타났던 증상들을, 그녀는 남편을 잃은 사람이라면 누구나 겪는 일이라 여겼고, 그래서 더이상 생리를 하지 않게 된 것이 정확히 언제부터였는지 기억나지 않는다고 했어요.

그때 내 나이 열일곱. 생리를 시작한 지 얼마나 됐을까. 생리라는 건 그저 귀찮고 번거로운 월례 행사에 불과했으니, 폐경은 실체감이 없는 머나먼 단어일 수밖에요. 마흔둘이 아니라 서른둘에 폐경이 왔다 해도 그런가보다 했을 거예요. 조기폐경이 조기 폐업이라는 말로 들렸을 정도였으니까. 아빠가 죽었으니 엄마의 폐경은 당연하다고 생각했는지도 몰라요. 좀 뭉클한 기분까지 들었죠. 입안에서 터진 자몽즙에 턱이 뻐근하게 당겨왔어요.

'진짜 사랑했구나?' 내가 물어요. '넌 안 사랑했어?' 그녀가 다시 내게 묻죠. 그녀는 꼭 그렇게 질문으로 대답을 하는 버릇이 있다니까요. 대답과 질문을 동시에 담아서 하기도 하고요. 그러면 나는 그녀가 하고 싶은 말을 대신 해줘야 하죠.

'당연히 사랑했지. 당연한 건 뭐하러 물어?'

'그러게, 당연한 걸 왜 물었을까?'

그녀가 몸을 똑바로 하고 누워요. 나도 그 옆에 나란히 누워요. 말없이 숨을 들이마시고 내쉬고. 가슴만 오르락내리락. 숨소리만 고요하죠. 우리가 그렇게 말없이 숨을 고를 때는 준비를 하고 있는 거예요. 그에게로 가는 여행. 출발을 하려면 주문이 필요하죠. '보고 싶어?' 내가 물으면, 그녀는 '넌 안 보고 싶어?' 되묻고, 그러면 내가 '당연히 보고 싶지' 대답하면 그녀가 '너 모르는 얘기 하나 해줄까?' 하며 여행이 시작되는 거죠.

그녀는 주로 내가 태어나기 전에 일어난 일들을 얘기해요. 그건 내가 정말 모르는 얘기니까. 그와 어떻게 처음 만났는지 어디서 뭘 먹었는지 먹다가 무슨 일이 있었는지. 세세할수록 재미가 있죠. 그녀의 얘기가 끝나면 내가 이어받아요. 그와 작당하고 그녀를 골려준 얘기 같은 거. 나만 아는 얘기가 훨씬 적지만, 애초부터 불공정한 대결이었지만, 그래도 우리는 경쟁하듯 감춰둔 기억을 꺼내고, 몇 번 우려먹은 얘기라도 처음 들어본다는 듯 놀라워하며 그를 추억하죠.

그런데 그날은 좀 이상했어요. 넌 안 보고 싶어? 라고 되물어야 여행이 시작되는 건데, 딱 그 타이밍이었는데 더이상 까먹을 자몽도 남아 있지 않은데, 뜸을 들여도 너무나 들이고 있는 거예요. 그래서 내가 재촉했죠. '안 보고 싶냐고오' 말꼬리를 길게 늘이는데, 그녀가 갑자기 몸을 일으켜세우더니, 내 몸 위로 올라타는 거예요. 얼굴을 바싹 들이대고서는 눈썹을 치켜세우면서 나를 닦아세워요.

'그런데?'

'뭐가 그런데?'

'그런데 왜 넌 아냐?'

'내가 뭐? 뭐가 아닌데?'

무슨 말을 하려는지 도무지 짐작이 안 됐어요. 그녀는 눈만 깜빡거리면서 대답하라 재촉하고, 나는 나대로 깜빡깜빡 어리둥절. 그런데 갑자기 입안에 자몽 냄새가 확 퍼지면서 그 단어가 떠오른 거죠.

'왜 난 폐경이 아니냐고? 설마, 혹시, 그런 얘기야?'

'응. 너도 나만큼 충격받았잖아?'

'엄마랑 나랑 같아?'

'뭐가 달라? 너도 사랑했다며?'

'아무리 사랑했어도 그렇지. 그게 열일곱 살밖에 안 된 딸한테 할 소리야? 사랑하는 사람이 죽었으니 같이 손잡고 폐업이라도 하자는 거야 뭐야? 그리고 내 거는 아빠를 위한 게 아니었거든?'

그렇게 말하고 나니까 웃음이 났어요. 그녀가 농담을 한다고 생각했으니까. 나름 그럴듯한 설명을 한 것 같았으니까. 그런데 반응을 안 하는 거예요. 같이 웃고 다음 단계로 넘어가야 하는데, 웃음은커녕 표정이 아주 싸해지면서 미간에 주름을 세워올려요. 뭔가 일이 잘 안 풀리면 만드는 세로 주름이요. 그러더니 자리를 박차고 일어나서는 문을 열고 나가버리는 거예요. 도대체 이게 뭔 일인가 하고 있는데, 그녀가 다시 돌아와요. 아주 사나운 얼굴이 되어 와서는, 나를 향해 팩 쏘아붙여요.

'내 거는 널 위한 거였거든?'

그러고는 다시 나가버려요. 쿵쿵쿵쿵 발뒤꿈치 소리가 나고, 문이 열렸다 닫히는 소리가 나고, 그녀는 돌아오지 않았죠. 나는 여전히 웃고 있는데. 기다리고 있는데. 밤중인데. 눈도 내리는데. 따라 나갈 수도 그대로 앉아 있을 수도 없고. 입은 계속 웃는 상태로 벌어져 있는데. 무서웠어요. 뭐가 무서운지도 모르고 그냥 겁이 났어요. 무언가 이상한 일이 벌어지고 있었어요. 사방이 조용했어요. 조용한데, 이상하게 사나운, 낯선 밤이었어요.

인생에서 가장 적당한 시간이라는 게 있을까요? 적당한 양은요? 적당한 때는요? 평균이라는 게 중요한가요? 평균은 누가 정하죠? 얼마에 이르러야 그만하면 괜찮다, 모자람이 없다 할 수 있죠? 옆집 할아버지는 골골하며 아흔일곱 살까지 살고, 건강했던 내 아버지는 마흔두 살에 갑자기 죽어버리고, 윗집 히스패닉 부부는 애를 넷이나 낳고도 하나가 또 생기고, 성당 사무장 글라라 아줌마는 아무리 돈을 들이고 노력해도 애를 낳지 못하고. 마흔두 살의 폐경은 평균에 못 미친 건가요?

인간은 누구나 각자 가지고 태어난 양이 있는 것 같아요. 평생 만들어낼 난자의 개수, 평생 먹을 밥, 평생 받을 사랑. 자기가 갖고 태어난 만큼, 딱 그만큼만 누리다 가는 거예요. 그 총량을 다 채우면 거기서 끝. 나머지는 덤. 인생 총량의 법칙. 시간은 중요한 게 아니죠. 길든 짧든 많든 적든. 억울할 것도 의기양양할 것도 없어요. 그냥 자기가 가지고 태어난 총량을 채우면 끝인 거예요. 억울함을 따지자면야 마흔둘에 폐경이 된 여자보다야 마흔둘에 죽은 남자가 훨씬 더 억울하지 않겠어요? 태어나자마자 고아가 된 아이보다 부모를 차례차례 잃은 열아홉 살 아이의 운명이 더 가혹할 수도 있고요.

그는 너무 건강해서 죽었어요. 지나치게 건강해서. 건강의 총량을 일찌감치 채워버려서. 그의 탄탄한 허벅지가 생각나요. 그녀와 내가 틈만 나면 만져대던 알통도요. 억지로 만든 게 아니라 생활에서 차근차근 쌓인 진짜 근육이었는데. 달리기를 할 때면 짱짱해졌다가 튕겨오르면서 꿈틀. 살아 움직이는 생명체처럼 꿈틀. 그 싱싱하게 아름답던 근육들이, 그를 결국 죽음으로 몰아넣었죠.

그는 달리기를 참 좋아했어요. 우리가 코네티컷에 정착한 이후 해마다 빠지지 않고 보스턴 마라톤 대회에 참가했다지요. 마지막 해에는 일반인 부문 선두 그룹으로 들어올 만큼 실력이 좋았어요. 그녀는 수건을, 나는 이온음료를 들고 결승점에서 기다리죠. 땀으로 번들거리는 그의 가슴팍에서는 초콜릿 냄새가 나요. 우리는 그

냄새를 먼저 맡겠다고 앞다퉈 그의 가슴팍에 매달리고요.

그날은 다른 때보다 허벅지가 좀 뻐근한 것 같다며 절룩거리며 걸었어요. 그래서 우리는 뭉친 근육을 풀어준답시고 그를 바닥에 눕히고 다리를 한쪽씩 맡아 주무르기 시작해요. 허벅지에서 감자만한 혹을 발견한 건 그녀였어요. 감자같이 생겼다고 말한 것도요. 돌아가며 감자를 만지면서 재밌어했어요. 그게 뭔지도 모르고. 근육이니 알이니 내 거니 니 거니 하면서. 그 감자만한 혹이 주키니 호박처럼 길어지는 데 일주일. 허벅지에서 엉덩이를 거쳐 등짝으로 번지는 데까지 한 달. 그로부터 며칠 뒤에는 거의 모든 장기들을 점령했죠. 허벅지에 첫발을 내디딘 감자는 그렇게 전력질주를 했어요. 생생한 근육에 올라타고 몸 구석구석을 돌아 결승점까지. 붙잡아세울 틈도 없이 쉬지 않고 단박에. 그렇게 빨리 번지는 암은 삼십오 년 경력에 처음 보았다는 근육암 최고 권위자가, 자신이 할 수 있는 일은 진통제를 주는 것뿐이라면서, 그녀에게 바통을 넘겼어요. 준비가 되면 알려달라고.

사랑받는 것 말고는 아무것도 할 줄 모르는 그녀에게, 매끼 식단도 혼자 못 정하고 그와 내가 결정하면 그럴 줄 알았다는 듯 즐겁게 식탁을 차리던 그녀에게, 숨쉬는 거대한 암덩어리의 운명을 대신 결정하라니.

그녀는 탁자 위 가습기처럼 숨만 쌕쌕 내쉬면서 옆을 지켰어요. 모두들 그녀 눈치만 봤죠. 우리가 코네티컷에 정착하도록 길을 열어준 고모나, 이미 병자성사까지 해준 신부님이나. 어떤 개입도 할 수 없었어요. 결정을 내리는 일은 오로지 그녀 몫이었죠. 나흘째 되던 날, 그녀는 그의 열 손가락에 자신의 열 손가락을 끼워넣었다가 푼 다음, 자리에서 일어나 근육암 최고 권위자에게로 가 자신의 결정을 알렸어요.

호흡기를 떼고 사망선고가 내려지기까지 십오 분.

그 십오 분이, 내가 살아온 모든 시간보다 더 길게 느껴졌어요.

그녀의 결정에 이의를 달 생각은 없어요. 무슨 결정을 내리느냐의 문제가 아니라 언제 결정을 따르느냐의 문제였으니까. 거기에 가장 적당한 시기란 없었으니까. 사흘이든 사십 일이든 바뀔 것은 없었으니까. 결정은 이미 그가 내려줬으니까.

의식이 있던 마지막 순간, 그가 힘겹게 팔을 들어 우리를 불러요. 그녀와 내가 그의 양팔에 나눠 안겨요. 그가 겨우겨우 말해요. '사랑해.' '미안해.' '잘 있어.' 온 힘을 다해 가까스로 한마디. 사랑해, 미안해, 잘 있어. 필사적인 작별인사를 마치고 나서 마지막으로 남긴 말은 '아프다'였어요. 그의 생애 마지막 말, 아프다. 그에게서 아프다는 말을 들어본 적이 있었나? 셀 수 없이 들어왔던 사랑해와 한 번도 들어보지 못했던 아프다 사이 미안해와 잘 있어. 마지막 말이 아프다가 아니라 잘 있어나 미안해였다면, 우리는 끝까지 그를 놓지 못했을 거예요.

그가 아프다는 말을 좀더 자주 하는 사람이었다면, 조금이라도 엄살을 부리는 사람이었다면, 그렇게 빨리 죽지는 않았겠죠. 감자가 올라오기 전에 미리미리 싹을 찾아 잘라냈을 테죠. 그러니까 건강하게 오래 살기 위해서는 자주 아플 필요가 있어요. 함께 오래 살기 위해서는 사랑과 행복도 적절히 배분해서 누려야 하구요. 그가 줘야 할 내 몫의 사랑에 모자람이 있었더라면 그는 아쉬워서라도 죽지 못했을 테니까. 우리의 행복은 총량을 채우고도 이미 넘쳤으니까.

우리는 왜 그렇게 행복하기만 했던 걸까요.

우리는 왜 그렇게 서로에게 사랑스럽기만 했던 걸까요.

•

그녀는 내가 아니라 자신의 죽은 난자들과 함께 살기로 한 것 같았어요. 정확히 말하면 난자들이 다 빠져나간 그녀의 빈 자궁과요. 자궁한테 묻고 자궁한테 답을 듣고. 나쁜 친구랑 어울려 다니는 순진한 애처럼. 자궁하고 손잡고서 나를 상관없는 사람 취급했죠. 그의 죽음은 우리 둘 모두에게 닥친 일이었지만, 폐경은 그녀에게만 벌어진 일이었으니까. 우리가 아무리 생리대를 나눠 쓰던 사이였어도 생리의 의미까지 나눌 수는 없었으니까. 그의 죽음도 갈라놓지 못한 우리 사이를, 폐경이 갈라놓았죠.

억울했어요. 엄마의 폐경이 내 탓은 아닌데. 그녀가 가진 모든 난자를 나한테 다 써버려서 끝난 게 아닌데. 그러려면 내가 태어나자마자 폐경이 됐어야지. 그런데 그녀는 나를 지목하고 있고.

나를 위한 거였다고. 터무니없는 공격을 받을 수도 있구나. 억울한데 무서웠어요. 이상한 예감이 들었어요. 무언가 다가오고 있는 느낌. 실체는 없지만 아주 나쁘다는 것만큼은 확실하게 느껴지는, 기다릴 수도 도망칠 수도 없는 어떤 불길한 예감. 그가 죽었을 때도 그렇게까지 무섭지는 않았는데. 예감 같은 건 없었으니까. 예감을 앞세우지 않은 갑자기 들이닥친 사고였으니까. 그런 건 그냥 받아들여지게 되거든요. 그게 뭔지도 모르고, 순종하죠. 아주 용감하게 그리고 정직하게.

그가 없어도 우리는 얼마나 잘 지냈게요. 잘 있으라는 말을 따르기 위해서라도 우린 필사적으로 잘 지냈어요. 그가 우리에게 주고 간 사랑이 충분해서, 그 기억을 되새김질하는 것만으로도 따뜻해서, 둘이 꽉 끌어안고 있으면 셋이 있는 것 같아서. 그가 그립기는 해도 슬프지는 않았어요. 그의 죽음이 오히려 그녀와 나를 더 단단하게 묶어주었죠. 그렇게 한덩어리였던 우리를, 그의 죽음도 갈라놓지 못한 우리 사이를, 그깟 난자들이 갈라놓다니요.

그녀는 죽어가는 사람 같았어요. 생기를 찾아볼 수가 없었죠. 눈 밑은 검어지고 얼굴은 푸석푸석하고. 기력이 다 빠진 사람처럼 아무데나 쓰러져 자고. 반쯤만 깨어 있는 사람처럼 몽롱하게 걸어다니고. 혼자 죽기 싫은 난자들이 그녀 손목을 잡아끄는 것처럼, 죽음을 향해 맥없이 끌려가고 있었어요.

외로웠어요. 그가 죽기 전에 당부했던 말의 의미를 깨달았죠.

그녀가 잠시 자리를 비우고 그와 둘만 오롯이 있었을 때, 그가 내게 부탁한 게 있어요. 엄마 외롭지 않게 해줘. 그 말을 하고는 씩 웃었어요. 하도 잘 웃어서 생긴 부챗살 모양의 주름을 접었다 펴면서. 그는 알고 있었던 거예요. 그녀가 외로우면 나 또한 외로워진다는 걸.

어떻게든 죽은 자궁에서 그녀를 떼어내야 했어요. 더 늦기 전에. 생각하고 또 생각했어요. 그녀의 폐경에 내가 뭔가 결정해줘야 하는 게 있는 걸까. 그였다면 어떤 결정을 내려줬을까.

한밤중이었어요. 그녀는 냉장고 문을 연 채 서 있어요. 내가 다가가는 것도 몰라요. 언제까지고 그렇게 서 있을 것만 같아요. 한동안 장을 보지 않아 텅 비어버린 냉장고 안을 보고 또 봐요. 기회가 온 걸 알았어요. 일단 냉장고 문을 닫아버리고 그녀를 돌려세웠어요. 어깨를 양손으로 꽉 붙들고 말했어요.

'폐경이 뭐? 그게 뭐라고 이래? 사람들 말대로 이제 나만 바라보고 살 거야? 그게 사랑이야? 그거 사랑 아냐. 그런 걸 희생이라고 그래. 희생은 대가를 바래. 너만 보고 살았으니, 나만 모시고 살아라. 나중에 그럴 거잖아. 그런 거 싫어. 나도 언젠가 떠난다고. 대학도 가고 결혼도 하고 그럴 거라고. 그러니까 나가서 사람들도 만나고. 사랑도 하고. 이제부터 무조건 재밌게 살아. 아빠가 엄마 외로운 거 싫댔어. 그러니까 제발. 이제 엄마 자궁하고 그만

놀아.'

한숨도 안 쉬고 말했어요. 중간에 멈추면 생각한 말을 다 못할까봐. 속도를 늦추면 말이 이상한 방향으로 흘러가버릴까봐. 일단 다 쏟아내고 보자 싶었죠. 숨이 차서 눈알이 빠질 것 같았어요. 그녀는 멍한 표정으로 고개를 갸우뚱하더니 풋, 하고 웃음을 터뜨려요. 그리고 나를 봐요. 꼼꼼히 뜯어봐요. 내 얼굴에서 다른 누군가를 찾는 것처럼. 그녀가 나를 안아요. 내가 그녀 가슴에 얼굴을 묻어요. 우린 그렇게 다시 하나가 돼요. 서로를 꽉 끌어안아요. 끌어안은 채 가만히 있어요. 그를 떠나보내던 그날처럼. 한덩어리로. 그렇게 서서, 무언가를 떠나보내고, 또 무언가를 확인하죠.

요르단에서는 아버지가 죽으면 자식이 어머니의 의사를 물을 딱 한 번의 기회가 있대요. 팔 개월이 지난 후에. 그전에는 물어볼 수도 없고 먼저 의사를 밝힐 수도 없어요. 자식이 물으면 어머니는 대답해야 해요. 재가를 할 것인지 아닌지. 그 결정에 대해서는 자식이 이의를 제기할 수 없어요. 어머니가 결정을 내리면 무조건 받아들여야 해요. 묻고 대답할 단 한 번의 기회. 결정하기까지 팔 개월의 기간. 그걸로 끝.

단 한 번으로 미래를 결정해버리다니, 정말 위험한 일이지 않아요? 뭔 일이 생길 줄 알고. 뒤늦게 사랑이 찾아와도 받아들일 수 없다는 거잖아요. 결정은 본인이 한 거니까, 책임도 본인에게만 있다는 거잖아. 그보다 더 위험한 일은 누군가를 대신해 결정을 내려주는 거예요. 그 결정으로 인해 발생된 일까지 대신 감당해야 한다는 뜻이니까. 가장 위험한 사람은 남에게 결정을 미뤄왔던 이들이에요. 일단 받아들이고 맹목적으로 복종하거든요.

지금도 곰곰 생각해요. 그때 내가 했던 말들을. 되씹고 또 되씹어요. 그럼 그때와 똑같이 숨이 차올라요. 내가 그녀에게 한 말은 무엇이었을까. 나는 그녀에게 어떤 결정을 내려준 걸까. 내가 그 말을 하지 않았다면 뭔가 달라졌을까?

그녀는 내 말을 명령으로 받아들이고 성실히 수행했어요. 잘 안 하던 성당 활동도 열심히 하고, 별 이상한 한인 커뮤니티에도 가입하고, 새로운 사랑을 찾기 위해 온 힘을 다했어요. 그런데 문제가 있더래요. 작정하고 주변을 둘러보아도 눈이 가닿는 사람이 없다고. 새로운 사랑을 어떻게 시작해야 하는지 모르겠더래요. 그러면서 호르몬 문제인 것 같다고 또 폐경 탓을 해요. 하나의 사랑이 끝나니까 여성호르몬이 멈췄고, 호르몬이 멈추니까 사랑도 끝났다고. 그래서 내가 또 반기를 들었죠.

'호르몬이 결정하는 거라고? 그게 다 호르몬 때문이었어? 살아 있는 난자들이 아빠를 사랑하게 만들었다고? 그럼 할머니 할아버지들은 사랑 같은 거 절대 못하겠네?'

그녀는 잠시 생각하더니 수긍했어요. 그래서 내가 잘 생각해보라고 했죠. 사랑에 빠지던 순간들을 떠올려보라고. 언제 어디서 누구를 어떻게 만나 사랑의 감정을 느꼈는지. 그녀가 사랑하게 된 순간들의 일관된 특징을 알게 되면, 그 특징을 찾아 나서면 되지 않을까? 사랑이 작동되는 스위치를 알면 그걸 찾아 켤 수 있지 않을까? 그렇게 우리의 새로운 여행이 시작되었죠. 어떻게 하면 새로운 사랑을 시작할 수 있을까. 사랑의 문을 열 스위치를 찾아 기억을 거슬러올라가기.

일단 그부터 시작했어요. 당연한 일이었죠. 가장 사랑한 사람이 바로 그였으니까. 처음 만났던 순간부터 마지막 순간까지 꼼꼼히 되짚었죠. 꼭 한 가지를 꼽을 수가 없었어요. 만난 지 일주일 만에 결혼을 결심했고 육 개월 만에 식을 치렀고 이십 년 가까이 그저 좋아라 살았으니까. 좋았어, 다 좋았지, 이것도 좋고, 저것도 좋고. 어쩔 수 없이 그녀가 사랑에 빠졌던 모든 남자들을 소환해야만 했어요. 그전에 만났던 사람, 또 그 전전에 만났던 사람. 그녀는 어떻게 사랑에 빠졌나. 그녀가 사랑한 사람들에게 어떤 공통점이 있나.

그녀가 처음 사랑에 빠진 남자는 손이 아주 예쁜 사람이었어요. 두번째 남자는 건축학을 전공한 학생이었고, 세번째 남자는 나이 차이가 많이 나는 연극 연출가였고, 네번째로 사랑에 빠진 그는 마흔두 살에 죽었고. 다 해봐야 겨우 넷이라니 좀 시시하긴 했지만 그래도 꼼꼼히 살펴봐야 했죠. 두번째와 네번째 남자 역시 손이 예뻤지만 세번째 남자는 그렇지 않았고. 두번째 남자는 거칠었고 세번째 남자는 예민했고. 두번째 남자와 처음으로 키스를 해봤는데 입술이 얇았고, 처음 잔 세번째 남자 입술은 두툼했고, 처음으로 아이를 낳은 네번째 남자는 조용하고 부드러웠고……

그녀는 새로운 기억이 떠오를 때마다 득달같이 달려와 내 의견을 묻곤 했어요. '아무래도 손 때문인 것 같아' '발가락 때문에 사랑에 빠지는 사람도 있을까?' '무심한 성격이 좋았던 걸까?' '눈웃음을 좋아하는 걸까?' 그렇게 해서 나는, 그녀가 사랑에 빠졌던 모든 남자를 알게 되었어요. 아주 사소한 것까지 성격별로 생김새별로 취향별로 표를 그려서 나눌 수도 있어요. 그를 제외하고는 본 적도 없는 사람들인데, 오래전부터 알고 지내왔던 사람처럼, 지금 내 기억에 남아 있어요.

첫번째 남자는 하굣길 만원 버스에서 만났어요. 버스가 급정거하는 바람에 몸이 앞으로 쏠렸다가 돌아왔는데, 눈앞에 남자의 손이 보였어요. 땀구멍까지 자세히 보일 정도로 가까이 있었는데, 흰 살결에 파르라니 불거진 핏줄과 꿈틀거리는 힘줄이 보였어요. 그 순간 저도 모르게 훕, 숨이 막혀왔어요. 숨을 들이마실 수도 내뱉을 수도 없이 몸이 딱 굳어왔어요. 참을 수 있을 때까지 참다가 겨우 숨을 조금 내쉬었는데, 그 숨결에 그 남자 손등의 털이 파르르 떨리는 게 보였어요. 그후론 제대로 숨을 쉴 수가 없었어요. 입으로 숨을 쉬면 뜨거운 김이 나오고, 코로 숨을 쉬면 쌕쌕 이상한 소리가 나오고. 입을 헤벌린 상태로 숨을 조금씩 뱉었다가 들이쉬었다가. 나중에 버스에서 내릴 때는 혓바닥이랑 목젖이 바싹 말라 있었죠. 얼굴도 제대로 못 봤는데, 이름도 모르고 나이도 모르고 아는 거라곤 그저 손일 뿐인데, 그후로 한동안 그 손 생각만 났어요. 숨을 쉴 때마다 그 손이 보였죠. 몇 가닥의 털들이 누웠다가 일어나고, 심장도 철렁 내려앉았다가 갑자기 요동치기 시작하고. 사랑에 빠진다는 게 이런 거구나 처음으로 느꼈어요.

두번째 남자는 친구 소개로 만났어요. 처음엔 별 관심이 없었는데 어느 날 홀린 듯 키스를 하게 되었고, 그후로 육 개월 남짓 들뜬 날들을 보냈죠. 첫 키스였어요. 늦은 밤이었어요. 남자와 함께 버스 뒷자리에 앉아 있어요. 승객이 서넛밖에 없어요. 번잡한 시내를 벗어나 길가의 조명이 드문드문해졌을 때 남자가 슬그머니 손을 잡아요. 어쩐지 손을 빼고 싶지 않아요. 엄지손가락이 남자의 손목에 닿아 있는데, 콩닥콩닥 맥이 느껴져요. 그 느낌이 아련하게 좋아서 눈이 감겨와요. 그러는 사이 버스는 내려야 할 정류장을 지나쳐가고. 다섯 정거장쯤 지난 다음 버스에서 내려요. 잡은 손은 놓지 않고. 지나온 길을 되돌아 집에 다다를 때까지, 손바닥이 땀으로 축축해져도 풀지 않아요. 손을 놓아야 하는 순간 먼저 입을 맞춰요. 입술이 닿고 혀를 집어넣어요. 손을 다시 맞잡듯 혀와 혀가 만나고, 정거장을 지나치듯 시간을 잊어요. 집에 들어가 침대에 누웠을 때 엄지손가락엔 여전히 남자의 맥박이 남아 있죠.

손이 아닌가 싶었어요. 그녀를 사랑에 빠지게 만드는 스위치는. 사랑의 감정을 자극하는 성감대랄까? 그 또한 아주 예쁜 손을 가지고 있었거든요. 손바닥에 약간의 굳은살이 박이긴 했지만 손가락 하나하나가 섬세하게 길고 보드라웠죠. 틈만 나면 서로의 손을 만지작거리며 지낸 건 물론이고요. 하지만 세번째 남자의 손은 짧고 뭉뚝했다는 것 말고는 특별히 기억나는 게 없다는 걸 보면, 꼭 손 때문이라고 할 수는 없었어요. 처음 사랑에 빠진 손은 그저 손일 뿐 관계가 이어지지는 않았으니까 패스.

세번째 남자인 연출가는 그녀가 쓴 작품을 무대에 올리기도 했죠. 그녀는 극작을 전공했고 졸업 작품을 비롯해 두 작품을 무대에 올렸대요. 그때까지 난 그녀가 결혼 전에 무슨 전공을 했는지도 몰랐어요. 내가 태어나면서부터 그녀는 그저 내 엄마로 존재했으니까. 그저 사랑받는 아내였으니까. 무언가를 쓰고 있는 모습은 지금도 상상이 잘 안 가지만. 어쨌든 그녀가 썼던 졸업 작품 내용은 이래요. 형제가 아버지를 찾아 떠나요. 어린아이가 더 어린 아이 손을 잡고, 가진 돈은 이래저래 다 써버리고, 걷다가 주저앉았다가, 업고 가다가 차를 얻어타고 가다가, 결국 아버지가 있는 곳에 도착하긴 했는데, 자식들은 본척만척, 지폐 두 장을 손에 쥐여주더니 집에 가라고 보내버려요. 그래서 그 돈을 아버지 신발에 넣어두고 다시 걸어 집으로 돌아온다는 얘기.

그런데 그 남자가 극본을 읽고 나서 자기 얘기를 들려주더래요. 노름에 빠진 아버지를 찾아 떠났던 과거 얘기. 그녀는 자기가 썼던 극본을 고쳐써요. 형제가 아버지를 찾아가는 내용은 그대로인데 무대가 시골 버스 안이에요. 처음부터 끝까지 버스에서 벗어나질 않죠. 옛날 버스는 엔진룸이 내부로 돌출되어 있었나보죠? 아이들은 거기 자리를 잡고 앉아 있어요. 할머니가 타고 할아버지가 내리고 닭이 날아다니고 멱살잡이를 하고 떡을 나눠먹고 그렇게 사람들이 들고 난 다음 아이들만 남죠. 자리는 텅 비었는데 아이들은 여전히 엔진룸 위에 있어요. 작은아이는 아예 큰애 무릎을 베고 누웠고요. 버스는 계속 달리고요. 석양이 그 아이들을 비추면서 극이 끝나요. 아버지를 만나게 될지 어떨지는 모른 채로요.

그녀는 그 남자를 정말 사랑했대요. 잠시 함께 살기도 했다더군요. 온 힘을 다해서 사랑했어. 진이 빠질 때까지. 뭘 그렇게 사랑한 거냐고 물었더니 모르겠대요. 좀 헷갈려했어요. 그녀에게 자극을 줘서 사랑하게 되었는지, 아니면 그 남자의 추억과 사랑에 빠졌는지, 아니면 함께 뭔가를 만드는 시간들을 사랑한 건지, 그냥 어떤 열기에 휩싸여 있던 것만 기억난대요. 사랑했다는 건 알겠는데 왜 사랑했는지는 정말 모르겠네. 기억이 안 나. 정확히 기억나는 건 그 남자의 몸짓이었어요. 어떤 결정을 내리기 위해 생각에 빠질 때면 숨도 안 쉬는 사람처럼 꼼짝도 안 하는데, 엄지발가락만 올라갔다가 내려갔다 했대요. 그녀를 만질 때도 섹스를 할 때도 어김없이 엄지발가락을 오르락내리락. 그 남자가 더이상 그녀에게 집중하지 못하고 섹스를 하면서도 발가락을 움직이지 않게 되었을 때, 사랑이 끝났죠.

아무래도 추억 때문인 것 같았어요. 누군가가 가진 특별한 기억. 그 사람 몸에 기록된 어떤 역사 같은 거. 그 사람만의 독특한 나이테 같은 것. 그와 결혼하리라 마음먹은 순간도 그의 추억을 들은 순간이었다고 했으니까요. 그는 고등학생일 때 엄마를 잃었어요. 암이었죠. 처음엔 한쪽 유방을 도려냈대요. 그걸로 끝인 줄 알았는데 암이 여기저기서 다시 나타나서 검사와 수술과 치료를 반복하다가 돌아가셨죠. 삼 년 동안이나요.

토요일 오후마다 그는 엄마를 만나러 병원으로 갔어요. 학교를 마치고 책가방을 멘 채 곧바로 병원으로 가는 버스를 타죠. 학교에서 병원까지는 버스로 한 시간. 버스를 타고 가는 내내 그는 차창 밖 풍경만 바라보죠. 정면을 보는 일도 없이, 고개를 외로 꺾은 채. 건물들. 간판들. 가로수들. 행인들이 지나가죠. 환했다가 그늘졌다가. 눈이 감겼다가 뜨이다가. 입안에는 단침이 고이고. 한 정거장 두 정거장 문이 열렸다 닫히고. 그 길이 하염없이 멀고 터무니없이 가까워요. 병실에 도착하면 엄마는 거의 언제나 잠들어 있어요. 그는 잠든 엄마 옆에 앉아서 차창 밖 풍경을 보듯 엄마 얼굴을 봐요. 단침이 고이고 눈이 시려요. 가만히 조용히 기다려요. 엄마가 깨어나요. 그는 한 주 동안 있었던 일들을 조곤조곤 들려줘요. 엄마가 다시 잠들 때까지. 엄마가 잠든 후에도 한참을 더 앉아 있어요. 밤이 올 때까지 가만히 조용히. 그리고 병실을 나서요. 다시 버스를 타요. 돌아올 땐 정면만 봐요. 고개를 돌릴 수가 없어요. 창에 비친 자신의 얼굴을 볼 수가 없어서. 자기와 눈이 마주치면 눈물이 날까봐. 울면 엄마가 사라질까봐.

그는 그 얘기를 아주 담담히 해요. 눈물을 흘리는 건 그녀예요. 그를 대신해 울면서 그녀는 결심을 해요. 영원히 그의 옆에 있겠다고. 병든 엄마를 만나러 가는 버스 안, 그가 앉은 옆자리에, 언제까지 그 옆에 앉아 있겠다고. 혼자 두지 않겠다고. 그녀는 정말 그렇게 했어요. 몸 한 부분이 그의 몸 어딘가에 잇닿은 채로 살았죠. 그림자처럼. 한몸인 것처럼. 죽을 때까지 그렇게.

난 우리의 여행이 아주 마음에 들었어요. 어디를 어떻게 가든 도달하는 곳은 결국 그라는 것도 마음에 들었고, 그녀가 서서히 생기를 되찾아가는 것도 좋았어요. 사랑을 기억해내고 있는 그녀는, 사랑에 빠진 바로 그 사람이었어요. 환하고 생생하게 피어오르는, 살아 숨쉬는 바로 그 사람. 그 모든 사랑의 순간들이 그녀의 입에서 내 귀로 전달되는 동안, 나 또한 사랑에 빠진 사람이 된 것 같았죠. 내 몸은 리코더처럼 그녀의 역사를 받아 기록했어요. 기억을 공유하는 것만으로도 우리가 같은 역사를 가진 듯했어요. 같은 사랑의 역사를 가진 우리.

그리고 정말 중요한 열쇠를 찾았죠. 그녀를 사랑에 빠지게 만든 일관된 특성. 버스였어요. 사랑의 역사에 공통적으로 등장하는 사랑의 공간. 버스가 사랑을 조성하는 장소라니, 호르몬이 감정을 조종한다는 것보다 더 이상한 결론에 도달하고 말았지만, 그래도 괜찮았어요. 또다른 여행이 시작되었으니까. 그때부터 그녀는 혼자 버스를 타고 어디론가 다녀오곤 했어요. 누군가 사랑할 만한 사람을 물색하기 위해서가 아니라, 그저 버스에 몸을 싣는 거죠. 그러곤 그녀가 사랑에 빠졌던 모든 순간들 속으로 들어갔다 나오는 거예요. 사랑에 빠진 자만이 누릴 수 있는 화사한 시간 속으로. 어딘가 다녀온 그녀의 얼굴은 여행의 기운이 여전히 남아 발그레했어요. 엄지손가락에 누군가의 맥박을 묻혀온 사람처럼. 누군가의 솜털에 콧바람을 불고 온 사람처럼. 엔진룸 위에서 누군가의 무릎을 베고 있다 온 사람처럼.

그날은 야간버스를 타고 밤새 달려 폭포를 보고 왔다고 해요. 전에 우리도 성당에서 단체로 가본 적이 있는 곳이었어요. 그때 몇몇 사람들은 국경을 넘어 폭포 저편 도시로 여행을 다녀왔지만, 우리는 그냥 그 근처 호텔에서 하룻밤 자고 돌아왔어요. 우리가 장기 미등록 체류 상태였기 때문에 어쩔 수 없는 선택이었지만 아쉽지는 않았어요. 그날 본 은하수가 지금도 생생하게 기억나요. 그렇게 많은 별은 태어나 처음이었어요. 우리는 담요를 하나씩 두르고 밖으로 나와 덜덜 떨면서도 누구 하나 춥다, 먼저 들어가자 하지 않았죠.

멀리 다녀와서 그런지 좀 피곤해 보였어요. 다른 날처럼 들떠 있지도 않았고요. 우리는 저녁을 먹으면서 폭포 얘기를 좀 나누다가 같이 설거지를 하고 각자 소파에 앉아 자기 할일을 하기 시작했어요. 나는 무릎에 노트를 펼쳐놓고 작문 숙제를 하고 있었어요. 적당한 단어를 고르느라 골몰하고 있는데, 그녀가 무심히 말해요.

'우리 한국 갈까?'

우리에게 그 말은 금기였어요. 뒤따르는 문제가 아주 많았거든요. 한국에 간다는 건 그곳을 아주 떠난다는 의미였으니까. 잠시 여행이나 다녀오는 일이 아니었거든요. 한국에 남겨두고 온 것도 없고 의지할 사람도 없고 미련도 없다면서. 갑자기 한국이라니. 오래전 그가 한국을 떠나자고 했을 때 그녀는 아무것도 묻지 않고 조용히 짐을 쌌다지요. 나는 그럴 수가 없잖아요. 내 모든 것은 거기 코네티컷에 있었는데. 학교도 친구도 진로도, 내가 가진 기억과 내가 꿈꿀 미래도 모두 거기서 시작된 건데. 어떻게 그래요. 모든 걸 버리고 낯선 나라로 가자는데. 단박에 거절할 수도 있지만, 그래도 이유는 들어봐야 했죠. 한국엔 왜? 내가 물었어요. 그녀는 나를 보는 대신, 콘솔 위에 놓인 유골함을 쳐다보며 대답해요.

'엄마한테 데려다주고 싶어, 저 사람.'

그것이 우리 여행이 가닿은 마지막 목적지였죠. 난 그녀의 결정에 이의를 제기할 수 없었어요. 단 한 번의 결정에 따라야 하는 사막의 자식들처럼. 그녀가 결정권을 내게 넘긴다 해도 같은 결정을 내렸을 거예요. 이미 알아버렸으니까요. 버스를 타고 병든 엄마에게 가던 한 소년의 기억을. 그리고 그를 사랑했던 그녀의 역사를.

어렴풋이 느껴졌어요. 오래전, 엄마를 만나러 가는 그의 얼굴에 닿던 햇살이, 버스 안에서의 그 햇살이. 눈부셨다가 그늘졌다가. 따뜻하면서도 불안했죠.

우리는 그렇게 한국으로 오게 되었어요. 준비를 하는 동안 그녀는 다른 사람이 된 것 같았어요. 서류를 떼고 갱신하고 만들고, 살던 집을 처분하고 꼭 가져가야 할 짐을 골라 배편으로 보내고, 남은 살림살이들은 팔거나 나눠주고, 앞으로 살 집과 내가 다닐 학교를 알아보고. 그 모든 걸 혼자 다 해내다니. 은행 업무 한번 제대로 본 적 없던 그녀가. 그저 사랑받는 것밖에 모르던 그녀가.

나는 좀 긴장했던 것 같아요. 기분이 좀 이상했어요. 미국으로 입양됐던 아이가 양부모 손을 잡고 고국을 방문할 때 이런 기분일까. 태어나긴 했지만 상관없는 곳. 알 것 같으면서도 모르겠는 곳. 뭔가 찾으러 왔지만 결국 상처만 받고 떠나게 될 곳. 그의 유골함을 두 손으로 받쳐들고 입국장으로 들어섰어요. 짐에 넣어 가면 마약으로 의심받을 수도 있다고 누가 그랬거든요. 만약의 경우를 대비해 준비한 각종 서류들도 손에 들고 있었는데, 오히려 입국 심사가 너무 간단하게 끝나서 좀 서운할 정도였어요. 공항 문을 나서면서 맡았던 냄새도 기억나요. 뭐라고 특정할 수 없지만, 냄새랄까 습도랄까 기운이랄까, 지금까지 살면서 맡아보지 못한 낯선 공기였죠. 싫은 건 아니었지만 그리워졌어요. 전에 살던 곳 냄새가요. 잔디 깎은 후의 냄새 나뭇잎 썩어가는 냄새, 거기에 베이컨 굽는 냄새 조금과 견과류 냄새 조금. 살면서는 몰랐는데 떠나오고 나니 비로소 생생해지는 감각이었어요.

우리는 명동에 있는 관광호텔에 짐을 풀었어요. 앞으로 살 집은 부산에 있었지만 일정이 안 맞아서 좀 기다려야 했거든요. 서류를 받아준 부산의 국제고는 방학중이었고요. 그래서 당분간 관광객처럼 지내기로 했어요. 제일 먼저 간 곳은 남산이었어요. 케이블카를 타고 타워에 올라 서울 시내를 내려다보았는데, 머릿속으로 그려보던 것과는 좀 달랐지만 괜찮았어요. 그녀가 극작을 공부했던 대학에도 가보고. 세번째 남자와 자주 갔다던 칼국숫집은 아직도 그대로 있었고요. 일 년에 한두 번 뉴욕의 한국 식당까지 가서나 먹어보던 족발도 먹고. 고궁에도 가고 시장에도 가고. 그녀와 그의 입으로만 전해지던 곳들을, 그들의 기억 속 장소들을 정신없이 돌아다녔죠. 역사의 현장을 돌아보는 것처럼 벅차올랐어요.

그녀는 정말 훌륭한 가이드였어요. 한 일정이 끝나면 자연스럽게 다음 일정으로 이어지는 완벽한 루트는 물론이고, 적재적소에

곁들여지는 설명과 이야기들이며, 그 모든 걸 혼자 설계하고 추진할 수 있는 사람이었다니 존경심이 들 정도였죠. 낯설게 느껴지던 한국이 금세 좋아졌어요. 오길 잘했다는 생각이 들 정도로요. 완벽했어요. 더할 나위 없이. 의심이 끼어들 여지는 없었죠.

그래요, 그녀는 정말 완벽한 설계자였어요. 그 모든 여행들이 처음부터 다 계획된 사기극이었죠. 다른 길이 있다는 건 아예 생각할 수 없게 정신을 쏙 빼놓으면서. 조기폐경이고 뭐고 추억이고 나발이고, 그것들은 모두 과정일 뿐이었죠. 그에게 가기 위해 거쳐야 할 일련의 과정.

결국 우리는 최종 목적지에 도착했어요. 그의 어머니가 있는 곳. 산 하나가 묘지로 빼곡하게 채워진 추모 공원의 가족 납골당. 그의 어머니와 아버지 옆에 그가, 그리고 지금은 그 옆에 그녀가 함께하고 있죠. 그녀가 그에게 약속한 바대로, 그녀가 결심한 바대로. 이제 그는 더이상 꿈속에서 버스를 타고 엄마를 만나러 가지 않아도 되고, 그녀는 더이상 버스를 타고 어딘가를 헤매고 다니지 않아도 돼요. 그들은 영원히 함께이니까요. 거기에 내가 있을 자리는 없죠. 그곳에 데려다줄 사람도 없구요. 나만 두고 가버렸어요. 나만 남겨놓고 자기네들끼리, 죽은 자들끼리 오순도순 잘 살라고 하죠.

그렇게 가버리려고 그 긴 여행을 한 것 같아요. 그녀의 기억을 내 기억 속으로 옮겨두려고. 내 기억에 그녀의 기억을 기록해두려고. 그들은 그렇게 내 머릿속에 살아남아 있죠. 지우고 싶어도 지워지지가 않아요. 그녀의 역사와 그녀가 사랑한 그의 역사가. 내 역사도 아닌데. 내 기억도 아닌데. 아직도 이렇게 생생하게 살아 있죠. 그녀가 내게 남긴 건 기억만이 아니었어요. 바로 그애요. 그녀가 그애를 낳았죠. 살아 있는 애를 남기고. 그녀는 떠났죠.

그녀는 대체 무슨 생각으로 그애를 만든 걸까요? 혼자 남은 내가 외로울까봐? 죽기를 작정한 그 순간부터 계획한 걸까요? 아니면 그녀 말대로 어쩌다보니 그렇게 된 걸까요. 그애에 대해 그녀는 어떤 설명도 해주지 않았어요. 그녀다운 방식으로 그애가 생긴 걸 알려주었죠. 철없이 사랑스러운 얼굴로. 이미 불룩해진 배를 어루만지며 말했어요. 다시 세 사람이 되겠네? 그뿐이었어요.

그런데 폐경이 왔다면서 어떻게 애를 갖죠? 난자들이 돌아온 걸까요? 다시 살아난 거라면 왜죠? 남자를 사랑하는 일과 관계된 걸까요? 사랑을 잃자 난자들도 사라지고, 사랑을 하자 난자들이 다시 나타났나요? 그녀가 정말 누군가와 사랑을 하게 된 걸까요?

'그게 어떻게 가능해? 폐경이라며?' 내가 물었어요. 그녀는 또 그녀다운 방식으로 대답해요.

'나도 몰라. 어떻게 가능했지? 다시 초경이 왔나?'

더 묻지 못했어요. 그녀가 너무나 행복해해서. 사랑에 빠진 사람처럼 혼자 배시시 웃고, 그애를 위한 용품들을 사들이고. 우리가 함께했던 추억을 기억해내듯 우리가 함께할 미래를 이야기하고. 죽기 직전까지 활기가 넘쳤죠. 그녀는 어쩜 그토록 무책임하게 사랑스러울 수가 있었을까요. 죽음의 예감 같은 건 없었어요. 그애가 세상에 나오는 바로 그 순간까지. 그녀의 죽음은 그의 죽음보다 더 갑작스러웠죠. 결단을 내리고 자시고 할 기회조차 없이 그냥 가버렸어요.

짐작이 가는 사람이 하나 있기는 했어요. 이곳에 와서 유일하게 도움을 받은 남자였죠. 우리가 살기로 한 부산의 집 문제가 서류상으로 복잡하게 얽혀 있어서 누군가의 도움이 필요했거든요. 남자를 만나러 가던 날, 난 그냥 호텔에 있겠다고 했더니 그녀가 안 된대요. 왜냐고 물었죠. '혹시라도 딴마음 품을까봐.' 그래서 내가 다시 물어봤어요. '이미 딴마음 품었던 사람 아냐?' 그녀가 대답해요. '품으라고 할까?'

우리는 호텔 일식당에서 만나 점심을 먹었어요. 그렇게 경직되고 부담스러운 식사 자리는 처음이었어요. 그런데 부탁하는 건 그녀인데, 이상하리만치 남자가 쩔쩔매는 거예요. 그녀를 똑바로 보지도 못하고 얼굴까지 붉히면서. 괜히 나만 뚫어지게 쳐다보면서 별것도 아닌 걸 물어보고. 두 시간가량 서먹한 식사를 마치고 자리에서 일어났어요. 헤어지기 전에 남자가 그녀에게 악수를 청했어요. 그녀는 허리를 굽혀 인사를 하는 것으로 그 손을 거절했고요. 머쓱해진 남자가 손의 방향을 내 쪽으로 바꿨죠. 어쩐지 좀 안돼 보이기도 해서 대신 잡아줬어요. 그랬더니 내 얼굴을 보며 말해요.

'명자씨를 닮아서……'

그러곤 말을 잇지 못했죠. 그녀가 내 어깨를 감싸안으며 대신 마무리해요.

'예쁘지요?'

남자는 고개를 끄덕이면서 덧붙여요.

'사랑스럽네요.'

그녀가 죽고 나서 그 남자를 한번 찾아볼까 하다 말았어요. 도움을 받고 싶었는지 확인을 하고 싶었는지 그건 나도 모르겠어요. 그냥 어느 순간 그게 다 무슨 소용인가 싶어졌죠. 나와는 상관없는 일이니까.

아이 얼굴을 들여다보고 있으면 내가 꼭 그 아이 아버지인 것만 같아요. 내 말이 그녀와 몸을 섞어 만든 아이. 내가 외로워지는 게 두려워 성급하게 결정해서 생긴 아이. 그애 얼굴에서 그녀가 보여요. 사랑스러운 명자씨가. 그래서 화가 나요. 뻔뻔하게 사랑스러워서. 그 사랑스러움을 참을 수가 없어요. 그래서, 그래서 버리기로 했어요. 그들이 나를 버리고 가버렸듯이, 나도 그애를 버리고 내 고향으로 돌아갈 거예요. 그녀가 남기고 간 기억들까지 다 지워버리고 싶지만, 그건 불가능할 것 같아요. 그 아이만큼은 내게 남겨두지 않을 거예요. 내 기억 저장소에 그애를 위한 자리는 없어요. 내가 그 아이에게 줄 수 있는 건 이게 다예요. 그애가 가지고 태어난 내 책임의 총량. 그 양을 다 채웠으니 그걸로 끝.

내
다정한
젖꼭지

—엄마, 엄마. 내 얘기 들려? 눈 한 번만 떠봐봐. 나 좀 봐봐 엄마.

엄마가 엄마를 부르고 있었다. 눈꺼풀을 억지로 추켜올리면서, 엄마. 입술을 벌리면서, 엄마. 그리 부르다보면 언젠가 응답을 받으리라 믿는 신자처럼, 엄마. 한말씀만 하소서, 엄마.

할머니 얼굴은 기이하게 평온했다. 그렇게 온화한 얼굴은 처음이었다. 다른 사람이 아닌가 착각이 들 정도였다. 벌어진 입으로 소리가 아니라 증기 같은 것이 흘러나오는 듯했다. 그녀 인생에 남은 일은 이제 사망선고를 받고 관 속으로 들어가는 것뿐이었다. 오늘 아니면 내일. 혹은 거기서 며칠 더. 엄마도 모르지 않았다. 거의 모든 장기가 기능을 멈추고 숨만 겨우 쉬고 있다는 것을. 그래도 멈추지 않을 것이었다. 최후의 순간까지 기도하듯 엄마를 부르는 일을. 응답을 바라는 건 아닐 것이다. 그저 마땅한 방식으로 주어진 시간을 보내고 있을 뿐.

—들었지? 방금 응응 대답한 거 맞지? 너 왔다고 하니까 응응 그랬지? 네가 한번 불러봐. 너라면 눈뜨실지도 몰라.

엄마는 할머니 쪽으로 내 등을 밀며 재촉했다. 내게도 어떤 지분이 있다는 듯이. 그 지분을 놓치지 말고 챙기라는 듯이. 그래서 나는 그냥 그런 것 같다고 얘기해주었다. 응응은 아니어도 어어 소리가 난 것도 같았으니까. 입술이 움찔거렸다고 말해줄 수도 있었다. 할머니 손에 힘이 꽉 들어갔다고. 나를 알아보신 것 같기도 하다고. 할머니가 잠시 정신이 들어 나를 봤다면 분명 이렇게 말했을 것이다.

'뭐 한다고 결혼은 안 하고 허구헌 날 싸댕기고 다니냐! 나 죽으면 할래? 죽으면 해?' 그러면 나는 '팔십에 결혼할 거니, 보고 죽으라' 대답했을 것이고, 할머니는 다시 내가 몇 살이고 당신이 몇 살인지를 물어볼 것이다. 내가 팔십이 되려면 몇 해가 남았는지 헤아릴 필요는 없다. 그녀 또한 내 결혼을 보기 위해 몇 해를 더 살아야 될지 셈하는 건 아닐 테니까. 그녀가 정말 하고 싶었던 말은 이것이었을 것이다.

'언제 한번 안 와? 나 죽으면 올 거냐? 죽으면 와?'

할머니의 전화는 언제나 그 말을 끝으로 끊겼다. 이만 끊는다는 예고도 없이, 잘 지내라는 인사도 없이, 툭. 글자 수에 따라 가격이 책정되는 전보를 치듯 용건만 간단히, 툭. 말이 길어봐야 자신만 손해라는 듯 냉정하게 툭. 누굴 겁박할 방법으로는 죽음이 최고라 믿는 그녀였다.

할머니는 죽는다는 말을 달고 사는 사람이었다. 이러다 죽겠네 저러다 죽겠네. 죽어자빠지고 죽었다 살아나고. 나 죽으면 이거 너 해라 저거 가져와라. 생각해보니 할머니가 죽으면 금시계는 내 거라 했었다. 본체도 시곗줄도 모두 순금이라고 자랑이 어지간했었는데. 내 거라던 금시계는 지금 어디 있을까. 유품을 정리할 때가 되면, 그건 내 거라고 주장해볼까? 다른 건 몰라도 할머니의 금시계는 내가 가져야겠다고. 생전에 할머니가 약속했다고.

약속대로 결혼을 하려면 대략 삼십 년 남았다. 그때까지 할머니가 살아 있다 해도 지키지 않을 약속이었다. 그래도 할머니가 이것만은 알아줬으면 좋겠다. 할머니가 죽고 난 후에야 온 것은 아니라고. 죽는 순간 함께했다고. 손가락 발가락이 거멓게 타들어가고, 장기가 하나씩 기능을 멈추고 호흡과 맥박이 서서히 희미해져가는 마지막 과정을 모두 지켜보았다고. 늦기 전에 도착해서, 당신이 죽기를 기다렸다고.

둘째 이모가 들어와 이제 그만 교대를 해달라고 했다. 하루에 두 번, 삼십 분씩 주어지는 면회 시간에 입장 가능한 최대 인원은 네 명. 우리가 나가줘야 이모네 식구들이 들어올 수 있었다. 방문자들에게 면회 시간을 분배해주는 일은 엄마 담당이었다. 누가 와서 기다리건 우선순위는 언제나 엄마 자신이었다. 일단 먼저 들어가 엄마를 애타게 부른 다음, 다음 주자에게 바통을 넘겼다. 소식을 듣고 달려온 할머니의 자식들과, 그 자식에게서 나온 자식의 자식들과, 그 밖에 마지막 인사를 나누기 위해 달려온 사람들은 엄마라는 관문을 통과한 후에야 할머니에게 닿을 수 있었다. 모두들 번호표를 쥐고 은행 창구 앞에서 차례를 기다리는 사람들처럼 엄마의 호출을 기다렸다.

면회 시간에 딱 맞춰 나타나는 둘째 이모네나 병원 수속을 마치자마자 장례 절차를 알아보던 둘째 삼촌과는 달리, 엄마는 할머니가 병원에 실려온 이후 나흘이 지나는 동안 중환자실 대기실을 벗어나지 않았다. 면회 시간이 끝나고 나면 대기실로 돌아가 모로 누워 잠을 잤다. 자면서 기다렸다. 다시 문이 열리기를. 중환자실에서 면회 시간 외에 문이 열리고 누군가의 이름이 호명된다는 건 죽음이 임박했다는 뜻이다. 엄마는 무언가 놓칠까 두려워하고 있었다. 놓치지 말아야 할 것이 할머니의 임종인지 할머니에게 향하는 문의 수문장 역할인지는 확실치 않았다.

죽음을 받아둔 사람과 나누는 마지막 인사.

'왔냐, 왔다. 가냐, 간다. 잘 왔다, 잘 있어라, 잘 가라.'

할머니가 의식이 돌아온다면 그 뻔한 인사 대신 이렇게 말했을 것 같다.

'나한테 잘못한 인간들은 다 죽어자빠졌다고 엉? 어차피 땅속에 자빠질 걸 뭐 그리 지랄들을 하고 살아. 그러니까 오래 살고 싶으면 나한테 잘하라고 엉?'

할머니 말대로라면 소식 듣고 달려온 사람들은 모두 당신에게 지은 죄가 없어 용케 살아남은 자들이다. 그녀에게 죄를 지어 죽어자빠진 이들 중에는 그녀가 낳은 자식 두 명도 있다. 뱃속에서부터 그렇게 고생을 시키더니 태어나자마자 죽어버렸다는 애. 어찌나 탐욕스럽게 젖을 빨아대던지 젖꼭지를 다 헐게 만들었다던 애는 두 해를 못 넘기고 죽었다. 누가 둘째였고 누가 일곱째였는지는 말할 때마다 바뀌곤 했는데, 이미 죽어 나자빠진 사람은 할머니에게 전혀 중요하지 않기 때문이었다. 이십 년 전 객사한 남동생과 그의 자식들이 변변치 못한 이유는 그녀 몫으로 남겨진 가옥을 날름 삼켜먹은 탓이었다. 그렇게 할머니는 주변의 정적들을 무덤으로 먼저 보내고 가장 오래 살아남은 큰어른이 되었다. 그것은 할머니가 살 만큼 살았다는 뜻이기도 했다.

면회 시간이 끝나려면 아직 여유가 있었지만, 이모네 식구들은 면회를 마치고 중환자실을 빠져나왔다. 이모부는 눈자위가 빨개진 채였고, 이모는 굳이 필요가 있냐며 일회용 비닐장갑을 신경질적으로 벗겨냈다. 대기실을 한번 쓱 둘러보더니 공기가 탁하네 청소가 불량하네 트집을 잡다가 엘리베이터 쪽으로 걸음을 옮겼다. 그 뒤를 따르는 사촌들도 그저 해야 할 일을 마친 사람들처럼 뚱

한 표정이었다. 사촌들이 이모부를 좀더 많이 닮았어야 했는데. '네가 수고 좀 해라.' 엘리베이터 앞에서 내 어깨를 도닥여준 사람은 이모부였다.

흉보기 좋아하는 성질은 할머니로부터 물려받은 집안 내력이다. 누가 흉보는 걸 지독히 싫어하는 것도 마찬가지다. 이모가 대기실 상태를 언급하는 순간, 엄마는 배웅 같은 건 내게 맡기고 탁한 공기의 대기실로 들어가 누워버렸다. 돌아가 보니 엄마는 이미 잠이 들어 있었다. 엄마는 자면서도 기다릴 것이다. 문이 열리고 할머니 이름이 불리기를. 마지막에 마지막 순간을 놓치지 않기를. 다른 자식들은 하나도 없이 엄마 혼자 그 시간을 차지할 수 있기를. 그리하여 후에 할머니의 마지막 순간을 기억하는 유일한 전달자가 되기를. 뒤늦게 도착할 미국의 막냇삼촌이나 쾰른의 큰이모에게 당당하게 얘기할 수 있기를. 아마도 지금 비행기 안에 있을 그들은 너무 늦지 않게 도착하기를 기도하고 있을 것이다. 할머니의 유서 깊은 겁박을 떠올리면서.

'죽으면 올래? 죽으면 와?'

'일찍 죽지 않으려면 나한테 잘하라고.'

어쨌거나 할머니 말은 맞다. 죽으면 온다. 모두 온다. 와서 자유를 얻을 것이다. 할머니가 걸어놓은 그 허무맹랑한 주문에서.

*

이 와중에 잠은 왜 이리 쏟아지나. 꿈자리는 또 왜 이리 사나운가. 애를 찾는다고 온 동네 울며불며 뛰어다니다가 깼네. 내가 지금 몇 살인데 아직도 애를 잃어버리는 꿈을 꾸나. 꿈속에서 딸애는 자라지도 않아. 대여섯 살 그 무렵에 딱 멈춰 있지. 얼마나 악을 써댔는지 목이 다 쉬었네. 그렇잖아도 아침에 일어나면 목이 잠기고 컬컬한데. 입을 벌리고 자면 그렇다 하지. 입다물고 자게 해주는 테이프도 있다던데. 현주한테 알아봐달라고 해야겠네. 득달같이 대령하겠지. 갈수록 남편보다는 딸애가 의지가 돼. 남자들이란 늙어빠지면 아무짝에도 쓸모가 없단 말이지. 그저 자리 차지하고 앉아서 시중이나 받자 하고. 목이 가늘어져서 치켜세울 힘이 없어 그런가? 두꺼비처럼 목을 쏙 집어넣고 뭐 먹을 거 없나 궁리나 하고 앉았고. 먹고 자고 자다 깨면 등이나 긁어달라 하고. 그 꼴 보고 있느니 여기 혼자 누워 있는 게 세상 속 편하지.

그런데 그 집은 뭐지? 꿈에서만 나오는 집인데. 파란 철문에 사자머리 손잡이가 달렸어. 그런 대문이 있는 집에서 살았던 기억은 없는데. 이상하게 안심이 된단 말이지. 현주가 와 있겠다 싶어 문을 밀고 들어가면, 딸애는 안 보이고 대신 엄마가 기다리고 섰다가 역정을 내지. '애는 정신을 얻따 두고 애를 잃어버리고 다니냐!' 그러면 나도 덩달아 '엄마가 잃어버려놓고 왜 나한테 그러냐'

바락바락 악을 쓰지. 꼭 엄마한테 악을 쓰려고 애를 잃어버린 것처럼. 사자머리 손잡이가 달린 파란 철문 집에 산 적이 있냐고 엄마에게 물어볼 걸 그랬나? 저리 누워 계시니 확인할 길이 없네. 꿈에서는 왜 자꾸 애를 잃어버리나. 애를 잃어버린 적도 없는데. 엄마가 죽고 나면 엄마를 찾아다니는 꿈을 꿀까? 죽은 엄마가 나오면 좋은 꿈이라고 얘기해준 건 엄마였어. 할머니 꿈을 꾸면 당연히 기분이 좋겠지. 다감하고 나긋한 할머니. 좋은 일이 생기지 않아도 꿈을 꾸는 동안 행복할 테니까. 할머니가 나오면 나도 어린애가 된단 말이지. 옆에 딱 붙어앉아 입을 아 벌려 뭐든 받아먹던 때로.

아, 그거 한번 먹어봤으면 좋겠다. 그걸 뭐라고 해야 하나. 애호박숙회라고 해야 하나 다슬기물회라고 해야 하나. 다슬기 삶아 바르는 솜씨가 대단하셨지. 절구통에 넣고 사그락사그락. 다슬기 삶은 물은 푸르스름하니 얼마나 고와. 그 물에 간장이나 좀 쳤을까, 파 마늘이나 넣었을까, 설탕은 귀해서 구경도 못했을 때니 안 넣었을 테고. 뭘 넣어 그리 달달하니 깔끔한 맛이 났나. 아 그거 딱 한 번만 먹어보면 소원이 없겠다. 그나저나 엄마가 없으면 액젓은 누가 내려주지? 액젓만큼은 엄마 액젓이 최곤데. 그렇게 맑고 깊은 액젓은 이제 못 먹겠네.

아이고 엄마가 죽어가는 마당에 먹는 타령이나 하고 앉았네. 엄마 닮아서 나도 먹는 타령인가? '봄 도다리에는 쑥이 최고다.' '서울 사람들은 민어회를 최고로 친단다.' 고등어다 숭어다 철마다 때마다 얼마나 들들 볶아대던지. 그거 못 먹으면 곧 죽을 사람처럼. 늙어갈수록 식탐이 늘어. 그렇게 잘 챙겨먹어서 오래 사셨나? 폐암 말기 진단을 받은 게 칠 년 전인가, 팔 년 전인가? 길어야 육 개월이라 그랬는데 얼마가 지난 거야? 입안이 까끌까끌한 게 보돌보돌 계란찜이나 먹었으면 좋겠다.

얘는 지금 어디로 간 거야. 또 어디 숨어서 담배나 피우고 있겠지. 제발 끊으라고 해도 말을 안 들어먹어. 그런데 얘는 결혼 생각이 있는 거야 없는 거야. 혹시 유부남을 만나고 있는 건 아닌가? 그런 일은 없어야 할 텐데. 두들겨패서라도 말려야지. 애 딸린 남자라도 괜찮은데. 그래야 늙어서 의지가지가 될 텐데. 아니 아니지. 뭐하러 다 늙어서 또 늙은이 수발을 들어. 지금처럼 저 하고 싶은 대로 하면서 사는 게 낫지. 나로선 그게 더 이득이지. 결혼해서 자기 가족 생기면 그걸로 끝이야. 다른 년들 봐봐. 철마다 지들끼리 어디 갔다왔다고 자랑질이나 하지. 자식 애지중지 키워놔봐야 아무짝에 쓸모없다고 입버릇처럼 엄마가 말했었는데. 그 말이 딱 맞잖아.

그러니까 보시라고. 지금 엄마 옆에 있는 사람이 누군지. 조석으로 문안 인사 드리며 산 건 아니지만, 그래도 종종 들여다보며 산 사람이 누군지. 아직도 선물이라고 치약 커피 이런 거 사들고 오는 그 잘난 큰딸인지, 수년에 한 번 올까 말까 한 애지중지 막내

아들인지. 남들처럼 애틋하게 살가운 엄마 딸 사이는 아니었지만, 그래도 내내 옆에 붙어 있어준 건 바로 나라고. 그러니까 엄마, 눈 뜨고 좀 봐봐. 지금 누가 엄마 앞에 있는지 보라고.

*

—안방할머니 살 수 있을까요?

—당장 죽어도 이상할 게 없는 나이지.

—그럼 죽어요?

—죽는 걸 너무 쉽게 받아들이는구나. 아직 어린 애가.

—제 나이에 아빠 엄마를 차례로 잃고 나면 그렇게 돼요. 안방할머니도 그러셨어요. '죽은 눔은 죽은 눔이고, 죽을 넌은 뭘 해도 죽게 돼 있고, 살 눔들은 살어야지, 그러니까 징징거리지 말구 애새끼 똥이나 치워라.'

—흉내도 참 잘 내는구나.

—입에 짝짝 붙거든요, 안방할머니 말은. 래퍼 같아요. 빌어먹을 애새끼들, 빌어먹고 똥만 싸지르는 애새끼들.

—빌어먹는다면서 기저귀는 형님이 다 갈았잖니.

—똥냄새가 빌어먹게 더럽다면서 동생 고추를 맛있게도 드셨죠. 쩝쩝 소리까지 내면서. 어디 고추 맛 좀 보자 하면서 잡아당기는데, 저러다 진짜 내 동생 고추 떨어지는 거 아닌가, 더럽게 고추

는 왜 먹나. 그런데 할머니는 왜 '빌어먹을 천주교인'이 되셨어요?

—'천주교도 나셨네, 천주교인 나셨어, 시계에 대고 아예 절을 드리지 그래?'

—할머니도 잘 따라 하시네요.

—오십 년을 같이 살다보니 절로 그리되는구나. 아들 셋 낳은 걸 훈장으로 여기고 산 사람이라 그렇다. 옛날부터 갓난쟁이들 보면 기저귀부터 까보자 했단 말이지.

—오십 년을 같이 사는 건 어떤 느낌이에요?

—글쎄다. 좋다 나쁘다 밉다 곱다, 그런 게 다 사라지는 거?

—넘어지는 소리를 들었어요.

—네 잘못 아니다.

—쿵 소리가 났는데, 뭔가 부서지는 소리가, 우지끈 그 비슷한 소리가 났어요. 이 뺄 때 머리에서 울리는 것 같은. 무서웠어요. 무서워서 못 나가봤어요.

—그만 생각해라.

—제가 일찍 나가봤으면 괜찮으셨을까요?

—죽고 사는 게 어디 마음대로 된다니. 얘 다리 버티는 힘 좀 봐라. 장군이 따로 없다. 곧 걷겠다, 걷겠어.

—전 언제 처음 걸었게요?

—요만할 때 아니겠니?

—얘기를 해줄 사람이 없어요. 내가 언제 첫발을 내디뎠는지.

똥냄새가 어땠는지.

—애들 똥냄새야 다 구수하지.

—내가 언제 태어났게요? 함박눈이 내리던 날에요. 3월 하고도 마지막날에 함박눈처럼 태어났지요. 알고는 있지만 기억하는 건 아니에요. 엄마가 말해줘야 진짜인 건데, 얘기해줄 엄마가 없으니까 가짜인 거 같아요. 아예 없었던 일처럼. 내가 태어난 날이 엄마랑 같이 사라졌어요. 엄마가 없다는 건 그런 거 같아요. 나는 기억 못하는 내 어린 시절을 기억해줄 사람이 없다는 거.

—꽃 피는 3월에 함박눈이라니. 예뻤겠구나.

—저는 모르죠. 눈이 와서 꽃이 다 얼어버렸을지도. 할머니는 언제 태어났어요?

—아주 오래전이지.

—할머니 엄마가 얘기 안 해주셨어요? 태어난 날이라든가 태몽이라든가, 뭐 그런 거.

—글쎄다. 나한테 엄마가 있었다는 것도 잊고 살았구나. 살아계셨어도 기억 못하셨을 게다. 애를 일곱이나 낳았으니. 자식 수나 제대로 셌을까 몰라.

—내 동생은 태어나면서부터 엄마가 없어요. 참 안된 일이죠.

—죽은 놈은 죽은 놈이고 산 놈은 산 놈이라잖니.

—그런데 우린 언제까지 기다려야 해요?

—글쎄다. 차례가 올지 안 올지.

—내 동생 보면 벌떡 일어나시지 않을까요? 어디 고추 한번 먹어보자 하면서.

—그렇지. 그래야 독골댁이지.

*

할머니에게 잘못한 사람은 일찌감치 죽어자빠진다는 첫번째 근거는 증조할아버지였다. 할머니와 할머니의 시아버지인 증조할아버지의 관계는 내가 들은 바에 의하면 좀 변태적이기까지 하다. 양반집에서 온 며느리라고 혼례 전부터 마음에 쏙 들어했던 증조할아버지는, 며느리가 불 붙여주는 곰방대로만 담배를 피우고, 아들 손자를 제치고 며느리와 둘이서 겸상을 할 정도로 할머니에게 각별했다. 할머니 역시 병약한 남편보다는 시아버지 사랑을 독차지하는 데 힘쓰며 살았는데, 문제는 그런 시아버지가 어느 날 둘째 부인을 데려와 집에 앉히면서 시작되었다. 시집오면서부터 누려왔던 모든 특권이 한순간에 무너지면서, 독점욕 강한 할머니는 할아버지 형제들과 손을 잡고 정적을 제거하기 위해 온 힘을 다했다. 결국 일 년 뒤에 죽어자빠진 사람은 증조할아버지였으며, 더 이상 설 자리가 없던 둘째 부인은 맨몸으로 쫓겨나고 말았다. 그런데 그보다 더 변태적인 사건은, 십수 년이 지난 후 그 두 여인이 한집에서 살기 시작했다는 것이다. 그들이 어떻게 다시 만나게 되었는지 아는 사람은 없지만, 할머니의 결단 없이는 이루어질 수 없는 일이라는 것만은 분명했다.

바로 저 여자, 관동댁. 이름은 모른다. 관동댁은 처음부터 지금까지 관동댁이었다. 할머니가 하는 것처럼 하대와 멸시를 섞어 관동댁. 할머니를 병원에 데리고 온 사람도, 할머니와 얼굴 맞대고 산 시간으로 치자면 가족 모두를 통틀어 제일 오래된 사람도 관동댁이었다. 그런데도 엄마는 단 한 번도 들어가보시라 권하지 않았다. 관동댁 역시 무언가를 주장하거나 요구하는 법 없이, 중환자실에서 조금 떨어진 복도 의자에 정물처럼 앉아 있을 뿐이었다. 아기를 포대기로 감아 앞으로 맨 웬 어린 여자애와 함께.

엄마가 관동댁에게 그렇게까지 가혹하게 굴어야 하는 이유는 아무리 생각해봐도 모르겠다. 매점에서 꿀모과차를 사가지고 가 관동댁에게 건넸다. 관동댁은 말없이 병을 받아 여자애에게 넘겼다.

—여기서 이러고 계시지 말고 내일 아침에 다시 오세요. 면회시간은 다 끝나서.

—그래, 그렇구나.

—내일은 들어가보실 수 있을 거예요. 다녀갈 사람은 거의 다녀갔으니.

—그래, 그렇구나.

—그런데 넌 누구니?

—서촌집에서 같이 사는 아이란다.

—언제부터요?

—봄에 왔으니, 반년 좀 넘었지.

—왜요?

관동댁은 대답하지 않았다. 같이 사는 아이. 서촌집에서 함께. 그 말을 듣는 순간 이상하게 빈정이 상했다. 누가 누구에게 뭘 잘못해서가 아니었다. 그저 정확히 해두고 싶다는 생각이 들었다. 같이 산다고 가족인 것은 아니라고. 피와 살이 섞인 것도 아닌 주제에. 그 말이 머릿속에 맴돌았다. 엄마가 그렇게 집요하게 관동댁에게 순번을 부여하지 않는 이유.

—어디 가실 데는 있으세요? 서촌집 곧 공사 들어갈 거예요. 둘째 삼촌이 그동안 그 집 눈독들이고 있었던 거 아시죠? 어른들끼리 벌써 합의된 바도 있는 것 같고. 거기 계속 사실 순 없잖아요? 할머니도 안 계신데.

관동댁은 말없이 고개만 주억거렸다. 그럴 줄 알았다는 태도였다. 여자애가 자리에서 일어났다. 조용하지만 단호한 움직임이었다. 아이를 안은 두 팔에 힘을 꽉 주며 천천히 뒷걸음질쳤다. 안고 있는 아이를 누구에게도 뺏기지 않겠다고 다짐하는 것처럼. 그 누군가가 바로 나라고 지목하는 것처럼 예의주시하며. 나는 관동댁에게 다른 말을 할 수도 있었다. 오늘 아니면 내일이라고 했던 의사의 말을 전해줄 수도 있었다. 그런데도 왜 나는 할머니의 죽음을 기정사실화까지 하면서 관동댁을 몰아붙인 걸까.

—기길현씨 보호자분!

무언가 쌔한 기분이 들었다. 분명 들어본 이름이었다.

—기길현씨 보호자분 안 계세요?

대기실에서 엄마가 뛰쳐나오는 게 보였다.

—저요, 저요. 여깄어요, 보호자!

그 순간 나는 뒷걸음쳤다. 기다려왔던 순간인데, 예견된 일인데, 이상하게 겁이 났다. 내가 뒷걸음질치는 사이, 제일 먼저 중환자실 문을 통과한 사람은 엄마가 아니라 관동댁이었다. 전광석화처럼 달려가, 엄마를 제치고 간호사를 지나쳐 중환자실로 사라졌다. 뒤이어 엄마가, 그 뒤를 여자애가 따랐다. 내가 들어갔을 때 할머니는 이미 관동댁이 차지한 후였다. 원래부터 한몸인 양 완강하게 붙어 있었으므로, 엄마와 나는 할머니의 손 하나씩을 겨우 나눠 쥘 수 있었다. 관동댁은 할머니 얼굴에 자기 얼굴을 비비며 어이, 어이 울부짖었다.

—어이 독골댁. 나 왔소. 여보 성님. 성님 독골댁.

등뒤로 황급히 커튼이 쳐졌다. 대부분의 병상이 할머니와 같이 사망선고를 기다리는 중이었지만, 죽음에 임박한 사람들에게도 죽음은 감춰져야 하는 성질의 것이었다. 커튼을 친다고 죽음이 사라지는 것은 아니겠지만, 울음소리가 상기시키는 명백한 미래를 부정할 수는 없겠지만, 그래도 최대한 소리를 낮춰야 한다는 걸

본능적으로 알았다.

—엄마, 엄마, 엄마.

—여보 독골댁. 어이, 어이.

어이 어이 부르는 소리가 엄마 엄마 소리와 비슷했다.

그리고 끝이었다. 할머니가 죽었다. 엄마는 엄마를 잃었다. 나도 언젠가 엄마 없는 사람이 될 것이다. 엄마가 없다는 건 지금 울고 있는 여자가 사라진다는 것. 비로소 어떤 슬픔이 찾아왔다. 죽은 할머니의 몸 일부와 맞닿아 있는 몸들이 이상하게 한몸 같았다. 죽음의 순간을 함께하는 사람들 사이에서 생기는 일종의 유대감인 듯했다. 그 느낌은 그리 오래가지 않았다.

*

아버지는 오십을 한 해 남기고 돌아가셨지. 스물여섯에 날 보았으니 그때 내 나이 스물넷이었나보다. 그땐 뭐가 그리 무서워서 돌아가신 아버지 얼굴도 못 봤을까. 얼마나 덜덜 떨었는지 이가 흔들릴 정도였어. 죽는다는 건 시체가 된다는 거였으니까. 멀리 서서 울기만 했지. 무서워서 우는지 슬퍼서 우는지. 뭐가 슬픈지 뭐가 무서운지도 모르고. 그런데 엄마는 시체가 되어도 무섭지가 않더라. 살은 또 어쩜 그리 하얀지. 검버섯 하나가 없더란 말이야. 내가 엄마 피부를 닮았으면 얼마나 좋아. 닮기 싫은 것만 골라

닮았지 뭐야.

엄마가 죽었으니 곡이라도 해야 하나. 곡소리하면 당산동 고몬데. 그런 건 어디서 배워 오는지. 보낼 수 없어 곡을 하는 게 아니라 곡 끝나기 전엔 못 간다 떼쓰는 거 같았어. 누가 죽기만을 기다려온 사람마냥. 뽐낼 기회를 잡은 사람마냥. 그런데 그 양반은 언제 돌아가셨더라, 기억이 안 나네. 관 붙들고 진저리치던 모습은 이리 생생한데. 아이고 아이고 땅은 왜 치고 발은 왜 구르나. 땅을 치는데 고무신짝은 왜 벗어드나. 관뚜껑 위에 고무신 떨어졌던 게 기억난다. 그걸 가지고 나오겠다고 구덩이 속으로 들어가다 상복이 홀랑 뒤집어졌잖아. 그땐 그렇게 볼썽사납더니, 지금은 실없이 웃음이 나네. 엄마가 죽었는데 고무신짝 생각이나 하고, 아이고 아이고 누가 내 대신 곡이나 해줬으면 좋겠네.

자식이 죽은 것도 아니고 구십 넘은 엄마가 죽은 건 아무 일도 아니지. 죽을 때 되어서 죽었으니 호상이라 해야 하나. 양복 입은 이들은 다 넷째네 손님들이겠지. 화환 들어온 수를 보면 부의금도 제일 많겠지. 사장이고 부사장이고 현직에 있어야 행세를 하지. 뒤로 나앉아 있으면 모든 게 뒷방 신세야. 나중에 방명록 확인해가면서 부의금 나누자고 할 테지. 병원비랑 장례비까지 나누자고 하려나? 아니면 큰오빠에게 떠넘길 수도 있어. 누구보다 셈이 빠르고 손해는 안 보는 애니까. 어릴 때부터 국에 든 고깃덩어리 크기를 확인해가며 제 몫을 찾아 챙기던 애니까.

'저희 손님 거는 저희가 챙겨야겠어요, 그동안 저희가 뿌린 게 얼만데요.' 아니나다를까 말하는 꼬락서니하고는. 올케라고 어쩜 저랑 똑같은 걸 만났나 몰라. 살다보니 닮아간 건가? 장례 음식이 이 정도면 흉은 안 잡히겠지. 음식 대접 소홀히 했다가는 죽은 엄마가 벌떡 일어나 혼을 내겠지. 차례 때도 꼭 붙어앉아 고명을 얹어라 꽃을 놓아라 하던 양반이니, 고명 없이 전을 올리면 꿈에 나와 성을 내려나? 엄마가 없으니 세배꾼들도 이제 끝이다. 하루 온종일 지지고 볶고 차리고 치우고 차리고 치우고. 큰어른께 인사하러 온다는 걸 막을 수도 없고. 와서는 꼭 시비 거는 사람 하나씩 있고. 그놈의 옛날 사연. 그 꼴 안 봐도 되니 속이 다 후련하네.

그게 다 저 관동댁 때문이지. 관동댁 끌어안고 산 엄마 때문이지. 상관없이 살았으면 얼마나 좋아. 그런데 관동댁이 데리고 있는 저 애들은 누군가? 저리 어린 애를 장례식장에 데리고 와도 되나? 엄마가 봤으면 더러운 거 묻혀 들어온다면서 펄쩍 뛸 일인데. 엄마는 아무리 가까운 사람이어도 장례식장에 안 갔어. 죽으면 그걸로 끝이라고. 작은숙모는 그렇다 쳐도 자기 동생 장례에 안 간 건 너무했지 뭐야. 그 터무니없는 믿음, 이상한 고집.

그래도 관동댁이 있어 내가 편하게 살긴 했네. 그 노인네 변덕을 어떻게 다 맞춰줘. 모시고 살았으면 내가 먼저 속 터져 죽었을 거야. 관동댁이나 되니 엄마 비위 맞추고 살았지. 관동댁은 이제 어디로 가나? 설마 그 집에 눌러앉겠다고 버티는 건 아니겠지. 안 될 일이지. 얼마간이라도 살겠다 말 꺼낼 수 있으니 미리미리 단도리를 해야겠어. 혹시 이미 벌써 챙길 거 다 챙겨둔 건 아닌가?

그런데 엄마 몸이 그렇게 작았었나? 살은 다 쪼그라들어 뼈만 앙상한데, 그 큰 젖가슴은 여전하더라. 죽어서도 줄어들지 않는 젖퉁이라니. 어릴 적에 현주가 지 할머니 젖꼭지를 초인종처럼 누르며 놀았는데. 딩동딩동 할머니 문 좀 열어주세요, 딩동. 그러면 엄마는 맘껏 누르며 놀라고 아예 옷을 올리고 두 젖을 꺼내 보이곤 했지. 난 아무리 내 애라도 젖에 손을 대면 이상하게 징그럽고 싫더만. 내가 너무 일찍 젖을 떼버려서 대신 제 할머니 젖꼭지에 매달렸나?

분홍색의 작고 예쁜 젖꼭지였어. 아직 덜 자란 여자애처럼. 그걸 팥 알갱이라고 불렀던 게 누구였더라. 하도 작아서 빨기 힘들어 신경질을 부렸다는 건 막내 얘긴가 넷째 얘긴가. 아무튼 작고 어여쁜 팥 알갱이 같았지.

*

—시계는 안 가져가세요? 아끼시던 거잖아요.

—빌어먹을 천주교인이 하기 싫어졌나보다. 그렇게 불러줄 사람이 없으니 아끼고 싶은 마음도 없구나.

—전 이 집에서 저 꽃밭이 제일 그리울 거 같아요. 여기 처음

왔을 때 화단이 예뻐서 마음에 들었거든요.

—먹는 걸 심어야지 무슨 꽃이냐고 성화였지. 고추나 상추, 가지 같은 거. 그런데 난 그런 거 키워 따먹는 게 그렇게 싫더라. 어릴 때 밭일을 너무 많이 해서 그런가. 독골댁이 뭐라 하든 말든 내 맘대로 심었지. 사시사철 꽃 피게.

—안방할머니도 좋아하셨잖아요, 꽃.

—실은 나보다 더 좋아했다. 얼마나 꽃 타령을 했게. 꽃놀이 가자 관동댁, 꽃놀이 안 가? 나 죽으면 가? 봄바람 분다 하면 꽃 타령이었지.

—우리가 처음 만났을 때 말이에요.

—애 맡기고 도망갔을 때 말이냐? 그래서 우리가 배를 놓쳤잖니.

—저희 때문에 결국 꽃놀이도 못하고 죄송해요. 이렇게 갑자기 돌아가실 줄 몰랐어요.

—집안에는 애들 울음소리가 들리고 그래야 사람 사는 거 같지. 가기 전에 그놈 고추는 실컷 만지고 갔으니 그게 꽃놀이지 뭐냐.

—안방할머니도 엄마가 있었겠죠? 지금쯤 엄마를 만났을까요?

—엄마 없는 사람이 세상에 어디 있겠니.

—우리는 모두 엄마 없는 사람들이잖아요. 할머니도 저도 제 동생도.

—네가 그랬지 않니. 자기는 기억 못하는 어린 시절을 기억해주는 게 엄마라고.

—제가요? 언제요?

—네가 그랬다.

—아닌데요? 엄마가 없어서 기억해줄 사람이 없다고 했는데.

—그게 그거다. 그러니까 네가 잘 기억해둬라. 나중에 동생한테 하나하나 다 얘기해주려면. 빌어먹을 할머니한테 고추 따먹힐 뻔했던 얘기도 해주고.

—할머니 말투가 점점 안방할머니랑 똑같아지는 거 같아요. 난 또 옆에 계시는 줄 알았네.

—어이쿠 걷는다, 걸어. 봐라, 걷잖니.

—안방할머니가 봤으면 좋아했을 텐데.

—내가 먼저 만날 테니, 가서 얘기해주마.

—우리 엄마도 만나겠죠? 먼저 가시면. 엄마한테도 말해주세요.

—그러마.

—그날 일은 말고요. 할머니가 고추 따먹은 얘기도 안 하는 게 좋겠어요.

*

할머니 유골은 용인 공동묘지에 있는 할아버지 묘에 합장했다. 엄마는 새로 덮은 잔디를 꾹꾹 누르며, '아버지 만나 즐거운 시간 보내시겠네' 하며 웃었다. 둘째 이모는 '양옆 무덤에 젊은 여자들이 있는데 번갈아 노느라 바쁘셨을걸'이라면서 할아버지가 할머니를 알아보지 못할 거라고 확신했다. 그러자 둘째 삼촌이 '지금쯤 여자들끼리 머리 뜯고 싸우고 계시겠군' 하며 킬킬거렸다. 나는 오히려 할머니라면 할아버지를 밀어내고 두 여자를 벗삼아 화투라도 치고 있겠다 싶었다. 적당히 속임수도 써가면서. 십원이다 이십원이다 셈은 제대로 해라 윽박질러가면서. 그것은 언젠가 서촌집에서 보았던 모습이기도 했다. 관동댁과 나를 상대로 불리하면 물리고 유리하면 물러서지 않고, 크게 잃을 것 같다 싶을 때는 기어이 판을 엎어버리던 방식 그대로.

모든 장례 절차를 마치고 난 후 우리는 모두 할머니 집으로 모였다. 거기서 나는 괘종시계를 챙겼다. 고급 제품은 아니지만 앤티크한 느낌이 장식용으로 두면 괜찮을 것 같았다. 종소리도 맑고 운치가 있었다. 할머니가 내게 준다고 약속했던 금시계는 찾지 못했다. 본체도 줄도 순금이라던 금시계가 정말 있기는 했었는지 지금은 좀 의심스럽다. 금시계 대신 옷장에서 호박 금반지와 진주 목걸이를 찾았는데, 진주 목걸이는 오래전 내가 중국 여행길에 사다준 것으로 그리 비싼 건 아니었던 걸로 기억된다.

엄마는 붉은색 고무 다라를 가져가겠다고 했다. 요즘에 구하기 힘들뿐더러 김장을 담그기에는 그만한 게 없다는 이유에서였다. 어차피 사 먹을 거면서 무슨 김장 다라냐 하고 싶었지만 그대로 두었다. 막냇삼촌은 할아버지의 벼루 세트가 값나가 보인다 말했다. 옻칠한 나무상자에는 전 대통령 이름이 새겨져 있었는데 무슨 이유로 그걸 갖게 되었는지 아는 사람은 없었다. 분명한 건 우리 식구들 중 그 대통령을 좋아하는 사람이 단 한 명도 없다는 것이다. 벼루 세트는 어쨌거나 막냇삼촌이 미국 친구에게 선물로 주겠다며 챙겨 갔다. 할머니가 살던 집은 예정대로 둘째 삼촌이 손을 좀 보아 고급 숙소로 만들기로 했다. 명의는 사촌동생에게로 이전하고, 집 시세에 따라 책정된 금액을 형제들에게 공평하게 지불하기로 합의가 되었다.

할머니의 죽음은 그렇게 끝을 맺었다. 별 잡음 없이 지나간 것은 예상 밖의 일이었다. 손주들에게까지 단 일백만원이라도 공평하게 돌아가게 분배했으니 누구도 이의를 제기할 수 없었을 것이다. 그렇게 각자 나눠가질 것을 다 분배한 다음, 대청마루에 주르르 앉아 할머니에 대한 추억을 나눴다. 추억이 깃든 집이 헐리지 않고 그대로 남을 수 있어서 다행이라고 입을 모았다. 그러던 중 셋째 이모가 어디선가 공갈 젖꼭지 하나를 찾아들고 왔을 때, 모두들 입을 다물고 마당 한가운데 있는 화단만 쳐다보다가, 이제 그만 집에들 가자며 자리를 털고 일어났다. 공갈 젖꼭지가 누구 것인지 모두들 알고 있었지만, 그애에 대해 궁금해하거나 묻는 사람은 아무도 없었다.

관동댁은 장례식장 화장실에서 아기 기저귀를 가는 모습을 본 게 마지막이었다. 문득 할머니가 생각보다 더 다정한 사람이었을지도 모른다는 생각이 들었다. 나도 할머니에게 좀더 다정하게 굴걸 그랬다는 후회가 잠시 들었다. 하지만 다정함은 우리 집안 내력이 아니었다. 이 집안 사람들에게서 다정한 온기를 느꼈던 순간은 발인을 앞두고 북엇국으로 아침을 먹을 때였다. 모두들 적당한 긴장감과 피로감에 말없이 숟가락질만 하고 있던 중이었다. 누군가 사자 손잡이가 달린 대문 얘기를 꺼냈고, 초인종 달린 집에서 할머니 젖꼭지로 서서히 화제가 바뀌더니, 초인종이 되었다가 팥알갱이가 되었다가 버찌 씨가 나오더니, 그 모든 자식들이 한 번씩 입에 물고, 자식의 자식들이 딩동댕동 조물조물 만지고 나자, 일제히 숟가락질을 멈추고 저마다 어떤 생각에 빠져들며 눈가가 촉촉해지는 것이 보였다. 물론 그리 길지 않은 시간이었다.

'죽은 엄마 젖 빠는 얘기 그만하고, 이제 그만 가보자고.'

엄마가 자리를 털고 일어나며 말했을 때, 나는 할머니가 말하고 있는 줄 알았다. 목소리가 딱 할머니 목소리였다. 엄마는 늙어가면서 점점 할머니를 닮아가고 있었다. 아니다. 할머니라면 분명 이렇게 말했을 것이다.

'죽은 자식 불알 잡는 얘기 그만하고, 이제 그만 가서 자기 볼일들 보라고.'

봄밤

계집애는 개처럼 졸졸 쫓아왔다. 바짝 따라붙지도 아주 뒤처지지도 않은 채, 통영에서부터 서촌의 좁은 골목까지 고속버스와 지하철과 마을버스를 갈아타고, 잔뜩 골이 난 길현씨와 고개를 푹 숙인 순임씨 뒤를 따랐다. 골목 입구에서 길현씨는 돌멩이를 하나 찾아 쥐고 계집애 쪽으로 던지는 시늉을 하기도 했지만 실제로 던지지는 않았다. 마침내 대문 앞에 다다랐을 때 길현씨가 몸을 획 돌려세우자, 순임씨는 방어하듯 한발 물러섰고, 계집애는 그러거나 말거나 앞으로 둘러멘 아기 엉덩이만 두들겼다. 그들은 나들이 갔다가 다투고 돌아오는 일가족처럼 보였다.

빌어먹을 애새끼 같으니라고. 아주 방패를 둘렀구먼, 방패를 둘렀어. 첨부터 작정을 했지. 노인네들 등쳐먹으려고, 작정을 했어.

어디까지 쫓아오려는 게야. 썩 꺼지지 못해? 가! 안 가? 확 돌멩이를 던질까보다. 어쩔 거야? 어쩔 거냐고! 이녁이 책임져. 허구한 날 버려진 화분이나 주워나르더만. 그걸 덥석 받아 안아가지고설라무네. 몰라 몰라, 난 몰라. 난 집에 들어가서 발 씻고 잘 테니까, 고 빌어먹을 것들은 이녁이 알아서 처리하라고.

길현씨는 침을 뱉듯 말하고는 손가방에서 열쇠꾸러미를 찾아 문을 딴 다음 의기양양하게 문지방을 넘었다. 선을 긋듯 단호한 몸놀림이었으나 열쇠꾸러미는 열쇠 구멍에 꽂아둔 채였다. 잠시 숨을 고른 순임씨는 짐을 먼저 안으로 들여놓은 후 계집애에게 길을 터주었다. 문단속을 하고 돌아섰을 때, 대청마루에 한쪽 무릎을 세우고 앉아 코를 벌름거리고 있는 길현씨가 보였다. 그것은 누군가를 맞는 길현씨의 자세였다.

길현씨는 딱 그 모습으로 앉아 군대에서 돌아오는 장남을 맞았고, 과일바구니나 꽃다발을 들고 들어오는 예비 며느리들의 앞태를 가늠했다. 문간방에 살림을 차린 지 이십 년 만에 안방을 차지한 것이었는데, 그녀가 노린 것은 안방이 아니라 바로 그 대청마루였다. 문간방에서 대청까지는 아득하게 멀어 보였으나, 대청에서 내려다보는 문간방은 손에 잡힐 듯 가까웠다. 큰딸이 독일로 유학을 떠나고 남은 자식들이 모두 결혼해 나가고 나자, 길현씨는 곧장 순임씨를 불러들였다. 자식들의 반대가 없었던 것은 아니었으나 길현씨가 결정을 한 뒤에는 토를 달지 못했다.

기별을 받은 순임씨는 그날을 평생 기다려온 사람처럼 일사불란하게, 집과 세간살이들을 처분한 다음 여행용 트렁크 하나에 짐을 챙겨 그 집으로 들어왔다. 대부분의 물건을 미련 없이 버렸지만, 오십 년 전 종로 시계방에서 구입했다는 일제 세이코 괘종시계만큼은 황금색 보자기에 싸 가슴에 품고 왔다. 순임씨는 미사를 드리러 가는 천주교인처럼 하루 두 번 경건한 마음으로 시계태엽을 감았다.

순임씨는 계집애를 앞세우고 ㅁ자 구조의 집 마당을 가로질렀다. 계집애는 조용히 움직였다. 두리번거리지도 않고 제집인 양 함부로 굴지도 않았다. 계집애가 마당 한가운데 화단을 막 지나쳤을 때, 대청마루에 앉은 길현씨가 엉덩이를 들썩이며 소리를 질렀다. 어디까지 기어들어오려는 게냐, 들어오긴. 계집애는 무르춤하게 서서 화단에 핀 영산홍 무더기만 내려다보았다. 화단은 순임씨가 오랜 시간 공들여 완성한 것이었다. 가운데 수돗가를 치우고 벽돌을 쌓아 터를 잡고, 인근 산을 오가며 배낭에 부엽토를 짊어 날랐으며, 먹고 난 사골이나 돼지 등뼈 같은 것을 묻어 흙을 비옥하게 만들었다. 길현씨는 고추나 상추 가지 같은 채소를 심어야 한다고 주장했으나, 순임씨는 오로지 꽃나무만을 고수했다. 동백부터 영산홍 다알리아 사루비아 나리 꽃무릇 구절초까지. 벽돌을 따라 줄지어 늘어놓은 화분들은 모양과 크기와 재질은 물론 자라는 식물들까지 제각각이었는데, 거의 대부분 순임씨가 어디선가 주워온 것들이었다. 궁색이 몸에 배어설라무네, 혀를 차며 질색하던 길현씨도, 다 죽어가던 식물이 화훼농원의 출하 직전 화분처럼 생생해지는 것을 본 후부터는, 어디선가 다 말라비틀어진 식물을 주워와 그녀 앞에 들이밀곤 했다. 어이 의사 양반 이것 좀 살려봐, 기술 좀 발휘해보라고.

순임씨가 대청에 올라 짐을 다 풀어놓을 때까지, 길현씨는 최대한 허리를 꼿꼿이 세운 채 눈초리의 독기를 풀지 않고 있었다. 잠에서 깨어난 아이가 옹알이를 했다. 순임씨가 포대기에서 아이를 빼내 안으면서 계집애를 슬그머니 마루 쪽으로 당겼다. 순임씨는 아이를 내려놓고 옷을 벗겼다. 오래 갈지 못한 기저귀에 똥이 바싹 말라붙어 있었다. 계집애는 마루에 엉덩이만 살짝 걸친 채 배낭에서 젖병과 기저귀를 찾아 꺼냈다. 계집애가 기저귀를 가는 동안, 순임씨는 물을 데워 젖병을 채워왔다. 두 사람 다 익숙지 않은 손놀림이었지만 오래전부터 함께해온 사람들처럼 손발은 잘 맞았다. 아이를 안고 젖병을 물린 사람은 순임씨였다.

오지랖도 참 가지가지 한다. 왜 쭈그렁 젖이라도 꺼내보시지, 쭉쭉 잘도 나오겠구만, 쭈그렁 할망구 젖. 두 사람을 번갈아 보며 입을 삐죽거리던 길현씨가 더이상은 못 봐주겠다는 듯 자리를 박차고 일어섰다. 계집애는 길현씨가 쿵쿵 발소리를 내며 안방으로 들어가고도 한참 뜸을 들인 후에야 엉덩이를 조금 더 안쪽으로 들이고 앉았다. 신발은 벗지 않은 채였다. 한동안 애 젖 빠는 소리만 가만가만했다. 순임씨의 몸이 박자를 맞추듯 좌우로 살짝살짝 흔들렸다. 계집애의 몸이 닿을 듯 말 듯 했다. 별안간 안방 문이 요란스레 열리더니 길현씨가 우렁차게 외쳤다. 뭐하고들 앉았어! 어서 자지 않고서는. 고함과 함께 베개가 툭 튀어나오더니 이어 이불 한 채가 문지방을 타고 넘어왔다. 길현씨가 막내며느리에게 혼수로 받아 장롱 속에 모셔둔 새 명주 이불이었다.

건넌방에 잠자리를 펴주고 나온 순임씨는 조용히 안방 문을 열었다. 길현씨는 만세 자세로 잠들어 있었다. 불을 끄고 길현씨 옆에 몸을 들였다. 이불 안이 따스했다. 길현씨가 발도 안 씻고 잔다며 잠꼬대처럼 웅얼거렸다. 순임씨는 처음으로 저녁 시계태엽 감는 일을 빼먹었음을 깨달았다. 하지만 이불 속에서 몸을 빼고 싶지는 않았다. 길고 피로한 하루였다. 그들은 어떤 것도 가늠하지 않고 어떤 말도 보태지 않았다. 어쩌다 그리 어린 여자애가 갓난애를 배낭처럼 둘러메고 그 먼 통영까지 갔는지, 무슨 사연과 속셈으로 그들을 따라오게 되었는지, 그 집에서 얼마나 오래 머물게 될지.

길현씨가 낮게 코를 골기 시작했을 때, 괘종시계가 울렸다. 깊고 묵직한 자정이었다. 종소리가 멈추자 사방이 고요해졌다. 고요가 다정하고 편안했다. 갓난애 옹알이 소리가 간간이 묻어오는, 봄밤이었다.

다른
얼굴

1

줄이 길었다. 그녀 앞으로 여섯 명. 차례를 기다리는 동안 그녀는 이후 일정에 대해 생각했다. 계피와 생강을 어느 상점에서 살지. 어느 화원이 달리아 구근을 더 다양하게 갖추고 있을지. 아리랑 상점을 지우자 은행에서 집까지의 동선이 깔끔해졌다. 시급한 것은 수정과가 아니라 달리아였다. 구근을 심기에는 조금 늦은 감이 있었지만 색의 조화를 생각한다면 울타리 쪽에는 역시나 달리아였다. 새 모이통을 채울 혼합 곡식도 사야 했다. 그렇다면 아무래도 바우하우스가 나았다. 동선 조정을 마쳤을 때, 마침맞게 차례가 왔다.

그녀는 데스크로 한 발짝 다가서며 상냥하게 인사했다. 좋은 아침 좋은 하루 좋은 저녁. 그 말은 삼십 년 전 이 도시에 처음 도착했을 때 그녀가 할 수 있는 유일한 말이었다. 하지만 목소리에 상냥함을 더하면 인삿말 이상의 것을 얻을 수 있다는 걸 알았다. 삼십 년이 지나 언어를 유창하게 구사하게 된 지금, 목소리에 숨겨져 있던 초조한 기운은 말끔히 사라지고 상냥함만이 남았다. 저절로 풍겨나오는 기분좋은 향기처럼. 방심하고 짓는 표정에도, 가만히 움직이는 발걸음에도. 상냥함은 그녀를 설명하는 거의 모든 것이었다. 그렇게 저절로 나온 상냥한 인삿말에는 힘이 있었다. 적어도 은행원의 은색 넥타이를 느슨하고 만들고, 이 도시 사람들의 전형적인 표정인 근엄한 얼굴을 누그러뜨릴 만큼의 은밀한 힘.

"무엇을 도와드릴까요?"

데스크의 남자는 사무적이지만 친절한 목소리로 그녀를 맞았다. 그런데 갑자기, 그녀는 갑자기, 얼어붙었다. 시간을 거슬러 삼십 년 전으로 돌아간 것만 같았다. 적당한 단어를 찾지 못하는 외국인처럼, 눈만 깜빡이며 입을 꾹 다물어버렸다. 아니면 삼십 년이 훌쩍 지나 늙은이가 되어버린 것도 같았다. 방향을 잃고 기억을 잃어 어리둥절해하는 치매 노인처럼.

"음……"

그녀는 가방에 손을 넣은 채 멍하니 서서 남자와 눈을 맞췄다. 남자의 눈은 따뜻한 회색이었다. 가슴팍에 달린 아크릴 명찰로 시선을 옮겼다. 글자가 작아 이름을 읽을 수는 없었지만, 불새 모양의 은행 심벌은 선명했다. 은행 업무를 보기 위해 줄을 선 것을 그녀가 잊을 리 없었다. 그녀는 치매 환자가 아니었다. 소통이 두려운 외국 여행자도 아니었다. 닷새 치 매상을 모아온 탓에 평소보다 많은 돈이 지갑에 들어 있다는 것도 잊지 않았다. 그리고 지갑은 가방 안에 있어야 한다는 것도. 손을 넣으면 바로 닿는 주머니 안에. 언제나 어김이 없는 그 위치에. 그녀는 가방을 데스크에 올려놓고 안을 들여다보았다. 다시 들여다보고 뒤져봐도 반드시 있어야 할 지갑이 보이지 않았다.

"음…… 그러니까 내가…… 지갑이 없네요?"

남자가 그녀를 빤히 쳐다보았다. 회색 눈동자가 차갑게 흔들리며 그녀가 한 말을 이해하려고 애쓰고 있는 것 같았다. 하지만 그녀가 할 수 있는 말은 그것뿐이었다. 머릿속이 하얗게 비어버렸다. 여태 이런 일은 없었다. 그녀는 뭔가 흘리고 다니는 사람이 아니었다. 소지품이 손을 타본 적도 없었다. 그녀는 가방에서 손을 빼내 데스크에 올려놓았다. 빈손이 공손하게 바닥을 보이고 있었다.

이내 상황 파악을 끝낸 듯 남자의 입가에 미소가 번졌다. 이해한다고, 더러 그런 실수들을 한다고, 안됐지만 자신이 도와줄 것은 없다고. 너그럽지만 조소 섞인 미소였다.

"그럼 준비가 되면 다시 오시겠습니까?"

준비가 되면…… 그녀는 기억을 더듬었다. 지갑을 마지막으로 본 게 언제였는지. 집에 두고 온 것은 아닌지. 아니다. 스시집 열쇠를 찾느라 가방을 뒤질 때만 해도 분명히 있었다. 지갑의 자석 버튼에 열쇠고리가 붙어 있는 걸 떼어냈으니까. 스시집을 나와서는 피트니스 센터에 들러 한 시간가량 운동을 했고, 내친김에 시간을 조정해서 마사지를 받았다. 그사이 지갑을 꺼낸 적은 없었다. 지갑은 가지고 나오지 않은 게 아니라, 잃어버린 것이었다.

"부인?"

남자가 재촉했다. 그녀는 자신의 차례를 남자가 끝내려 한다는 걸 알았다. 그녀가 황급히 말했다.

"아니요, 다시 올 게 아니라, 잃어버렸어요. 지갑을요. 어쩌지요?"

"분실신고를 해드릴까요? 신분증 가지고 계세요?"

"지갑에 같이 들어 있을 텐데."

"그럼 이름과 생년월일, 그리고 주소를 불러주세요."

그녀는 일단 번호를 불러준 다음 생각했다. 오는 길에 누군가 그녀의 몸이나 가방을 스치고 지나간 적이 있었는지. 마사지숍이나 피트니스 센터 탈의실에서 손을 탈 수도 있을까? 그럴 리가 없었다. 그곳은 흘린 머리핀 하나라도 잘 보관했다가 주인을 찾아주는 곳이었다. 회원 카드를 꺼내지 않아도 얼굴을 알아볼 정도로 회원 관리 시스템이 철저한 곳. 그렇다면 남은 곳은.

"일단 분실신고 먼저 한 다음에 사용 내역이 있는지 보겠습니다. 저희 은행에 한 장의 신용카드와 네 개의 계좌가 있는데, 모두 정지시킬까요?"

그렇지. 지갑 안에 현금만 있었던 게 아니지. 신용카드가 석 장에 현금카드가 석 장…… 은행 두 군데를 더 들러야 했다. 그 밖에 백화점 카드가 있고, 각종 회원카드를 일일이 다시 발급받으려면…… 그녀는 무엇보다 교통카드가 아쉬웠다. 이제 겨우 닷새를 썼을 뿐이었다. 달이 바뀌기 전까지는 어쩔 수 없이 동전을 준비해 다녀야 했다. 꽤 번거로울 것이었다. 동전 없이 기차를 탔다가 낭패를 겪었던 때가 떠올랐다. 하필이면 기차 내 동전 교환기는 고장이 나 있었고, 다른 칸으로 가보려는데 검표원이 나타났다. 삼십 배에 달하는 벌금을 내지는 않았지만, 의도된 무임승차가 아님을 설명해야만 했다. 의심하는 사람이 있는 것도 아닌데 목적지에 도착할 때까지 그녀는 사람들의 시선을 신경쓰며 표정관리를 하느라 진땀을 흘렸다. 아주 오래전 일이었다.

"일단 정지시켰고요. 신용카드 최종 사용일은 2일 십사시 삼십팔분. 페트리프라츠에서 칠십오 유로 사십 센트. 본인이 사용한 것 맞습니까?"

사흘 전 오후 두시면, 성훈네와 점심을 먹었고, 그녀가 계산을 했다.

"맞아요."

"351로 시작되는 계좌는 한 시간 전에 마지막 인출이 있었네요. 이천 유로. 본인이 사용한 것 맞습니까?"

"언제요?"

"열한시 사십분. 한 시간 전에요."

"아닌데…… 그때 난 마사지숍에 있었는데? 그거 나 아니에요."

새 계좌. 비밀번호. 그녀는 오늘 새 현금카드를 등록할 예정이었다. 지갑에는 은행에서 발급받은 비밀번호 안내장과 새로 받은 카드가 함께 들어 있었다. 개인 비밀번호를 입력해야 비로소 카드를 쓸 수 있는데. 그녀가 아니라 지갑을 가져간 사람이 등록과 개시를 대신 한 셈이었다. 그녀는 비로소 피해의 심각함을 깨달았다. 현금은 물론이고 통장에 든 돈까지. 동전의 번거로움과는 비할 바가 아니었다.

"지갑을 언제 잃어버리셨는데요?"

"글쎄요…… 그게……"

"오늘 총 삼 회 출금이 있었어요. 전부 육천 유로. 모두 이 지점 현금인출기에서 인출됐네요?"

도대체 누가, 언제 어디서. 그래, 그 남자. 토토스시에 왔던 그 아랍 남자. 입구 카운터 옆에 서 있었지. 그녀는 가게에 들어가면 항상 가방부터 카운터에 올려놓은 다음 주방으로 들어간다. 남자는 손만 뻗으면 닿을 수 있는 바로 그 위치에 서 있었다. 그 아랍 남자가 지갑을 훔쳐갔다. 지갑은 잃어버린 게 아니라 도난당한 것이었다. 분실이 아니라 절도였다.

"아마…… 세 시간 전일 거예요. 맞아요. 아홉시쯤."

토토스시에 도착한 것이 아홉시 무렵. 머문 시간은 채 이십 분이 넘지 않았을 것이다. 그때 스시집을 나와 곧장 은행으로 왔더라면. 피트니스 센터에 들르지 않았더라면. 예약 시간을 바꿔가면서까지 마사지를 받지 않았더라면. 그녀가 조금이라도 의심을 했더라면. 그래서 남자가 나간 다음 곧바로 가방을 확인해봤더라면. 그런데 정말 그 남자가 지갑을 훔쳐갔을까? 믿을 수가 없었다. 남자는 웃고 있었다. 웃으면서 인사까지 하고 나갔다. 그렇게 선량한 눈을 가진 남자가 정말 지갑을 훔쳐갔을까? 하지만 그 남자가 아니고서는, 다른 가능성은 없었다.

"CCTV, 그거, 확인해볼 수 있어요?"

"개인에게는 공개가 안 되고, 경찰이 요청하면 보여줄 수 있어요. 일단 경찰서에 가서 도난 신고를 하십시오. 그래야 보험이나 다른 문제도 해결할 수 있고. 그런데 이상하네요. 어떻게 비밀번호를 알았을까요? 세 번 만에 비밀번호를 알아내기는 어려울 텐데. 세 번 오류가 나면 자동으로 출금 정지가 됩니다만."

"그건……"

2

"아랍계 남자였어. 터키 식품점의 카림처럼. 턱수염이 이렇게 넓게 나 있었는데, 길지는 않고 그냥 면도한 자국만 보이는 정도 있지? 거뭇거뭇. 눈썹도 진하고 머리숱도 많고. 아무튼 전형적인 아랍 사람 얼굴이었어. 스물다섯에서 서른 사이? 젊었어. 키는 당신보다 좀더 큰 것 같고. 약간 마른 체형인데 그렇다고 아주 마른 건 아니고."

그녀는 경찰에 말한 그대로 남편에게 말했다. 경찰은 그녀가 설명한 절도범의 인상착의를 보통 체격의 평범한 외모를 가진 이십대 후반의 남자로 정리했다. 그녀는 더 자세히 설명해줄 준비가 되어 있었지만 그걸로 끝이었다.

"주방에서 재료 확인하고 있는데 뭔가 이상한 느낌이 드는 거야. 그래서 돌아봤더니 웬 남자가 서 있지 않겠어? 카운터 옆에. 가게에 나 혼자 있는데 당연히 놀라지. 그래도 아주 차분하게 물어봤어. 무슨 일이야? 그랬더니, 사람 안 구하니? 하고 물어봐. 그래서 아니? 그런 계획 없는데, 했지. 그러니까 씨익, 웃는 거야. 참 순한 웃음이었어. 그러고 안녕, 인사를 하고 나가데? 그래서 참 이상한 일도 다 있네, 그랬지 뭐. 아침부터 일자리를 구하러 다니는 것도 이상하고. 우리가 어디 구인 광고를 낸 것도 아닌데 어떻게 찾아왔나, 그것도 이상하고. 다 이상했지."

"구인 광고를 냈다고 해도 스시집에서 아랍인을 구하겠어? 말도 안 되는 소리지. 그래서 그냥 그러고 보냈어?"

"응. 한 치도 의심 안 했어. 도둑처럼 안 생겼단 말야."

"도둑이 어디 도둑이라고 써놓고 다니나?"

"웃는 게 아주 선했다고. 맑은 얼굴이었어. 이상하긴 했지만 그래도 그렇게 웃는 사람을, 어떻게 의심해."

"잘했어. 아, 지갑을 잃어버린 게 잘했다는 게 아니라. 그때 알아차렸으면 또 어쩔 건데? 몸이라도 뒤져보자 할 거야? 또 그랬다가 해코지라도 하면? 그게 더 큰일이지. 안 그래?"

"해코지할 사람처럼 안 보였다니까? 그런데 그 조그만 스시집에 무슨 돈이 있을 거라고 도둑질을 하러 와? 아이참, 오늘따라 현금은 왜 그렇게 많아. 차일피일 미루다가 닷새 치나. 다른 때는 이틀에 한 번은 가는데. 하필이면 또 비밀번호 안내장이 보일 게 뭐야. 탁자에 있기에 그냥 지갑에다 쑥 넣어가지고 나갔단 말이야. 가는 길에 다 처리하려고."

"일이 그리되려니까 그런 거지. 가게는 작아도 제일 오래된 스시집이잖어. 줄도 서서 먹고 가고 그러니까, 뭐 훔쳐갈 거 없나 작정하고 찾아온 거지. 그냥 사람 안 다치고, 더 나쁜 일 안 생기고, 그걸 다행이라고 생각하자. 그 돈 없다고 당장 죽는 것도 아니고."

그는 잃어버린 돈에 대해 쩨쩨하게 구는 사람이 아니었다. 잘못을 탓하거나 화를 내는 사람도 아니었다. 처음 만난 순간부터 지금까지 변함이 없었다. 그녀가 유학 생활 이 년 만에 학업을 포기하고 결혼을 결심하게 만들었던 그 사람 그대로. 지금은 머리숱이 조금 줄고 입가에 잔주름이 앉았지만 여전히 반듯하고 잘생긴 얼굴이었다. 확실히 나이든 티가 나긴 했다. 나이든 얼굴에는 그 사람이 살아온 인생이 자서전처럼 씌어 있기 마련이라는데, 그녀는 그가 쓴 책이 마음에 쏙 들었다.

"뭘 그렇게 멍하니 봐? 아직도 지갑 생각하는 거야?"

그는 커다란 손으로 그녀의 등을 쓰다듬어주었다. 그의 따스한 손길에 마음이 누그러졌다. 모든 걸 일러바친 어린애처럼 후련한 기분마저 들었다. 고맙기는 했지만 미안한 마음이 없는 건 아니었다. 그녀는 풀이 죽은 목소리로 말했다.

"난 왜 이렇게 순진한 걸까? 이 나이 먹도록 그거 하나 못 알아보고. 왜 의심을 못하지? 누가 그렇다면 그런가보다, 사람 좋게 생겼으면 좋은가보다. 나 정말 바본가봐."

"아이고, 여사님 잘못이 아니네요. 사람 의심 안 하고 사는 게 뭐가 잘못입니까?"

"그런데 여보, 어떻게 사람이 그렇게 선하게 웃으면서 도둑질을 할 수가 있지? 도둑질하는 게 즐거웠나? 도둑질하는 걸 숨기려고 웃었나? 어머나 여보!"

"왜, 왜 또 무슨 일이야."

"그 사람이 내 지갑 가져가는 거, 그거 난 못 봤어."

"당연히 못 보지. 그걸 어떻게 봐."

"아니, 그러니까 내 말은, 지갑은 내가 돌아보기 전에 벌써, 벌써 벌써 가져간 거지. 그래놓고, 내가 보니까 웃은 거지. 웃으면서 도둑질한 게 아니라, 도둑질한 다음에 웃은 거야. 그 사람 나갈 때까지 내가 계속 지켜봤거든. 왜 웃었지? 안 들킨 게 좋아서 웃었나? 내가 깜빡 속아넘어가니까 좋아서 웃었나? 정말 나쁜 사람이잖아!"

"맞아, 당신은 깜빡 잘 속지. 뭐라 하는 게 아니라, 누굴 의심할 줄 모르는 사람이라는 얘기야. 그만큼 순진한 거고. 잊자 잊어. 아는 사람한테 속은 것도 아니고. 그래. 걔 누구야, 당신 그렇게 고생시켰던. 아이고 그 이름이 생각 안 나네? 당신 사인 위조범 될 뻔했던, 걔 있잖아."

"호준이? 걔도 사람 참 좋게 생겼는데. 절대 안 잊어버리지 그 이름. 우리가 얼마나 잘해줬어."

"그래 맞어, 호준이. 아내가 시골 사람이라 도통 뭘 못 먹고 그래서, 당신이 김치랑 반찬 해다주고."

"김치뿐이야? 구두랑 외투랑 옷장 뒤져서 쓸 만한 거 다 찾아서 갖다주고. 나랑 사이즈가 비슷했거든. 아이, 지금은 이렇게 웃음이 나네. 그땐 얼마나 무섭고 떨렸어. 엄마 감옥 가는 거야? 우리 별이가 그러면서 눈물을 뚝뚝 흘렸잖아."

"하늘이는 지 누나 손만 꼭 붙들고 있고."

"나야 뭐 그냥 하라는 대로 사인한 거밖에 없는데. 당신하고 얘기가 다 된 거라니까, 남편 대신 사인하는 게 뭐가 문제냐 싶었지. 그런데 사인 위조범이라니."

"옛날엔 다 그러고 살았잖아. 아예 작정하고 덤벼든 사람을 어떻게 당해내. 집 구하는 데 보증인 세우는 게 오죽 어려워? 그것만으로도 감지덕진데. 임대계약서에 내 이름 올려놓고. 신고하자니 당신은 공범 되는 거고. 신고를 안 하자니 나갈 생각을 안 하고. 참 머리도 좋아. 완전 계획적으로 말이야. 그때 그 집에서 얼마를 더 버텼더라?"

"일 년 계약 끝나고 반년 더."

"난 걔 와이프가 더 무섭더라. 눈 똑바로 치켜뜨고서는 자기는 모르는 일이라고. 당신이 사인해준 거 아니냐고. 바락바락 소리를 지르고. 그냥 굽신거리면서 고맙다 할 땐 언제고. 사람이 어쩌면 그렇게 얼굴을 싹 바꾸는지."

"그랬어? 어머, 난 왜 기억이 안 나지?"

"어떻게 기억이 안 나? 얼마나 악을 쓰고 덤볐는데."

"전혀 기억이 안 나. 느물느물 웃던 호준이 얼굴만 기억나네."

"아무튼지 간에, 돈이 속썩이나? 사람이 속을 썩이지. 속썩은 걸로 치면 2호점 매니저 했던 그 여자애. 걔 누구야. 별이가 언니 언니 하며 잘 따르고."

이번엔 그가 먼저 이름을 기억해냈다. 이름을 기억해내자 얼굴이 따라왔다. 이름들, 얼굴들, 사연들, 다시 이름들. 그들은 함께 지나온 시간들 속으로 들어갔다. 지금은 웃으며 이야기할 수 있는 황망했던 기억들. 조금씩 시간을 거슬러 그들이 처음 스시집을 시작했을 무렵까지 올라갔다. 그가 아직 시립오페라단의 첫 한국인 단원이 되기 전의 일이었다. 그녀가 이십대에 아이 둘을 연이어 낳고 향수병에 걸려 있었을 때, 자그마한 스시집을 해보자고 한 것이 그였다. 무턱대고 시작한 터라 어려움이 많았다. 그래도 그는 연습을 마치고 와 밤늦도록 스시를 쥐고, 쪽잠을 잔 다음 새벽장을 보고 다시 연습을 갔다. 그녀는 아이들을 키우며 홀과 카운터를 보았다. 자그마하게 시작한 스시집이었지만 그녀가 재미를 붙인 결과 지금은 시내에 3호점까지 둘 만큼 성장했다.

"그땐 그걸 어떻게 다 해냈나 몰라."

"그러게. 어떻게 그걸 다 했어 그래?"

그들은 소회에 젖은 채 입을 다물었다. 기억의 반추가 끝나는 지점은 언제나 거기였다. 고단해서 행복했던 시절. 그곳에 다녀오면 매번 다시 힘을 얻었다. 그들도 어려운 시절을 보냈다는 것. 그럼에도 주변 사람들에게 인색하게 굴지 않았다는 것. 그들은 언제나 베풀며 살아왔다는 것. 그들이 가진 그 단단한 자부심이 그들을 위로해주었다.

그녀는 낮게 숨을 쉬었다. 긴장이 풀어지며 몸이 노곤해졌다. 은행과 경찰서를 오가며 종종거린 탓이었다. 그래도 남편의 도움을 받지 않고 혼자 해낸 것이 대견했다. 허둥거리지도 우왕좌왕하지도 않았다. 차분하게 일을 처리했다. 그녀가 더 할 수 있는 일은 없었다. 내일 담당 수사관이 정해지면 연락이 올 것이라고 했다. 그때 가서 수사에 협조하면 되었다. 그것은 이 나라 국적을 가진 사람의 의무이기도 했다.

"오페라하우스는 도대체 언제 완공된대? 언제까지 이런 데서 연습을 해야 해?"

"모금이 생각보다 잘 안 되나봐. 시 예산은 한정된 거고."

"벌써 몇 년째야? 한국 같았으면 세 번은 지었을 거야."

"지금 오 년 되어가지? 앞으로 오 년이 더 걸릴지도 모를 일이고. 내달에는 모금 공연이 있을 거야. 시에서는 거기에 기대를 걸고 있는 거 같아."

"순전히 시민들 돈으로 완공하겠다는 건 좀 무리 아니야?"

"무모하니까 더 의미 있지."

"그래, 이 나라니까 가능한 일이지. 한국 같았으면 어림도 없는 일이야, 그치 여보? 아 참, 바우하우스 몇시에 문 닫지?"

뒤늦게 달리아가 생각났다. 수정과를 위한 생강과 계피도. 서둘러 가면 살 수 있을 것이었다. 그들은 차를 타고 바우하우스로 향했다. 차 안에서 그들은 튤립을 대신할 꽃이 뭐가 좋을지 의논했다. 꽃은 파티가 끝나고 심어도 되지 않겠느냐고 그가 물었지만, 그녀는 절대 그럴 수 없다고 말했다. 후식보다 중요한 게 정원이었다.

그녀의 정원은 완벽해야 했다. 주말에 사람들이 다 모일 텐데. 시든 튤립으로 손님을 맞을 수는 없었다. 그리고 작은 새들을 위한 혼합 곡식도 모이통에 채워놓아야 했다. 몸집이 작은 새들은 땅콩보다는 곡식을 더 좋아했다. 그리고 수정과는 질항아리를 꺼내 담으면 될 듯했다. 장식으로 걸어뒀던 조롱박을 깨끗이 씻어 국자 대신 사용하고 조각보로 덮개를 얹고. 꽤 어울리는 조합이었다.

3

수사과는 삼층이었다. 도난 신고를 받았던 일층의 경찰과는 달리 담당 수사관은 사복 차림이었다. 그녀는 육 인용 회의 테이블이 있는 작은 방으로 안내되었다. 테이블에는 컴퓨터 한 대만 덩그러니 놓여 있었다. 뒤로 문이 닫히는 소리가 들렸을 때, 그녀는 조금 움츠러드는 기분이 들었다. 하지만 컴퓨터를 사이에 두고 수사관과 마주앉아 얘기를 시작하자 그 기분은 금세 사라졌다.

"키가 몇 센티쯤 되는지 기억할 수 있겠어요?"

"숫자로는 정확히 모르겠는데…… 그게 몇 센티나 되려나?"

"나와 비교해서 어떤가요?"

"작아요."

"얼마나요? 이만큼? 이만큼?"

이마를 가리켰던 수사관의 손이 눈썹으로 코로 조금씩 내려갔다. 그녀는 손바닥을 활짝 펴서 머리 위로 올렸다.

"나보다 한 뼘 정도 컸어요. 이만큼."

"부인 키가……"

"백오십육이에요."

"그럼 백칠십오 정도 될 거 같은데. 어때요?"

확신할 수는 없지만 대략 맞는 것 같았다. 그녀는 고개를 끄덕였다. 그후로 같은 방식으로 질문과 답변이 이어졌다. 몸집 얼굴 모양 피부 색깔…… 조금 더 크거나 작거나, 조금 더 길거나 짧거나, 조금 더 밝거나 어둡거나.

"지금까지 당신이 말한 대로 인상착의를 정리했어요. 맞는지 확인해보세요."

"맞는 거 같아요."

"그럼 이제 여기에 그대로 쓰시면 됩니다. 당신이 직접, 당신 필체로 써야 해요. 다 쓰시면 밑에 사인하세요."

그녀는 두 장의 종이를 건네받았다. 하나는 수사관이 그녀의 말을 받아 적은 종이였고, 또하나는 그녀가 직접 적어야 할 빈 종이였다. 수사관의 글씨체는 다소 신경질적이었다. 길쭉하게 쭉쭉 뻗은데다 움라우트는 저만치 떨어져 찍혀 있었다. 그녀는 받아쓰기

시험을 보는 학생처럼 또박또박 옮겨 적었다. 눈동자 색깔에서 잠시 멈추었다. 검은색이라고 생각했으나 쓰려고 보니 갈색이었던 것도 같았다. 크게 영향을 미치지 않을 것 같아 그냥 검은색이라고 적었다. 그녀는 어쩐지 남이 해온 숙제를 베끼고 있는 기분이 들었다. 한참 만에 옮겨 쓰기를 마치고 사인까지 끝냈다.

"당신이 도와줬으면 하는 일이 있는데요. 지금부터 사진을 몇 장 보여드릴 거예요. 이전에 비슷한 전과가 있는 사람들 중에서 추린 사진인데. 물론 당신이 말한 인상착의를 근거로요. 그러니까 총 백, 정확히 백아홉이군요. 이중에 그 사람이 있는지 봐주시겠어요? 비공식적인 겁니다. 당신이 원하지 않으면 안 해도 됩니다. 하지만 수사에 도움이 될 겁니다. 하시겠습니까?"

그녀는 기꺼이 하겠다고 말했다. 수사관이 종이 하나를 더 내밀었다.

"서약서예요. 나가는 순간 여기서 있었던 일은 모두 잊으세요. 그 어디에서도, 그 누구에게도, 그 어떤 것도 발설하지 않겠다고 약속하세요. 어떤 사진을 봤는지, 그 사진 속에 누가 있었는지. 혹시 그 사진 중에 아는 사람이 있다면, 그 사람이 전과자였다는 사실을 알은척해서도 안 됩니다. 범죄를 저질렀던 사람이라도 인권이 있으니까요. 무슨 얘긴지 이해하시겠어요?"

누구에게 무슨 얘기를 하겠는가. 그녀가 알 만한 사람이 또 누가 있겠는가. 모두 다 도둑들이라는데. 게다가 아랍 도둑일 텐데.

그녀는 잠깐 터키 식품점 카림을 떠올렸지만, 카림처럼 친절한 사람이 범죄자일 리는 없었다. 범죄자에게도 인권이 있다는 말은 모르겠지만, 어쨌든 그녀는 남자를 찾아낼 자신이 있었다. 그녀는 자신 있게 이름과 서명을 적어넣었다.

"그럼 시작할까요? 머리 모양이나 수염은 변하기도 하니까 염두에 두지 마시고요."

수사관이 컴퓨터 화면을 그녀 쪽으로 돌려주었다. 사진이 나타났다. 인물의 정면과 좌우 측면을 찍은 사진이었다. 그녀는 미간을 좁힌 채 화면 속 얼굴에 집중했다. 곱슬머리에 구레나룻. 토토스시에 온 남자는 구레나룻이 없었다. 아니라고 말하자 두번째 얼굴이 나타났다. 이마 모양이 비슷했지만 눈 크기가 딴판이었다. 그 남자는 눈이 컸다. 이렇게 사납게 빛나는 눈이 아니었다. 순진하게 웃으며 인사하는 눈이었다.

"아니에요. 이 사람 눈이 너무 작네요."

"이 사람은 어때요?"

"음…… 아닌 것 같아요."

"다음으로 넘어갈게요. 이 사람은요?"

"이렇게 안 생겼어요. 아주 순한 얼굴이었다니까요."

그 남자와 있었던 시간은 길어야 이삼 분이었다. 하지만 그녀는 남자의 얼굴을 정확히 기억하고 있었다. 사람 안 구하니? 하고 물으며 눈을 살짝 내리깔았다가 떴을 때, 길고 진한 속눈썹이 멀리서도 확연히 보였다. 눈주름을 접으며 순진하게 웃었지. 그런데 그전에는 어땠지? 그녀가 이상한 기분이 들어 돌아봤던 바로 그 순간. 그때도 그렇게 똑같이 웃고 있었나? 갑자기 자신이 없어졌다. 그녀가 기억하고 있는 얼굴이 진짜 그 남자의 얼굴인지. 왜 그녀의 기억 속에는 남자의 웃는 얼굴만 남아 있는지.

어느 순간 틀림없다고 믿었던 얼굴이 혼돈 속으로 들어갔다. 사진 속의 얼굴들은 실재감이 없었다. 사진 속의 얼굴들은 모두가 잡혀온 자들의 얼굴이었다. 범죄를 저지른 자의 얼굴이 아니라 잡힌 자의 얼굴. 범죄를 저지르는 얼굴이 아니라 들켜버린 자의 얼굴. 벌을 받기 위해 절차를 따르고 있는 자의 얼굴. 들키지 않고 잡히지 않았다면 찍히지 않았을 사진. 사진 속의 얼굴에는 분노와 억울함과 불안함만이 가득했다.

그후로도 무수한 얼굴들이 지나갔다. 다른 사람의 얼굴이었지만 같은 얼굴들의 연속이었다. 짓눌리고 초조하고 화나고 불안하고 억울한, 얼굴. 누군가 웃는 모습을 보고 있으면 저절로 입꼬리가 올라갈 때처럼, 그녀의 안면 근육들이 범죄자의 얼굴을 따라 움직이고 있는 것 같았다. 그녀의 눈꼬리도 함께 억울하게 처지고, 입매가 분노로 흔들리고, 이마가 짜증으로 찡그러지고…… 그녀는 그만 보고 싶었다. 아무나 지목하고 끝내버리고 싶었다. 하지만 그렇게 할 수가 없었다. 손가락질 한 번이면 끝날 일인데 힘없이 고개만 가로저으며 아니, 라는 말만 기계적으로 반복했다.

없어. 아니야. 다음. 아니야. 다른 사람이야.

지옥에 있는 것만 같았다. 범죄자의 일그러진 얼굴들로 꽉 채워진 지옥. 눈을 감을 수도 뜰 수도 없었다. 생각을 할 수도 안 할 수도 없었다. 숨이 가빠지고 팔다리가 떨렸다. 새로운 사진이 나타날 때마다 몸의 다른 부분에서 새로운 통증이 느껴졌다. 눈에서 귀로, 손목에서 등으로. 그녀는 토토스시에 왔던 남자의 얼굴이 애타게 보고 싶어졌다. 웃으면서 도둑질한 그 얼굴이 차라리, 천사의 얼굴이었다.

그녀는 백아홉 명의 사진을 다 보고 난 후에야 그 지옥문을 빠져나올 수 있었다. 왜 중간에 그만두고 뛰쳐나오지 않았는지는 그녀도 모를 일이었다. 그녀는 한동안 경찰서 입구 기둥을 붙들고 서 있었다. 주저앉지 않기 위해 안간힘을 써야 했다. 빨리 집으로 돌아가고 싶었지만 두 다리가 꼼짝을 하질 않았다. 뭔가 아름다운 걸 봐야만 움직일 수 있을 것 같았다. 지옥의 살풍경을 이겨낼 만한, 그 어떤 것이라도.

그녀는 휴대폰을 꺼냈다. 번호를 누르는 손이 자꾸 엇나갔다. 가까스로 통화 버튼을 눌렀다. 속이 메스껍고 어질머리가 일었다. 토할 것 같았다. 신호음이 한 번 울릴 때마다 하늘이 점점 노랗게 내려앉았다.

"엄마?"

천상의 목소리였다. 그녀의 작은 천사. 딸애의 목소리를 듣는 순간, 그제야 숨통이 트이고 숨이 쉬어졌다. 귓속의 웅웅거림도 서서히 사라져갔다. 그녀는 다른 어떤 소리도 침범하지 못하도록 휴대폰을 귀에 딱 붙였다. 눈에 막이 걷히면서 하늘이 제 색을 찾았다. 눈물이 날 것 같았는데 이상하게 미소가 지어졌다.

"응 별아, 엄마야."

"응 엄마, 웬일이야 이 시간에? 목소리가 이상해. 무슨 일 있어?"

"아무 일 없어. 그냥 갑자기 별이 목소리 듣고 싶어서 전화했는데? 그런데 금방 끊어야겠어. 엄마가 다시 할게. 사랑해 우리 별이."

4

시끌벅적 명절 분위기가 났다. 남자들은 숯을 피워 고기를 구웠다. 여자들은 상을 차리고 아이들을 먹이느라 분주했다. 조금 큰 애들은 음식을 담아 구석진 방으로 숨어들어갔다. 작은 애들은 얼른 음식을 받아먹고 새들처럼 이리저리 몰려다녔다. 일 년에 두 번, 아이들까지 다 모여 점심부터 저녁까지 노는 날이니, 명절이라면 명절이었다. 모두 시립오페라단원. 총 스물두 명의 정식 단원 중 일곱이 한국인이었다. 그가 발판을 마련해놓지 않았더라면 불가능한 일이었다. 남자들은 그녀를 형수님이라고 불렀고 여자들은 형님이라고 불렀다. 아이들에게 그녀는 큰엄마였다.

파티를 하기에 더없이 좋은 날이었다. 구름 한 점 없는 쾌청한 하늘에, 바람은 기분좋게 선선했다. 정원은 완벽하게 정리되어 있었고, 별이 생일파티 때 썼던 청사초롱까지 꺼내 걸었다. 삼 년 만에 꽃을 피운 백동백을 못 보여주나 싶었는데, 지지 않은 꽃이 아직 세 송이나 매달려 있었다. 말똥을 얻어다 톱밥을 섞어 만든 비료를 꾸준히 준 덕분이었다. 모든 것이 완벽했다. 이렇게 화창한 날씨는 이 도시에서 얼마 안 되는 축복이었다.

그런데 뭔가 허전했다. 빠뜨린 것도 없고 기분 상할 일도 없었는데 이상하게 시큰둥한 기분이 들었다. 아이들이 그녀에게 안겨들며 새살거려도, 가까이 지내는 성훈네가 요새 인기라는 마사지숍 정보를 알려줘도, 도무지 흥이 나지 않았다. 그녀는 괜히 주변을 살피며 아이들이 꽃을 함부로 꺾지는 않는지, 장식으로 걸어놓은 조롱박과 복조리가 비뚤어지지는 않았는지 끊임없이 확인하고 있었다.

숯이 사그라질 즈음 그녀는 예정대로 질항아리에 수정과를 담아 내놓았다. 사람들이 테이블로 모두 모이기 시작했을 때 그녀는 조롱박을 미처 준비하지 못한 것을 알았다. 성훈네가 국자를 찾아 나오는 것을 만류하고 매달린 조롱박을 하나 떼어내 깨끗이 씻어왔다. 그러는 동안 남편이 사람들에게 도난 사건 얘기를 시작한 모양이었다. 도난 사건은 확실히 솔깃한 이야기였다. 모든 사람의 시선이 그에게로 모여 있었다. 그에게 마저 못한 이야기가 있는 것 같았지만, 굳이 들려줄 필요도 없겠다고 그녀는 생각했다. 그녀는 거들지 않고 가만히 들었다. 어차피 그런 이야기는 그녀보다 그가 더 실감나게 잘했다.

"범죄는 다 거기서 나와요. 걔네 동네 가봐요. 아주 살벌해요. 정부에서도 골머리를 앓잖아요? 세금은 제일 적게 내는 사람들이 무상교육 혜택은 다 받아가고. 애들 학교 가보면 터키시가 반이에요. 왜 우리 세금으로 걔네들을 교육시켜요?"

"그래도 함부로 어쩌지 못하잖아요. 걔들 없으면 여기 노동시장 완전히 붕괴되는데. 진짜 문제는 걔들이 지네 문화를 포기 안 한다는 거지. 도무지 융합할 생각이 없어."

"그건 그렇고, 그래서요? 통장에 있는 돈을 정말 다 가져갔어요? 그냥 모르겠다고 하시지. 어차피 개인 비밀번호도 입력 안 한 상태였다면서. 그럼 은행 잘못이 되는 건데, 안 그래요?"

"은행 직원도 똑같이 얘기했대. 웃으면서. 그냥 모른다고 하지 그랬냐고. 저 사람더러 순수하다고, '정직하다'라는 단어를 썼다고 했나? 암튼 어이없으니까 웃은 거지."

"본인이 비밀번호 관리를 못한 거면 보상 못 받는 거죠?"

"당연히 못 받지."

"그래서 얼마나 가져간 거예요?"

"좀도둑이 횡재한 거지 뭐."

"그래서 얼마나 되는데요?"

"뭘 자꾸 물어. 속상하게."

"그걸 어디다 기부를 했으면, 인사라도 받을 거 아냐. 우리 오페라하우스 모금에 냈어봐요. 이름도 새기고. 아니면 막말로, 길거리 거지들한테 나눠줬어봐. 얼마나 고마워하며 받았을 거야. 평생 고마워하고도 남을 일이지."

"아, 맞다, 중앙역에 책 읽는 거지 알죠?"

"늙은 개랑 같이 있는 거지? 그 거지가 왜?"

"죽었나봐요. 어제 지나가면서 봤는데, 꽃이랑 초랑 초콜릿이랑 잔뜩 놓여 있더라고요."

"어머나, 정말? 나 휴대폰에 그 사람 찍어놓은 거 있어."

그녀가 얼른 휴대폰을 꺼내 앨범을 뒤졌다. 사람들이 머리를 모았다.

"여기, 이 사람 맞지?"

"맞아요. 와, 잘 찍으셨네요. 분위기 너무 좋다."

"이게 지난가을일걸? 그림이 너무 좋아서. 그 개는 어떻게 됐대? 그 개 불쌍해서 어떻게 하니?"

"없던데요? 시에서 어떻게든 했겠죠. 개 함부로 안 하잖아요. 그런데 형님 폰 바꾸셨네요?"

"으응. 지난번 한국 들어갔을 때."

"진짜 화면 크고 좋네요. 볼 만하다. 진짜 잘 만들어요, 그쵸? 연초에 수상이 연설할 때도 한국 따라잡겠다고 했잖아요. 아 정말 짜릿하더라구요. 좋기는 한데, 사람들이 부쩍 경계를 하는 거 같아요. 단원들 중에도. 한국인 비중이 너무 크다고. 지난번에 막내 들어올 때 은근히 보이콧하더라구요."

그녀는 사람들의 말을 흘려들으며 사진을 들여다보았다. 미동도 없이 책을 읽던 비쩍 마른 남자. 그 옆에 그림처럼 앉아 있던 그레이하운드종이 섞인 늘씬한 개. 그 개는 어떻게 됐을까? 돌봐줄 사람을 잃었으니 어찌 살아가려나. 사료라도 한 포대 사다줄 걸 그랬다. 그게 얼마나 한다고 그냥 지나갔을까. 사진은 찍으면서 왜 그런 생각은 못했을까. 늘 거기 있을 거라고 생각해서였을까?

"경계할 만도 하지. 진짜 많이 성장했다 우리나라. 내가 처음 왔을 때는 한국이 어디 있는 나라냐고 지도 들고 와서 묻는 애들도 있었어. 필리핀 옆에 있는 나라 아니냐고. 안다고 해도 한국 사람이면 다 광부나 간호사로 온 줄 알잖아. 성악 전공은 나 하나밖에 없었으니. 성악이 뭐야? 유학생도 별로 없었는걸."

"여기 한인회가 거의 다 광부로 오셨던 분들이죠? 저번에 한인회 가셨다면서요. 그런데 거긴 뭐하러 가셨어요?"

"회장이란 분이 하도 와보라고 해서. 자꾸 거절하기도 민망하고. 왠지 피하는 느낌 주는 것 같고."

"거기 좀 이상하죠?"

"그런 줄 몰랐지 나도. 한인회장이 무슨 대단한 감투라고, 회장 선거 중이었나봐. 서로 싸우고 욕하고 헐뜯고. 보기 안 좋더라고. 그래서 나도 부른 거고. 한 표라도 더 얻으려고. 아휴, 다신 안 갔어."

"어차피 패 갈라서 싸울 걸 뭐하러 뭉쳐 지내나 몰라요. 민족성인가? 우리나라 사람들 정말 이상해요. 한인회란 게 어디 가나 그 모양이더라구요."

"돈도 꽤 벌었을 텐데, 이상하게 피해 의식이 있다니까."

"자존감이 없어서 그래요. 노동자로 온 사람들이라. 우리랑 좀 다르잖아요?"

"다르지. 아무래도 여기서 힘들게 버텼을 테니까. 문화생활이라는 것도 모르고 먹고사느라. 지금은 아예 많이들 한국으로 돌아가서 모여 산다던데? 고국 가서는 행세깨나 하는 모양이야."

"행세가 될까요? 그분들 아직도 칠십년대 생각만 하고 있잖아요. 저번에 보니까 한국 가져간다면서 소시지랑 커피랑 그런 거 잔뜩 사가더라고요. 치약까지. 그런 거 한국에 있겠냐면서. 독일 치약이 좋긴 하지만, 그렇다고 치약까지 사가는 건 좀."

그녀는 슬그머니 자리에서 일어나 등나무 쪽으로 뛰듯이 걸어갔다. 아까부터 신경이 쓰였는데, 꼬마애들이 폴짝폴짝 뛰며 내기를 하듯 등나무 꽃을 잡아 뜯고 있었다. 자리에 앉아 아이들을 향해 주의를 줄 수도 있었지만, 괜히 소리를 높여 대화를 끊고 싶지 않았다. 그녀가 다가가자 아이들이 손을 위로 쭉 뻗은 채 움직임을 멈췄다.

"얘들아, 큰엄마 꽃을 그렇게 때리면 안 되지. 꽃이 아프잖니. 안 그래?"

그녀의 말에 아이들은 순순히 팔을 접었다. 그중 가장 큰 여자애가 아이들을 몰고 나무 그네 쪽으로 갔다. 한꺼번에 그네에 올라타면 안 된다는 말을 하려다 그만두었다. 그녀는 일어선 김에 사람들을 피해 거실로 들어갔다. 통유리창은 반쯤만 열어두었다. 그녀가 할 일은 이제 없었다. 저녁에는 미리 준비해놓은 만두소로 함께 만두를 빚을 것이다. 왁자지껄 만두를 빚어 쪄먹고, 남은 만두를 조금씩 나눠 가지고 가는 게 이 모임의 정수였다.

그녀는 소파에 깊숙이 몸을 넣었다. 볕을 받은 가죽소파가 따뜻하게 데워져 있었다. 그녀는 느긋하게 긴장을 풀고 창밖을 내다보았다. 튤립 자리에 금어초를 심은 것은 잘한 일이었다. 색과 모양으로 치자면 튤립이 더 화려하지만, 금어초도 제법 청초하니 화사한 맛이 있었다. 그녀는 우주비행사가 지구를 내려다보듯 자신의 정원을 멀찍이 바라보았다. 그녀가 하나하나 심고 가꾸고 배치한 완벽한 행성. 고국에서 가져온 백동백과 북쪽의 히아신스가 어우러진 아름다운 행성. 국경도 없고 인종도 없고 사악함도 없는 푸르른 행성. 포근하고 평화로운 기운에 스르르 눈이 감겼다.

톡톡. 유리창 두들기는 소리가 들렸다. 모이통을 쪼는 새 부리처럼 작고 경쾌한 울림. 여자애였다. 자기보다 더 작은 꼬마들을 데리고 대장 노릇을 하더니, 부하들은 어디다 버리고 혼자 와 빼꼼 고개를 내밀고 있었다.

"큰엄마, 큰일났어요." 그녀가 눈을 뜨자마자 기다렸다는 듯이 여자애가 발을 동동 구르며 말했다. "달팽이가 꽃을 먹으려고 해요." 조그만 손가락을 꼿꼿이 세워 연못 쪽을 가리켰다. "두 마리예요. 어떻게 해요, 큰엄마?"

여자애의 두 볼이 발그레 상기되어 있었다. 여자애는 그녀가 심판관이 되어주길 바라고 있었다. 얼굴을 보아하니 아이는 꽃의 편이었다. 하지만 그녀는 달팽이 편도 들어주어야 한다고 가르쳐주고 싶었다. 점점 더 심각해지는 아이의 표정이 여간 사랑스러운 게 아니었다.

"저러다가 큰엄마 꽃을 다 먹어버리겠어요. 같이 가서 혼내줘요, 네?"

때마침 밖에서 웃음소리가 들려왔다. 여자들은 고개를 뒤로 꺾고 웃으며 박수를 쳤다. 여보, 이리 좀 나와봐. 웃음소리를 비집고 그의 목소리가 들려왔다. 그의 목소리를 듣는 순간, 그녀는 자신의 시큰둥한 기분이 어디에서 연유했는지 깨달았다.

아무도 그녀의 정원에 대해 말하지 않았다. 백동백을 누구도 눈여겨보지 않았다. 말똥 비료 덕분에 동백꽃이 더 환한 것을 사람들은 궁금해하지 않았다. 얼마나 도둑맞았는지 돈은 헤아리면서 지지 않은 동백꽃은 헤아리지 않았다. 정원 가꾸기를 즐기는 이 나라 사람들 같았으면 오자마자 꽃 이름을 묻고 칭송하고 비결을 물었을 텐데. 그녀가 손수 심고 가꾼 정원의 아름다움을. 아직 때를 못 벗은 티가 났다. 똑같이 시에서 월급 받는 오페라단원이라도, 이곳에서 삼십 년을 산 사람과 같을 수는 없었다.

그녀는 생각했다. 내일은 꽃을 꺾어야지. 가장 탐스럽고 가장 아름다운 꽃을 골라야지. 그 꽃을 들고 중앙역에 가야지. 직접 키운 꽃을 가져다줘야지. 그 사람은 그녀의 꽃을 받을 자격이 충분했다. 아무리 어려워도 개를 사랑할 줄 아는 사람이었으니까. 어쩌면 개의 행방을 알아볼 수도 있을 것이다. 그런 생각을 하니 시큰둥한 기분이 좀 누그러졌다. 그녀는 여자애의 손을 잡고 밖으로 나갔다. 그리고 귓속말로 여자애에게 판결을 내려주었다.

"가서 조금만 먹으라고 말해줘. 알겠지?"

여자애는 득달같이 연못 쪽으로 뛰어갔다. 꽃을 지키는 어린 파수꾼 같았다. 꽃과 달팽이는 여자애에게 맡겨두어도 될 듯했다. 그녀는 그의 등뒤에 멈춰 서서 어깨 위에 손을 얹었다. 그가 손을 뒤로 돌려 그녀의 손을 다정하게 잡았다 놓았다.

"어서 와. 봉구 얘기 하고 있었어."

"그래서요? 그래서 어떻게 됐는데요?"

사람들은 금방이라도 웃을 준비가 되어 있는 상태로 그를 바라보고 있었다. 그는 잠깐 시간을 두고 사람들의 시선을 즐긴 다음, 말을 이어갔다.

"어떻게 되긴. 이 사람이 주방에서 가만히 지켜보니까. 손님이 연어초밥을 가리켜도 스시. 마구로를 가리켜도 스시. 우나기도 스시. 뭐냐고 묻는 것마다 스시, 스시, 스시. 누가 스신지 몰라서 물어? 손님이 얼마나 기가 막혔겠어. 맞지, 여보?"

그녀는 가만히 고개를 끄덕였다. 봉구 얘기가 나오면 그녀도 함께 거들며 흉내를 내곤 했는데, 오늘은 이상하게 흥이 나지 않았다. 그녀는 백동백나무에 꽃이 두 송이밖에 남지 않은 걸 확인했다. 그러곤 연못 쪽을 보았다. 여자애는 치마를 모으고 연못 앞에 쭈그려앉아 있었다. 손나발을 하고 뭔가 소곤거리는 시늉도 했다.

"그런데 거기서 끝이 아니야. 그 정도 했으면 그냥 얼른 들어와야 하는데 당당하게 서 있는 거야. 그래서 어쩌나 보자고 손님이 또 물은 거지. 스시는 얼마나 배우면 만들 수 있냐고."

"얼마나 배우면 만들 수 있는데요?"

"일주일."

"진짜예요?"

그녀는 여자애가 달팽이에게 들려줄 얘기를 생각해보았다. 달팽아 조금만 먹어라, 아니면 달팽아 이제 그만 먹어라?

"지가 들어온 지 일주일 됐거든. 일주일이면 다 만든다고. 너도 만들 수 있어, 그랬다는 거야. 그래서 그때부터 개 이름이 봉구스시가 됐어. 내가 붙여줬지. 나중에 잘 배워서 그 이름 걸고 스시집 차리면 되겠다고. 이름도 어찌나 잘 어울리는지. 봉구. 딱 봉구 짓 하는 애를 이 년이나 데리고 있었잖아. 일 끝나면 일본 유학생 붙여서 일어도 따로 가르쳐주고. 그때부터 홀에는 일본 애들 하나씩 꼭 써."

"와, 일본어도 가르쳐주시고 훌륭하시다. 그런 사장님이 어딨어요. 그런데 한국 애들 안 쓰고요? 한국 유학생들 많잖아요."

"아무래도 스시집이잖아. 중국 애들이 하는 스시집하고 구별이 가야 하니까. 요즘엔 월남 애들까지 스시집을 해요. 우리가 보면 흉내만 겨우 낸 건데, 간장도 이상한 거 쓰고. 우린 기꼬망만 쓰거든. 여기 애들이 어디 간장 맛을 구분하나. 동양인 얼굴 구분 못하는 애들이."

봉구 얘기의 끝은 언제나 거기였다. 그녀는 사람들과 덩달아 한바탕 웃은 다음, 연못 쪽으로 걸음을 돌렸다. 더이상 자리를 지키고 있을 이유가 없었다. 여자애는 그녀가 다가가는 것도 모른 채 뭔가에 골몰해 있었다. 흙바닥에 그림을 그리는 것도 같았다. 그녀는 여자애 등뒤로 가 조용히 앉았다.

"달팽이한테 잘 말해줬니?"

여자애가 후딱 일어났다. 깜짝 놀랐다는 시늉을 하더니, 배시시 웃었다. 그러곤 그녀를 내려다보며 말했다.

"제가 잘 말했어요. 큰엄마 꽃이니까 너무 많이 먹으면 안 된다고."

"그러니까 달팽이가 뭐래?"

여자애는 한참 골똘히 생각했다.

"알겠대요. 이제 다 먹고 집에 간대요."

그러곤 환하게 웃었다. 볼의 솜털이 햇빛을 받아 발랄하게 빛났다. 아이는 달팽이에게 그만 흥미를 잃었는지 손을 탈탈 털고는 자리를 떴다. 어른들이 있는 방향으로 앙감질로 뛰어갔다.

그녀는 아이처럼 치마를 감아쥐고 연못 앞에 쭈그려앉았다. 여자애가 골몰했던 것을 상상하며 연못 주변을 살폈다. 원래 정원의 일들은 순수한 사람들의 시선을 붙드는 법이었다. 연못 주변에서는 더 다양한 일들이 일어난다. 작은 벌레들과 물고기들과 물풀들의 일. 무릎에 손을 얹고 그 위에 턱을 괴었다. 그러고 앉아 있으려니 토라져 혼자 떨어져나온 어린애가 된 기분이 들었다. 그녀는 그 낯선 느낌이 싫지 않았다. 그래서 진짜로 토라진 사람처럼 입술을 내밀고 손가락으로 괜히 흙을 헤쳐보았다. 흙은 언제나 놀라울 정도로 촉촉하고 차가웠다. 올해는 연못에 가시연을 띄워도 좋겠다 생각했다.

뭔가 딱딱하고 뾰족한 것이 손끝을 찔렀다. 그녀는 냉큼 손을 거뒀다가 다시 그것을 만져보았다. 이번엔 물컹하고 끈적했다. 달팽이. 무언가에 쿡 눌려 등 껍데기가 부서진 달팽이. 뾰족하게 깨진 껍데기가 살을 뚫고 들어간, 그래서 살이 뭉개지고 끈적한 진

액으로 범벅이 된, 달팽이. 집으로 돌려보냈다더니. 그렇게 방긋 웃으면서 어떻게.

고개를 돌려 여자애를 찾았다. 아이는 제 엄마 옆에 앉아 수정과에 든 곶감을 받아먹는 중이었다. 볼을 쪽 오므려 곶감을 빨아대는 표정이 다디달았다. 엄마 품에 숨은 아이의 그 뽀얀 얼굴에는 어떤 흔적도 남아 있지 않았다. 살이 뭉개진 달팽이는 여전히 꿈틀대며 죽어가고 있는데. 손을 털고 자리에서 일어났다. 햇살에 눈이 부셨다. 그녀는 눈을 감지 않았다. 눈을 똑바로 뜨고 여자애 앞까지 성큼성큼 걸어갔다. 아이가 웃으며 돌아봤다. 그녀는 여자애를 향해 차갑게 쏘아붙였다.

"웃어?"

여자애는 영문을 모르겠다는 표정으로 눈을 맞추었다.

"뭘 잘했다고 웃어?"

아이의 얼굴에서 웃음기가 가셨다. 아이의 손목을 움켜쥐었다. 손목을 비틀어 빼내려는 걸 더 세게 잡아 쥐고 팔을 쭉 들어올려 일으켜세웠다. 의자가 나동그라지면서 아이도 바닥에 나동그라졌다. 땅바닥에 철푸덕 무릎을 찧고 엎어졌다. 그녀는 그대로 방향을 틀어 연못 쪽으로 걸음을 옮겼다.

"가자, 가서 보자."

아이는 엉덩이를 뒤로 빼며 안간힘을 썼다. 그럴수록 그녀의 손에도 더 힘이 들어갔다. 아이가 발부리로 잔디를 파올리며 기를 쓰고 버텼다.

"네가 무슨 짓을 했는지, 가서 보자고 엉?"

그녀는 아이를 잡아끌며 소리를 높였다. 아이는 그녀에게 질질 끌려오면서도 발버둥치기를 멈추지 않았다. 누군가 그녀의 팔뚝을 부여잡았다. 이번엔 그녀가 거칠게 몸부림을 치며 팔뚝의 손길을 뿌리쳤다. 그 순간 그녀의 팔꿈치가 누군가의 턱을 후려쳤다는 것을 알았다. 돌아보았을 때 남편이 거의 울 것 같은 표정으로 그녀를 보고 있었다. 정작 울음을 터뜨린 것은 아이였다. 여자애의 울음소리가 길게 이어졌다.

"여보, 왜 이러는 거야? 무슨 일인데 그래?"

그는 한 손으로 자신의 턱을 움켜쥐고 있으면서도 또 한 손으로는 그녀에게 매달리며 필사적으로 그녀를 달랬다. 사람들이 몰려들자 아이가 기다렸다는 듯이 울음소리를 높였다. 그녀는 이를 악물고 여자애의 손목을 움켜쥔 채 힘껏 잡아당기기를 반복했다. 그녀가 흔드는 대로 아이의 몸이 이리저리 춤을 췄다. 한쪽 팔을 버둥거리며 발악하듯 울어댔다. 벌건 잇몸을 드러내고 침을 질질 흘리며 울고 또 울었다.

찡그린 얼굴이 흉측했다. 벌건 잇몸이 벌레 같았다. 콧물이 거품을 뿜으며 흘러내리고 눈물이 그 위를 덮었다. 목젖이 부풀었다 쪼그라들기를 반복하며 침 거품을 끌어올렸다. 벌레 먹어 시커먼 충치 사이로 곶감 찌꺼기가 너덜너덜 붙어 있었다. 더이상 사악할 수 없을 정도로 추했다. 그녀는 믿을 수가 없었다. 사랑스러운 아이의 얼굴이 그렇게 추악하게 일그러질 수 있는지. 그런 얼굴은 보고 싶지 않았다.

"왜 울어? 뭐가 억울해서 울어? 뭘 잘했다고 울어!"

"애가 무슨 짓을 했다고, 아니 잘못을 해도 그렇지. 형님 미쳤어요?"

애엄마가 그녀의 팔을 꼬집어댔다. 그녀는 그럴수록 더 세게 쥐고 더 거칠게 흔들어댔다. 누군가 그녀의 손가락을 하나하나 잡아 뗐다. 어느 순간 그녀의 손아귀에서 여자애가 빠져나갔다. 제 엄마가 얼른 아이를 품에 안았다. 그녀는 다시 아이를 붙잡으려 했지만, 그가 더 빨리 그녀를 잡아 안았다. 아이의 울음소리가 귀청을 찢었다.

"울지 말라고! 누가 울래? 울지 말고 웃어! 웃으라니까? 어디 아까처럼 웃어봐!"

비명에 가까운 고함소리가 여자애의 울음소리를 지웠다.

"웃어보라고! 울지 말고 웃으라고!"

그녀는 죽을힘을 다해 소리를 질렀다.

사방이 조용했다. 여자애의 울음소리도 끊어졌다. 아이의 딸꾹딸꾹 소리만 끊어질 듯 이어졌다. 아이는 제 엄마 품에 안겨, 그녀는 남편의 품에 각각 안겨, 한동안 서로를 노려보고 있었다. 악마를 목격했다는 듯 입을 헤벌린 채. 딸꾹, 딸꾹. 먼저 시선을 피한 것은 아이였다. 제 엄마 겨드랑이 사이에 머리를 박았다. 그는 미심쩍은 듯 그녀를 풀어주었다. 찬바람이 휙 불었다.

그녀는 허리를 꼿꼿이 세우고 정원을 가로질러갔다. 건물 뒤편 창고로 들어가 연장함에서 호미를 찾아 들었다. 그리고 다시 천천히 정원을 가로질렀다. 연못 그늘진 곳에 잡초가 웃자란 것을 여태 보지 못하고 있었다니. 그녀는 속으로 자신의 상냥하지 못한 손길을 탓했다. 연못의 가장 구석부터 호미질을 하기 시작했다. 구석진 곳일수록 더 신경을 써야 했는데. 연못가의 잡초를 다 뽑은 다음, 새로 심은 금어초 밭으로 이동했다. 그녀는 꽃무더기 속에 몸을 감추고 계속해서 호미질만 했다.

파티는 끝났다. 사람들은 만두도 빚지 않고 하나둘 가방을 챙겨 떠났다. 등뒤로 그녀의 집을 떠나는 사람들의 작별인사 소리가 들렸다. 누군가 큰 소리로 형수님을 부르는 소리를 들은 것도 같았다. 그녀는 뒤돌아보지 않았다. 그녀가 누군가를 배웅하지 않은 것은 처음 있는 일이었다. 어둠이 깔리고 청사초롱이 비로소 선명히 빛날 때까지 그녀는 호미질을 멈추지 않았다.

달라질 것은 없었다. 그녀는 언제나 그랬듯이 이른새벽에 일어나 꽃을 돌볼 것이고, 새벽안개의 냄새로 하루의 날씨를 점칠 것이다. 매일 아침 토토스시에 들러 가게를 살피고, 이제는 잊지 않고 매일 은행 업무를 볼 것이다. 은행에 가면 언제나 그랬듯이 상냥하게 인사를 건넬 것이다. 그녀는 상냥한 여자니까. 상냥하지 않을 이유가 뭐가 있겠는가. 세상이 이렇게 조화롭고 아름다운데. 그리고 그녀는 상냥하고 아름다운 얼굴로 늙어갈 것이다. 다른 얼굴은 그녀의 인생에 결코 들이지 않을 것이다.

금연
캠프

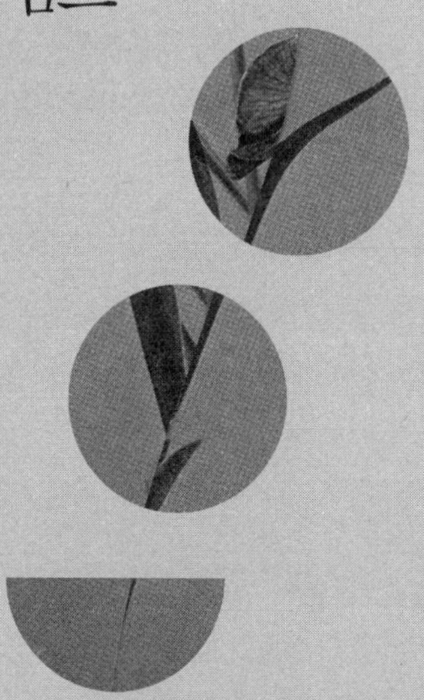

첫번째 날—모두 매우 그러한 밤

제일 먼저 도착한 사람은 문서연이였다. 좋은 자리를 선점하기 위해 두 시간이나 서둘러 왔지만, 운영자들이 준비가 덜 되었다는 이유로 입구에서 기다려야 했다. 그녀는 왼편 창가 자리를 선택했다. 채광과 환기, 온풍기와 텔레비전의 위치 등을 고려한 결과였다. 옆자리 침대를 살짝 이동시켜 자리를 확보하고, 모자란 옷걸이는 다른 캐비닛에서 보충해와 짐 정리를 마쳤다. 그러는 동안 의료진이 들어와 혈압과 체온, 체내 일산화탄소 등을 측정하고 나갔다. 입구에서 받은 단체 셔츠로 갈아입고 명찰까지 목에 걸고 모든 준비를 마쳤을 때 다른 지원자들이 도착했다.

이금순은 이정희와 함께 왔다. 두 사람은 용산구 소재의 한 사우나에서 종종 마주치던 사이로, 습식 사우나실에 있다가 캠프에 관한 정보를 들었다. 마침 그들 모두에게 절실한 문제였고, 캠프의 세부사항들이 무척 매력적이었으므로, 재고 자시고 할 것 없이 뛰쳐나와 전화를 걸었다. 여성 참가자 일정은 아직 확정된 바가 없어 일단 대기자 명단에 이름을 올려놓기로 했는데, 그로부터 꼭 두 달 뒤 일정이 잡혔다는 연락을 받았다. 그들은 그동안 전화를 주고받으며 정보를 공유했는데, 캠프에 참가하기 위해 지하철역에서 만났을 때, 벌거벗지 않은 모습을 본 것은 그때가 처음인지라 서로를 알아보는 데 약간의 시간이 필요했다.

문서연은 본능적으로 두 사람을 가깝게 두어야겠다고 판단했다. 자리 선점 다음에는 주변 구축. 문서연이 이금순의 가방을 받아들며 자연스레 옆자리로 인도하자 이정희는 저절로 따라왔다. 먼저 도착한 사람답게 캐비닛 사용법 등을 안내해주고 앞자리에서 가져온 옷걸이로 선심도 썼다.

연이어 다음 지원자들이 도착했다. 안녕들 하십니까, 오명잡니다. 목소리가 우렁찼다. 오명자는 입구에서 가장 가까운 침대에 들고 있던 가방을 던지고 모두를 향해 손을 흔들었다. 유세에 나선 정치인 같았다. 염색하지 않은 백발은 숱이 많고 윤기가 흘렀다. 돈을 들인 태가 났다. 부리부리한 눈매 때문인지 그녀에게는 뭔가 압도하는 분위기가 있었다. 뒤따라 들어온 김숙희와 서희주는 오른편 가운데 침대를 선택했다. 김숙희는 짐을 한쪽에 밀쳐

둔 채 그대로 침대에 올라가 누워버렸는데, 거기까지 오는 데 모든 체력을 다 쓴 사람처럼 기진맥진한 상태였다. 서희주는 바닥에 캐리어를 펼쳐놓고 짐부터 정리했다. 이민가방으로 쓸 만한 큼직한 가방에서 일인용 온열매트가 나왔다. 이미 4월 하고도 중순이었다. 그녀는 침대 매트리스 커버를 벗긴 다음 온열매트를 올리고 다시 커버를 덮는 과정을 신속하게 처리했다. 김숙희는 아무 일도 하지 않았다. 정말로 잠이 든 것이다. 낮게 코 고는 소리가 났다. 어머나, 이분 정말 잠드셨나보네, 피곤하셨나보다. 서희주는 진심으로 감명받은 표정이었다.

정확히 열두시 반이 되었을 때 오현주가 들어왔다. 그녀는 엘리베이터에서 내려 허둥대다 암센터로 들어갈 뻔했다. 남은 자리는 둘. 문가에 하나, 창가에 하나. 그녀는 주위를 한번 쓱 둘러본 후 입구 자리에 짐을 풀었다. 상대적으로 주목을 받지 않으면서, 나름대로 방 전체를 조망할 수 있는 최선의 자리라 여겼다. 뒤따라온 스태프가 기초 측정부터 서둘렀다. 저혈압에 체온은 정상, 체내 일산화탄소 수치는 11. 수치의 의미는 알 수 없었다. 시간에 정확히 도착했는데도 어쩐지 부산했고 무언가 소외당한 기분이 들었다.

저기 언니야, 셔츠 갈아입고 명찰 달아야 한대. 명찰 말이야. 손에 든 그거, 잘 보이게 목에 걸라고. 오현주를 주목하고 있던 문서연이 명찰을 가리키며 말했다. 오현주는 별 반응을 보이지 않았다. 문서연은 한번 더 얘기를 하려다가 그만두었다. 마침 병실에 들어온 스태프를 붙들어세워 물었다. 여기 와이파이 안 돼요? 표시는 뜨는데 이건 왜 이렇게 빙빙 돌기만 해? 이것 좀 봐줘봐요. 아, 게임은 잘 안 되실 거예요. 파일 다운로드도 어렵고, 여기가 병원이라 보안상 막아놓은 게 많아요. 그냥 데이터로 사용하시는 편이 나을 거예요. 아니, 고스톱 치는 데 무슨 보안이 필요해? 풀어줘봐요. 내가 일부러 아이패드 챙겨온 건데? 그건 저희 영역이 아니라서요. 아 진짜 짱나게, 4박 5일 동안 고스톱도 없이 어떻게 버텨요? 안 그래요? 문서연이 주위를 둘러보며 물었지만 다들 각자 일을 처리하느라 반응을 보이지 않았다.

오현주는 고개를 숙인 채 입구에서 받아온 물품들을 살폈다. 흰색 폴로셔츠 두 개, 휴대용 물병과 탁상용 달력과 그 밖의 안내책자들. 안내문에 따르면 단체복 착용은 권고 사항이었다. 권고는 의무가 아니었다. 가방에서 흰색 반팔 티셔츠를 꺼낸 다음 커튼을 쳤다. ㄴ자 레일인 병원 칸막이의 구조상, 옆자리 또한 커튼을 치지 않으면 완벽한 차단이 불가능했다. 옆 침대의 서희주는 어디론가 가고 없었다. 건너 침대의 김숙희는 아예 이불까지 덮어썼다. 김숙희는 잠을 자기 위해 온 사람 같았다.

실내에 쿰쿰한 오징어 냄새가 퍼졌다. 마른오징어를 꺼낸 사람은 오명자였다. 시작은 이정희의 사과였고, 문서연의 당근과 인삼이 따라 나왔고, 결국 오명자가 마른오징어를 꺼낸 것이었다. 그보다 먼저 새벽부터 일어나 밑반찬을 잔뜩 싸왔으나 입구에서 뺏기고 말았다는 이금순의 넋두리가 발단이었다. 더덕도 무치고 장조림도 하고 멸치도 새로 볶았는데. 어머나 맛있었겠다, 그 말 들으니 배고프네. 그럼 사과라도 드릴까요? 그건 어떻게 가져왔대? 왜 안 돼요? 음식물은 안 된다고 하드만, 반입금지. 저도 당근 있어요. 그리하여 배에서 잡아 즉시 말렸다는 진짜 맛있는 오징어에 도달했고, 오명자가 손으로 짝짝 찢어 다리와 몸통을 적당히 섞어 분배하자, 이정희도 깎은 사과를 들고 한 바퀴 돌았고, 그렇게 오징어나 사과를 한 쪽씩 나눠 먹고 있을 때, 스태프 둘이 뛰어들어왔다.

선생님, 음식물 반입은 안 됩니다. 이미 공지해드렸을 텐데요. 이것만 먹고 치워버릴게. 저희한테 주시면 보관했다가 끝나는 날 돌려드리겠습니다. 뭘 그때까지 두고 말고 해, 그냥 지금 먹어치우고 말지. 오징어는 특히나 안 되는 식품이에요. 제가 어떻게 알고 이렇게 왔겠습니까. 복도 끝까지 냄새가 진동을 해요. 다른 음식물들도 다 주세요. 사과는 괜찮지 않아요? 아침에 먹는 사과가 약이야, 저녁엔 독이지만. 안 됩니다, 병실에는 냉장고가 없지 않습니까. 여기가 병원이라 아무래도 위생에 민감할 수밖에 없어요. 그러지 말고 주세요. 인삼은 하루에 한 뿌리씩 먹어야 돼, 내 담당의가 그러라고 그랬어. 그럼 가져가서 냉장고에 보관해뒀다가 아침식사 때마다 가져다드릴게요. 이러시면 형평성에 어긋나서 안 돼요. 아니 의사가 먹으랬다니까? 드시지 말라는 게 아니라, 보관을 해드리겠다는 겁니다.

오징어에서 당근으로 당근에서 인삼으로 다시 오징어로, 입씨름은 도무지 끝날 기미가 보이지 않았다. 누군가는 이왕 입에 넣은 오징어를 씹으면서 딴청을 피우고, 또 누군가는 사과 보따리와 당근 통을 품에 안고 안간힘을 쓰는 사이, 그 병실의 마지막 참가자 윤다영이 도착했다. 공지된 모임시간보다 이십 분이나 늦었지만, 서두르는 기색도 없이 스태프의 안내에 따라 느릿느릿 걸어들어왔다. 마지막 남은 자리는 창가 옆이었다. 그녀의 등장을 누구도 신경쓰지 않았지만, 입구에 있던 오현주만큼은 깊은 인상을 받았다. 오징어를 압도할 만큼 독한 냄새 때문이었다. 피운 지 얼마 되지 않아 채 가시지 않은 담배 연기 입자. 거기에 땀구멍 깊숙이 밴 담뱃진 내까지. 웬만큼 오래 밴 냄새가 아니었다. 조금 과장하자면, 흡연 구역의 재떨이 냄새와 비슷했다. 그녀 자신도 종종 찾는 곳이지만 결코 오래 머물고 싶지는 않은, 익숙하면서도 불쾌한 바로 그 냄새.

윤다영은 창밖을 내다보다 눈살을 찌푸리며 몸을 돌렸다. 햇살 때문인 것도 같고 어떤 통증 때문인 것도 같았다. 오현주는 윤다영이 낯설지가 않았다. 이유는 알 수 없었다. 그녀는 윤다영에게서 풍겨온 냄새를 생각했다. 마지막 순간까지 망설였을까? 별관 입구에서 걸음을 돌려 병원 밖으로 나갔다 되돌아오길 반복했을까? 그때마다 구석으로 숨어들어가 담배를 피웠을까? 빈 담뱃갑을 쓰레기통에 던졌을까? 아니면 그녀처럼 마지막까지 품고 있다가 결국 데스크 위에 놓인 아크릴 통에 넣었을까. 명찰과 셔츠를 받아안고 카드키로만 개폐되는 문을 통과했을 때, 등뒤로 삐리릭 잠기는 소리가 들렸을 때, 비로소 현실을 받아들였을까? 어쨌거나 지금부터 4박 5일은 그것 없이 지내야 한다는 것을 인식했을까? 오현주 자신이 그랬던 것처럼.

그들은 그렇게 자발적으로 와 갇혔다. 4박 5일 동안의 자발적 감금 상태. 중증흡연자들을 위한 전문 금연캠프. 중증흡연자들이란 이십 년 이상 흡연을 했거나, 2회 이상 금연에 실패한 사람들을 지칭한다. 흡연은 질병. 한국표준질병 사인분류표에 명시된 명백한 질병. 담배흡연에 의한 정신 및 행동장애. 급성중독, 정신병적 장애, 기억상실증후군, 금단상태, 만성폐쇄성폐질환 등 무수한 세부 질병을 포함한 질병 중의 질병. 타인의 생명까지 위협하는 범죄 중의 범죄. 악의 근원.

출입구는 잠겼고 서약서는 손을 떠났다.

금연캠프에서 제공되는 진료, 상담, 교육에 성실히 임할 것을 서약합니다. 금연캠프 입소 지침을 준수하겠습니다. 담배를 소지하거나 흡연을 할 경우, 타 입소자에게 흡연을 선동하거나 사기 저하를 유발할 경우, 금연캠프 수칙을 위반하였을 경우, 강제 퇴소 당할 수 있음을 확인했습니다. 프로그램 이수를 하지 못할 경우 참가 보증금은 환급되지 않으며, 약물치료로 발생한 진료비 및 약제비 등은 추가로 부가됨을 인지하였습니다. 제공하는 모든 건강 정보가 치료 및 연구 목적으로 사용될 수 있음을 허락합니다.

전문 치료형 금연캠프 7기 참가자는 모두 스물일곱 명이었다. 여자가 한 병실에 여덟 명, 남자가 세 병실에 열아홉 명. 상주하는 간호사는 매일 아침저녁으로 혈압과 체온, 일산화탄소, 혈당 등을 체크하면서 입소자들의 건강 상태를 관리한다. 신경정신과, 가정의학과, 내과 검진과 상담을 비롯해 여섯 개 기관의 전문교육이 포함되어 있다. 여섯 명의 스태프들은 잡다한 모든 일들을 처리하며, 이동시 구급상자를 들고 앞뒤 좌우에서 가이드 역할을 한다. 자주 있는 일은 아니지만 금단증상이나 혈당 저하로 위급 상황이 벌어질 수도 있으므로, 응급처치 훈련을 받은 사람들이 함께하는 것이다.

오징어와 인삼 쟁탈전은 스태프 둘이 더 들어와 반강제로 수거한 후에야 끝이 났다. 괜히 사과를 꺼내서, 오징어만 아니었으면, 괜히 오징어는 받아들어가지고. 궁시렁거리는 소리가 들리다가 이내 잦아들었다. 마침 작성해야 할 각종 서류들이 도착했으므로, 그들은 모두 각자의 침대에 올라가 간이 테이블을 펼치고 조용히 볼펜을 들었다. 참가신청서, 서약서, 주의사항 확인서, 그리고 열 페이지가 넘는 심리검사지까지.

'매우 그렇다'에서 '매우 그렇지 않다'까지 모두 7단계. 당신의 상태를 체크하시오.

나는 지금 당장 담배를 피우고 싶다.

지금 담배를 피우는 것보다 더 좋은 것은 없다.

가능하다면 지금 담배를 피울 것이다.

내가 지금 담배를 피울 수 있다면 지금 하는 일들을 더 잘할 수 있을 것 같다.

내가 지금 가장 원하는 것은 담배이다.

나는 지금 담배를 너무 피우고 싶다.

지금 담배를 피우면 담배 맛이 좋을 것 같다.

나는 지금 담배를 위해서라면 어떤 것이라도 할 수 있다.

담배를 피우는 것이 나를 덜 우울하게 만든다.

나는 가능하면 당장 담배를 피울 것이다.

……매우 그렇다.

두번째 날—니코틴은 죄가 없다

문서연(56세) 저부터요? 언제 처음 피웠냐면, 국민학교 때부터 제가 할머니 담뱃불을 붙여드리고 그랬거든요. 그때부터 주구장창 피웠다는 게 아니라, 잠재력이 있었다는 거죠. 거부감이 하나도 없었으니까. 아무튼 삼십 년 가까이 계속 피웠는데, 재작년에 사달이 난 거예요. 종합검진을 받았는데, 신장이 안 좋다고 정밀검사를 받으라는 거예요. 삼분의 이를 잘라냈어요. 그래서 제가 술은 끊었잖아요. 그 좋아하는 술을. 그런데 담배는 안 되는 거예요. 나름 사업을 하고 있는데, 벌써 이십팔 년째인데, 사업이라는 게 이게 사실 여자가 할 일이 아니거든요. 고객이 다섯 살부터 육십 칠십 살까지 거의가 남자들인데, 아주 별 이상한 놈들이 다 와요. 이게 나름 사치품이라, 엑스박스, 플레이스테이션, 스위치, 이런 게임기로 제가 한 우물을 판 거죠. 그래서 제가요, 돈 많이 벌었어요. 명품 이런 거 다 사봤어. 그럼 뭐 해요, 일곱 시간 대수술 받고 신장은 반도 안 남았는데. 그것 말고도 많아요. 얼마 전에 넘어져서 무릎도 깨졌죠, 당뇨도 왔죠. 한 달에 팔백만원씩 주고 면역력 높이는 약 먹고 치료해서 복귀를 했잖아요? 그런데 이게 아는 동생이라고 맡겨놨더니 완전 속여먹고 해 처먹고 아주 난리도 아냐. 스트레스 받으니까 또 피우는 거야. 사람들은 다 끊은 줄 알잖아요. 그렇게 아팠으면서 설마 또 피우겠어. 그러니까 숨어서 몰래 피우는 거야. 아우 나 진짜 미친년 아냐? 이러다가 죽는 거 아냐? 울기도 많이 울었어요. 그럴수록 더 피우는 거야. 미친년미친년 계속 욕하면서. 그래서 안 되겠다 하고, 여기 전화했는데, 다 찼다는 거야. 올해는 이제 끝이라고. 그래서 누구야, 장빛나 선생님인가, 아무튼 담당자분한테 꼭 좀 해달라고 부탁 부탁을 해서,

혹시 안 오는 분 있으면 넣어주겠다고 약속을 받았는데, 어머나 일주일 전에 취소자가 진짜 나온 거야. 하느님 부처님 베토벤님 감사합니다 그러고 왔는데. 걱정도 되고 긴장도 되고 아우 막 그냥, 내가 어제 한숨도 못 잤잖아요. 나 진짜 담배 끊어야 돼요. 안 그러면 죽어요, 그러니까 도와주세요. 네?

이금순(62세) 우리 남편이 참 착해. 돈 착실히 벌어오고, 가족들 위하고, 또 나를 얼마나 귀하게 여기고, 지금까지 큰소리 한번 낸 적 없고, 아주 신사 중의 신사야. 그런데 내가 식당 한다고 싹 말아먹고, 또 뭐 한다고 싹 말아먹고, 대출까지 받아줬는데 사기당해서 홀라당 날려먹고, 얼마나 억울하고 미안한지, 안 되겠다 싶어 편지를 써놓고 집을 나왔어. 찾지 마소. 미안해서 내가 살 수가 없소. 잊어버리소. 진짜 그렇게 썼다니까? 그러고는 춘천 어딘가로 갔어. 연고가 있었던 게 아니라, 어쩌다 간 게 거기였던 거지. 먹고는 살아야 하니까 숙식 제공되는 식당을 찾아들어갔지. 유명한 닭갈빗집이었는데, 조선족 여자랑 방을 같이 썼어. 그런데 이 여자가 맨날 징징 펑펑 울면서 담배를 피우는 거야. 고향 그립다고. 그러면 나도 눈물이 나고 같이 담배도 피우고. 그때 시작했네 담배를? 괜찮더라고. 그런데 신랑이 어찌 알고 거기까지 찾아온 거야. 모르지 어떻게 찾아왔는지. 내가 안 물어봤응게. 신랑이 담배 한 대 피워 물고는 나한테 그래. 다 잊어버리고 그만 돌아갑시다, 돈은 또 벌면 되제. 그래서 내 그랬지. 그 담배 하나 줘보라고. 착한 신랑이 그걸 또 줘. 담뱃불까지 붙여줘. 그래서 내가 보란듯이 후우, 연기를 길게 뱉었어. 보란듯이. 그럼 정떨어져서 돌아갈 줄 알았지. 그런데 남편이 그러데? 젖 줄 애가 있는 것도 아니고 맘껏 피우소, 피고 잡은 대로 맘껏 피우소. 그러니 어째. 돌아가야지. 그때부턴 둘이 같이 피우는 거야. 차에서도 피우고 집에서도 피우고 놀러 다니면서 피우고. 아주 재미가 났지. 담배 때문에 스트레스 받은 적이 한 번도 없어. 그런데 얼마 전에 신랑이 폐부종인가로 병원 신세 지고 난 다음부터 담배를 딱 끊어뿌네. 정말 하루아침에 딱 끊어. 사이좋게 같이 피우다가 혼자 피우려니까 얼마나 심심해. 미안하기도 하고. 신랑은 괜찮다 그러는데, 에잇 나도 이참에 끊어보자 하고 왔지. 여기 데려다주면서 그러더라고, 끊으면 좋겠지만 너무 무리는 하지 말라고, 그냥 하고 싶은 대로 하고 살라고. 그러니까 더 미안해지데? 그러니 끊어야지. 끊겠다 약속하고 왔으니 끊어야지.

이정희(57세) 안녕하세요, 서초동에서 온 이정희예요. 우리 아버지가 술은 음식이니까 맘껏 즐기고, 돈은 빌리지도 꿔주지도 말고, 담배는 절대 가까이하지 마라, 늘 그렇게 말씀하셨는데, 그냥 한번 해볼까 하다 배우게 된 건데, 결혼하고 한동안은 안 피우다가 직장 다니면서 스트레스 받고 그러다보니까 다시 피우게 됐는데, 내가 누구한테 하소연하는 스타일이 아니니까 몰래 담배 피우는 걸로 혼자 해결을 하는데, 그런데 이게 완전히 중독은 아닌 거 같은 게 뭐냐면, 밖에 나가면 정말 한 대도 안 피우거든요? 일할 때는 정말 거짓말처럼 담배 생각이 안 나고 집에 딱 들어서면 그때부터 피우는데, 저 담배 피우는 거 아무도 모르거든요. 신랑도 직장이 지방이라 한 달에 한 번 오니까 모르고, 그래서 제가 담배가 급해요. 몰아서 피우고 숨어서 피우니까, 아주 빨라요. 빨리 빨고 빨리 끄고 빨리 냄새 빼고, 잠자기 전에 한 대 피우고 와야 잠이 잘 오는데, 또 잠자리에 누워서는 내가 왜 자꾸 이러나 후회하고, 내일부터는 절대로 안 피운다 해놓고는 아침에 일어나자마자 피우고, 새 담배를 변기에 다 버리고 나서는 금세 또 담배 사러 나가고, 그렇게 끊었다 피웠다 끊었다 피웠다, 시도도 많이 해봤는데, 구청 보건소 병원 이런 데 프로그램 다 해보고, 니코틴 패치도 붙여보고 니코틴 껌도 씹어보고 다 해봤는데, 길어야 일주일이나 가려나, 아무래도 담배를 끊으려고 피우는 게 아닌가, 이게 중독은 아닌 거 같은데, 또 아무 생각 없이 담뱃불을 붙이고는, 피우면서 그만 피워야지, 이거만 피우고 끊어야지, 한 대만 더 피우고 끊어야지, 내일부터는 진짜로 끊어야지, 대체 왜 이러는 걸까요?

오명자(74세) 아니 나는 뭐, 지금 이 나이에 뭐 얼마나 더 오래 살겠다고, 담배를 끊니 마니 하겠어. 그냥 피울 만큼 피우고 죽으면 그만이지. 내 목소리가 원래는 안 이래. 아주 하늘하늘 예뻤다고. 정말이야. 성대결절 수술 받고 이래. 그런데도 담배 안 끊었어. 수술하고 다음날 아침에 바로 담배 피웠다고. 이게, 친구 같고 남편 같고 애인 같고 그런데 뭐하러 끊어. 이만한 게 어디 있다고. 옛날에는 우리 할머니들 처마 밑에 주르르 앉아 담배들 피우고 그랬다고. 쪽 찐 노인네들이 주욱 앉아서 빠끔, 빠끔, 얼마나 이뻐, 응? 여자들은 몰라도 할머니들은 봐줬다고 담배 피우는 거. 할머니는 여자가 아니야, 신선이지 신선. 내 말에 토 달지 말라고. 내가 신선이라면 신선인 거지 응? 내가 남대문 큰손이라고. 하루에 조물딱거리는 돈이 얼만지 알아? 한국은행이 누님 하고 가. 나는 아쉬울 게 하나도 없는 사람이거든. 이렇게 머리 허연 신선이 됐으니까, 실컷 피우고 죽자 그랬다고. 지금 끊는다고 이 년 살 거 십 년 살아? 그런데 아 이 손자 놈이 말이야, 유치원에서 금연 교육을 받고 온 모양이야. 담배 피우는 사람 옆에 있는 사람도 죽는다고, 요상하게 배워와가지고서는, 멀리서 빙빙 돌면서 내 눈치만 보고 오질 않는 거야. 그래서 내가 걔를 끌어다가 뽀뽀를 좀 했더니, 얘가 울고불고 할머니가 자기 죽이려고 한다고 소리를 지르면서, 이제 할머니도 죽고 자기도 죽는다고 발을 동동 구르고 생난리를 치는데, 아이고 살면서 내 그런 꼴은 처음 당해봤다. 아니 유치원에서 그런 이상한 걸 가르쳐? 내가 자식이 늦어서 이제야 손주 보고, 얼마나 좋은지 그저 물고 빨고 하는데 말이야. 아 이 며느리란 년이 아주 못돼먹었지 뭐야. 이참에 담배 끊으라면서 발을 딱 끊어. 돈은 요래조래 잘도 뜯어가면서. 영어 유치원이야 뭐야 그 돈이 어느 주머니에서 나가는데. 분하고 괘씸해서 살 수가 있어야지. 그래서 내가 작정하고 왔잖아, 말도 안 하고. 여기 왔는지 몰라. 아까도 전화 왔는데 내 안 받았어. 나갈 때까지 안 받을 거야. 어디 한번 안달 좀 나보라지. 지들이 아쉽지 내가 아쉽나? 그건 그렇고 내가 여기서 나가면 복지부에다 전화하려고 그래. 가르치려면 똑바로 가르칠 것이지, 세상 이간질이나 하고 말야. 할머니가 손주 새끼도 못 안고, 이게 뭐하는 짓이야 그래? 그래서 담배 안 끊을 거냐고? 몰라, 있는 동안 생각 좀 해보고. 손주 새끼 보려면 끊어야 되려나 어쩌려나.

서희주(58세) 제가 결혼하면서 바로 유학을 갔거든요. 신랑이랑 같이. 그런데 이제 그게 바로 임신이 된 거예요. 학교는 잠시 멈추고 신랑 뒷바라지하고 애 키웠어요. 그러니까 이제 그게 우울증이 찾아온 거예요. 애 젖 먹이면서 막 울고 그랬어요. 멍하니 앉아 있고 하니까 친구가 담배를 권해요. 피울 줄도 모르고 그냥 뻐끔담배였는데, 그게 그렇게 위안이 되더라고요. 신랑도 뭐 그냥 귀엽게 봐주고. 한국 돌아와서는 안 피웠어요. 안 피웠는데 이제, 지금 제가 친정 엄마랑 같이 살거든요? 사실 가깝고도 불편한 게 친정 엄마잖아요. 게다가 치매 초긴데, 제가 아주 죽겠어요. 엉뚱한 애기를 하고 어거지를 쓰고, 나한테만 그래요. 다른 사람한텐 아주 친절하고 멀쩡하게 굴면서. 이제 팔십육 센데, 덩치도 크고 목소리도 우렁우렁하고 정말 건장하세요. 그래서 이제 제가 감당이 안 되는 거예요. 같이 화를 낼 순 없으니까, 심호흡이라도 하려고 담배를 피우는 건데, 연기를 내뱉을 때 가슴이 뻥 뚫리거든요. 애아빠하고 요양원, 아니 실버타운에 모시자고 얘기중이에요. 분당에, 시설이 꽤 괜찮은 곳이 있는데, 그게 훨씬 현명한 생각이라고, 다른 사람들이 다 그러더라고요? 집에서 지지고 볶고 하느라 진 빼지 말고 전문가한테 맡기는 게 더 낫다구. 친정어머니만 아니면 담배 끊을 수 있을 거 같아요. 제가 몸도 약하고 혈압도 낮고 그래서 먹는 약이 정말 많거든요. 그런데 이제 담배까지 피우니까 몸이 감당이 안 돼요. 저도 살아야 하잖아요. 정말 못살겠어요. 피가 말라서.

김숙희(59세) 난 담배 피우면 안 되는데. 후두에 용종이 생겨서 세 개 떼어냈고, 갑상선 수술도 했고, 뇌가 뭐 어쩌구저쩌구해가지고서는 평생 약을 먹고 살아야 된다고. 혈압 당기는 일이 하도 많아서 고혈압까지 있어. 성질 급하면 그렇잖아. 내가 그냥 들이받는 스타일이야. 이렇게 말랐어도 힘은 아주 쎄다고. 그런데 인하대 교수님이, 내 목 봐주시는 분인데, 그분이 약 처방전 내주면서 이게 마지막이래. 담배 안 끊으면 앞으로 찾아오지 마세요, 이래. 안 끊을 수가 없는 거지. 목 댕가당 안 하려면 끊어야지. 내가 애기 가졌을 때 속이 메스꺼워서 피우기 시작한 거거든. 뭘 먹어도 다 토해. 이러다 내가 먼저 죽겠다 싶어서, 안 되겠다 떼어버리자, 산부인과에 갔어. 접수까지 다 하고 기다리는데, 옆에서 누가 담배를 피워보래, 입덧에 그거만한 게 없다고. 그래서 피워봤더니, 어라? 메스꺼운 게 딱 멈추네? 그래서 뭐, 죽이는 것보다 낫겠다 싶어서, 그냥 돌아왔지. 담배 아니었으면 우리 아들, 세상에 태어나지도 못했어. 그날 저세상 갔지, 켁. 그러니 얼마나 고마워 담배가? 우리 아들이 지금 서른다섯이야. 그러니까 삼십오 년을 계속 피웠다는 건데, 교수님이 끊으라니까 끊어야지. 그런데 이게 또 혈압 오르는 일 생기면 안 피울 수가 없잖아? 사람 사는 일이 뭐 다 그렇겠지만. 그게 문제야. 사느냐 죽느냐 응? 그거 있잖아 문제로다 응? 끊느냐, 죽느냐. 당신들도 살고 싶으면 담배 피우지 마.

오현주(49세) 저는 지금까지 담배를 끊어야겠다고 생각해본 적이 없어요. 그냥 처음부터 담배가 좋았고, 지금도 좋아요. 특별히 아픈 데가 있는 것도 아니고. 누가 피우지 말라고 하는 것도 아니고. 대학 입학식 날 선배들한테 내가 가르쳐달라고 해서 배운 건데, 정말 기침 한번 안 하고 바로 피웠잖아요. 그땐 담배를 피우는 게 당연해 보였는데. 대학 교정, 담배, 낭만, 해방, 청춘. 그런 게

다 하나였는데. 아침에 일어나서 커피 한 잔에 담배 한 모금이면 기분이 참 좋잖아요. 뇌가 쫙 오그라들면서 몸이 팽팽해지는 느낌이랄까? 제가 좋아하는 사람들도 다 애연가예요. 흡연가가 아니라 애연가요. 카뮈가 피웠다는 골루아즈, 그거 구하려고 첫 해외여행을 파리로 갔잖아요. 골루아즈. 담배의 여신이죠. 저희 할머니는 열네 살부터 담배를 피웠다는데 칠십 년을 피우고 가셨거든요? 아주 정정하셨어요. 욕실에서 넘어지지만 않았으면 백수도 문제 없으셨을 거예요. 엉치뼈가 바스라져 수술을 했는데, 수술은 잘 끝났는데 마취 깨고 난 다음에 갑자기 쇼크가 와서 돌아가셨어요. 담배 때문이 아니라요. 제가 할머니 닮아서 폐가 아주 튼튼해요. 술 담배 안 하고 살아도 암에 걸릴 사람은 다 걸리게 되어 있어요. 내력이 그렇게 중요하다니까요. 제가 뭐 대단한 유전자를 물려받았다는 게 아니라, 우리 집안에 암은 없으니까, 폐암 때문에 죽을 거 같지는 않아요. 아무튼 흡연도 그냥 좀 자연스럽게 놔두면 좋겠어요. 요즘엔 정말 너무들 한다 싶어요. 국가가 나서서 왜 이렇게 토끼몰이를 하는지. 앗, 저 이러다 여기서 쫓겨나나요? 선동죄로? 서약서에 사인도 했는데? 아무튼 제가 약간 반동 기질이 있어서. 그럴수록 안 끊는다, 목숨 다 바쳐 담배를 지킨다, 뭐 그런 생각이었거든요. 금연 생각은 진짜 진짜 한 번도 안 해봤어요. 그런데 갑자기, 내년에 오십이 되는데, 뭔가 인생이 허무해지고, 가슴이 답답하고 그러는데, 갑자기 지긋지긋한 거예요. 어떻게 이렇게 오랫동안 계속 좋아할 수가 있지? 삼십 년씩이나? 갑자기 바보 같다는 생각이 들잖아요? 그래서 헤어지기로 했어요. 네에, 담배하고요. 일단 일 년만 끊어보고. 담배 없이도 살 수 있는 걸 보여주고, 괜찮다 싶으면 계속 안 피우고. 그런데 전 딱 끊을 수 있을 거 같아요. 시작할 때처럼, 끝낼 때도 멋있게. 멋진 게 중요하니까요.

윤다영(35세) 담배는 중학교 1학년 때부터 피웠어요. 처음엔 할아버지 담배 훔쳐 피웠어요. 할아버지 돌아가시니까 담배 구할 데가 없었어요. 친구들하고 돈 모아 아저씨들한테 사달라 했어요. 잘될 때도 있었는데 나쁜 아저씨들 있었어요. 쓰레기통 뒤지기 시작했어요. 재떨이 뒤지고 길바닥 훑고. 정말 더러웠어요. 가래침 막 묻어 있고. 쓰레기년 된 것 같았어요. 걸으면서도 담배꽁초밖에 안 보였어요. 장초 주우면 모아뒀다가 집에 들어가기 전에 몰아서 피웠어요. 어떻게 하면 담배 구할 수 있을까 그 생각만 했어요. 구걸하기 시작했어요. 주로 편의점 마을버스 내리는 데 서 있었어요. 버스 내리면 사람들 담배부터 무니까. 처음엔 괜찮았어요. 한 갑씩 사주는 사람 있었어요. 그런데 다들 절 알아보는 거예요. 담배 구걸하는 계집애라고. '담배 하나만'. 제 별명이에요. 저기 담배 하나만 지나간다. 꼬마들이 그래요. 엄마가 동네 창피하다고 밖에 못 나가게 했어요. 밖에 나갔다 들어오면 옷 가방 다 뒤져 담배 라이터 찾아내요. 쓰레기통 뒤지면 짜증나요. 정말 쓰레기 거지 같아요. 그래도 뽄드 빠는 것보다 낫잖아요? 그건 정말 무서운 거니까. 친구들 뽄드 많이 했는데, 전 한 번도 안 했어요. 직장이요? 저 같은 쓰레기년 누가 채용해요. 편의점 알바 한 번 했었는데, 담배 때문에, 자꾸 왔다갔다하니까, 사흘 만에 나가라 했어요. 지금도 담배 하나만 생각해요.

여러분은 잘못이 없어요. 그냥 잘못 배웠던 것뿐이에요. 제대로 배울 기회가 없었던 거예요. 스트레스 회복 능력, 자기 조절 능력, 문제 대처 능력, 이런 건 그냥 저절로 얻어지는 게 아니에요. 발달시켜야 하는 거예요. 지금까지 여러분들은 담배한테 다 맡기셨어요. 담배만큼 쉬운 게 없으니까. 그것 말고 다른 걸 할 줄 몰랐으니까.

니코틴이 뇌에 도달하기까지 얼마나 걸릴까요? 7초예요. 정말 빠르죠. 그보다 빠른 건 마약 말고 없어요. 담배회사들은 엄청난 돈을 들여서 연구해왔어요. 어떻게 하면 그 시간을 더 줄일 수 있을까. 단맛을 가미하면 1초가 준다는 사실을 알아냈죠. 또 어떤 맛을 가미할까, 어떤 향이 좋을까. 어떤 성분을 넣을까. 커피? 박하? 그렇게 0.1초씩 줄여가면서 계속 진화를 해왔어요. 그래야 고객을 늘릴 수 있으니까. 늘리기만 하면 붙잡고 안 놔주는 건 뇌가 알아서 할 테니까. 그걸 어떻게 이겨요. 못 이겨요. 이렇게 될 수밖에 없었던 거예요.

담배, 네 좋은 친구였죠. 애인이었죠. 자식 같았죠, 맞아요 담배가 그 기능들을 해왔어요. 스트레스 받을 때 심심할 때 즐거울 때, 여러분 곁에는 언제나 담배가 있었을 거예요. 이걸 대체할 만한 걸 만들어두지 않으면, 결국 다시 돌아가요. 참는 걸로 안 돼요. 담배를 피우고 싶은 마음. 인정하세요. 억압할수록 거짓말을 해요. 이렇게까지 참았는데 한 대 피우는 건 괜찮아. 결국엔 내가 나를 속여서 피우는 거예요. 이제부터 하실 거는 그 양가감정을 인정하시는 거예요. 좋은 친구였어. 그런데 이제는 다른 친구를 좀 만나볼까 해. 담배 피우고 싶다? 딱 3분이에요. 3분만 다른 걸 해보시는 거예요. 그냥 숨만 쉬세요. 지나갈 거예요. 한두 시간 후에 또 오겠죠? 그럼 또 3분 스트레칭을 하는 거예요. 그렇게 3분씩 쌓아간다고 생각해보세요. 감각이 살아나고 미각이 돌아오고 간이 심심해지고 건강해지고 고혈압이 없어져요. 담배를 안 피우니까 이런 보상이 와요. 우리 뇌는 보상에 움직여요. 담배 대신 다른 걸 하면 뭐가 좋아질지를 생각해두세요.

여러분은 단순하게 생각하고 오셨겠지만, 제 목표는 여러분들의 생활양식을 근본적으로 바꿔보는 거예요. 이 기회에 여러분의 생활을 돌아보고, 금연을 수단으로 해서 여러분 삶의 질을 향상시키고 싶은 거예요.

사실 니코틴은 죄가 없어요. 그냥 자기 일을 한 것뿐이에요. 여러분도 죄가 없어요. 방법을 몰랐을 뿐이에요. 지금까지 어땠는지는 생각하지 마세요. 이제 차근차근 배워갈 거예요. 조급해하지 마세요. 하실 수 있어요. 본인에게 관대하세요. 남들은 잘하는데 하면서 비교하지 마세요. 못할 수 있어요. 고작 며칠 만에 수십 년 해온 걸 끊는다는 건 정말 어마어마한 일이잖아요? 이제부터 어린애가 되셔야 해요. 어린애들은 처음부터 하나하나 배워가잖아요? 배워야 다시 안 하잖아요? 그러니까 여러분은 어린애처럼 다시 배워가시는 거예요. 여태까지 오해하고 있었던 것. 잘못 알고 있었던 것. 그걸 배우고 외우는 거예요. 단어 외우듯이. 저희가 도와드릴게요.

세번째 날—니코틴의 자리

잠에서 깨어난 서희주는 몸이 가볍게 느껴졌다. 어린애처럼 새로 태어난 기분이었다. 뒤척임도 없이 푹 자고 일어난 것이 얼마 만인지 몰랐다. 손 싸개도 잊어버리고 잤다. 살펴보니 새로 물어뜯은 상처도 없었다. 보통 때 같았으면 손톱 주변이 남아 있지 않았을 것이었다. 베갯잇이 피범벅일 때도 있었다. 평상시에는 괜찮았다. 자는 동안에만 그랬다. 밤에는 뜯고 낮에는 치료했다. 무의식은 그렇게나 힘이 셌다. 이제 더이상 손 싸개가 필요 없을지도 몰랐다. 희망찬 아침이었다.

어이구 이제 사람 얼굴이 좀 나오네. 오명자가 실실 웃으며 서희주 쪽으로 다가갔다. 머리 세팅에서 마스카라까지 완벽하게 마친 상태였다. 보라색 원피스 실내복에 호박 귀걸이까지. 서희주의 눈에는 좀 과하다 싶었지만 내색은 하지 않았다. 어머나 일찍 일어나셨나봐요, 벌써 준비를 다 하시고. 일찍이 아니라 밤새 변소 가느라 못 잤잖아. 거기는 아주 죽은듯이 자더만, 코를 쌕쌕 골면서. 어머나 제가 코를 골아요? 저 코 안 고는데? 그쪽은 쌕쌕, 저쪽은 푸푸, 이쪽은 드렁드렁, 아주 재미지더라구. 진짜 세상모르고 잤어요. 병원 체질인가봐? 이틀 만에 얼굴이 아주 뽀얘졌어? 처음에 들어올 때는 시커머니 귀신 같더니.

서희주는 오명자의 말에 숨은 가시를 느꼈다. 딱 친정 엄마 말투였다. 무언가 들킨 기분이었다. 남편은 그녀에게 잠시 떠나 있기를 권했다. 마음이 자꾸 오락가락하니 내린 방도였다. 캠프 신청을 먼저 하고 엄마의 입소 날짜를 맞췄다. 바로 오늘이었다. 그녀가 없는 사이 남편이 알아서 처리할 것이었다. 그녀는 손대지 않아도 되었다. 분당에서 제일 좋은 요양원이었다. 시설은 넘치게 완벽했다. 갑자기 이가 근질거렸다. 유치가 나기 시작한 갓난쟁이처럼. 그녀는 손바닥으로 얼른 입을 가렸다. 오명자가 놓치지 않고 물었다. 손이 왜 그래? 아 이거, 제가 밤새 물어뜯는대요, 평상시에는 안 그러는데. 자면서? 네. 스트레스 땜에? 네. 애도 아니고 다 큰 어른이? 네. 이빨로? 네. 차라리 남편을 물어뜯어, 자기 몸 뜯지 말고. 서희주가 웃으며 대답했다. 네, 그럴게요.

오명자는 혀를 쯧쯧 차고는 리모컨을 가지고 침대로 돌아와 앉았다. 채널을 찾아 고정하고 볼륨을 높였다. 일단은 〈아현동 마님〉 끝나면 〈용왕님 보우하사〉 그다음은 〈강남스캔들〉. 〈강남스캔들〉은 이제 막바지에 이르러 재미가 덜해졌지만, 그래도 아직 들통날 악행이 남아 있어서 볼만했다. 출생의 비밀이고 암투고 음모고 계략이고를 떠나서, 부유한 회장님을 둘러싼 쟁탈전은 언제 봐도 흥미진진했다. 돈을 쥐고 있어야 자식들에게 무시를 안 당하지. 오명자는 거의 모든 지혜를 드라마에서 얻었다.

회진과 함께 공식적인 일정이 시작되었다. 혈압, 혈당, 일산화탄소 측정. 체내 일산화탄소 수치는 금연의 바로미터였다. 첫날 10~20 정도였던 수치는 하루 만에 한 자릿수로 내려갔고, 거기서 반으로 내려가 2~5를 오갔다. 폐가 깨끗해지고 있다는 명백한 증거였다. 보십시오. 담배를 며칠 끊은 것만으로도 이런 결과가 나옵니다. 연탄가스를 마시다가 솔숲에 들어선 것과 같았다. 회진이 끝나면 아침식사가 배달되고 이어서 개인별 투약 여부를 확인했다. 대부분 당뇨 고혈압 신장 류머티즘 중 한두 가지 조합으로 병을 앓고 있었다. 그밖에 각종 비타민과 영양제들. 그리고 모두의 챔픽스. 챔픽스는 금연 보조제였다. 니코틴이 들어왔다고 착각하게 만드는, 니코틴은 아니지만 니코틴의 역할을 대신 하는, 현재로선 가장 성공률이 높은 금연 보조제로 알려져 있다. 사흘 동안 담배 생각이 나지 않은 것은 프로그램이 아니라 챔픽스 덕분인지도 몰랐다.

뭐가 그렇게 많아요? 나도 약 많은데 이 언니는 진짜 많으시다. 문서연이 김숙희의 약을 들여다보며 물었다. 나도 몰라 먹으라니까 먹는 건데, 이건 목에 먹는 거고 이건 고혈압, 항산화제, 비타민D, 이건 비타민 뭐냐, 암튼 그렇고 이건 머리 영양제. 머리 좋아지는 약이에요? 무슨 오일 같은 거예요? 이정희가 관심을 보이며 다가갔다. 그게 아니라, 그러니까 이게 사연이 있어. 어머 재밌겠다, 문서연이 김숙희 옆에 바싹 붙어앉았다.

작년에 내가 손님하고 대판 싸운 적이 있거든? 그거 있잖아 맥주병 담아놓는 플라스틱 박스. 그걸로 맞았다고 머리를. 나도 욕디지게 해줬으니까 쌤쌤이긴 한데. 다음날 머리가 진짜 깨지게 아픈 거야. 뭐가 문제가 있구나 했지. 이거 친 놈이 돈 많은 놈인 걸 내가 알고 있었거든? 그래서 이놈 어디 당해봐라 하고 병원에 갔지. 아무 이상 없대. 그런데 잘 오셨대. 뭔 말이냐 그랬더니, 원래 내 뇌가 이상하게 생겨먹었다는 거야. 호두로 치면 바싹 말라서 곧 바스라지게 생긴 거라나? 조금만 늦었으면 큰일날 뻔했다고. 바로 시술받았어. 전신마취하고 무슨 관 심어서 넓히고. 그러고도 뇌 영양제는 계속 먹어. 좋은 약이라고 이게. 아무나 처방받을 수 있는 약이 아냐. 대뇌동맥류. 시술 이력 딱 나오니까 주는 거지.

어머나 다행인 거네. 그놈한테 돈은 좀 뜯어냈어요? 뜯긴 뭘 뜯어. 내가 장어 샀는데. 엥? 왜애? 돈을 왕창 뜯어냈어야지, 돈 많은 놈이었다면서요? 이 언니 진짜 머리 돈 거 아냐? 진단비 치료비 어쩌구 다 해서 이천 나왔는데 실손보험에서 이천칠백사십 받았어. 지네들이 알아서 그렇게 책정하더라고? 돈이 남잖아. 일인실 썼는데도 다 됐다고. 그래서 가만 생각해보니까, 야 이눔아 네가 나를 살렸구나, 그래서 내가 전화해서, 나와, 그랬지. 그러고 강화까지 가서 장어에다 술도 아주 비싼 거 샀다고 내가.

어머나 웬일이래, 돈을 왕창 뜯어야지. 그눔은 뭘 잘했다고 장어를 얻어먹어? 미쳤어 미쳤어. 문서연은 한몫 챙길 수 있는 기회를 놓쳤다며 아쉬워했다. 오현주는 뇌 영양제를 처방받을 수 있는 방법에 대해 물었다. 이금순과 이정희는 실손보험으로 받을 수 있는 것과 받을 수 없는 것에 대해 왈가왈부했다. 오명자는 드라마에만 집중했다. 옆 사람의 부풀어오른 뇌보다는 회장님의 뇌출혈이 더 중요했다.

서희주는 환기를 하려고 창가로 갔다가 윤다영의 손을 보았다. 윤다영은 엄지손톱 주변의 거스러미를 떼고 있는 중이었다. 아주 느린 동작으로 세심하고도 집요하게 손가락을 움직였다. 보지도 않고 손의 촉감만으로 정확하게 거스러미를 찾아냈다. 윤다영의 손은 이미 다른 생채기로 가득차 있었다. 손톱은 물론 손가락 마디마디 손등 손목 할 것 없이 상처와 흉터로 뒤범벅이었다. 그녀는 밤새 자신이 해왔던 일을 눈으로 직접 목격하고 있는 것 같았다. 서희주는 불쾌했다. 저런 쓰레기 같은 애랑 같은 습관을 가지고 있다니. 그녀는 도망치듯 병실 밖으로 나갔다.

윤다영에 관해서는 방안 대부분의 사람들이 서희주와 비슷한 마음이었다. 그룹 상담 후 참가자들 사이에는 일종의 동지애가 형성되었다. 고백을 한 것만으로도 서로 위안받은 느낌이었다. 같은 문제를 가진 사람들이 합심해서 역경을 헤치고 어려움을 함께 극복하여 동일한 목적을 달성할 수 있으리라는 신뢰와 믿음. 그것이 바로 모든 캠프의 존재 의미였다. 서로 보듬고 응원해주는 아군과의 야영. 하지만 윤다영은 거기 포함되지 않았다. 아무리 목적이 같다 해도 동지가 될 수 없는 사람이 있는 법이었다. 윤다영은 외면하고 싶은 어떤 것이었다.

오현주는 윤다영이 입구를 지나갈 때마다 자기 몸냄새를 확인했다. 자신이 입고 왔던 외투에 밴 담배 냄새가 역겹게 느껴지기 시작했다. 누군가는 그동안 자신에게서 윤다영과 비슷한 냄새를 맡았을지도 모른다고 생각하자 기분이 아주 더러웠다. 그래서 오현주는 반드시 담배를 끊고야 말겠다고 다짐했다. 윤다영과 같은 냄새를 풍기며 살 수는 없었다.

이금순은 윤다영과 동갑인 자신의 딸을 떠올렸다. 그녀가 식당을 하느라 집안일을 돌보지 못하는 동안 그녀의 딸은, 망원동 시장 골목에서 본드를 빨았다. 본드며 담배며 사내 새끼들이며. 결국 본드에 취해 해롱거리는 현장을 목격하고는 고시원으로 내쫓아버렸다. 네 맘대로 하고 살아라. 그 꼴을 보며 속을 끓이느니 눈앞에서 치워버리는 게 나았다. 그나마 얼굴도 반반하고 귀염성도 있어서 지금은 남자 잘 만나 예쁨받으며 잘살고 있지만, 그때를 생각하면 아직도 몸서리가 쳐졌다. '뽄드는 무서운 거니까'. 저런 쓰레기년도 무서워한 본드를 내 딸년이. 누가 알까 두려웠다.

이정희는 버린 담배를 찾아내느라 골몰하던 순간들이 떠올랐다. 담배가 떨어지면 재떨이에서 장초를 찾아 피우는 건 흔한 일이었다. 그래도 그건 자기가 피우고 버린 것이었다. 제 침이 묻고 제 가래 속에 묻혀 있던 것. 생각해보니 음식물 쓰레기통에 버린 담배를 꺼내 드라이기로 말린 적도 있었다. 쓰레기년. 윤다영이 그 말을 내뱉었을 때, 이정희는 소스라치게 놀랐다. 언젠가 그녀도 자신에게 비슷하게 말한 적이 있었다. 난 쓰레기야, 라고.

오명자 역시 윤다영 쪽으로는 눈길도 주지 않았다. 처음 볼 때부터 낯빛이 음침하고 눈 밑이 어두운 게 영 마음에 들지 않았다. 듣자 하니 부모 피나 빨아먹고 사는 기생충이 분명했다. 그렇게 혀를 차다보면 자기 자식도 별반 다를 것이 없다는 생각에 다다랐다. 늦게 본 외동아들은 직장을 다녀본 적이 없었다. 그녀의 돈을 가져다가 말아먹은 사업만 두 손 두 발 다 꼽아도 모자랐다. 오명자는 가래를 끌어올려 뱉어버리고, 다음 회장님의 잃어버린 자식을 보기 위해 채널을 돌렸다.

그러거나 말거나, 윤다영은 하염없이 손톱 살을 쥐어뜯으며 테이블 위 일정표만 내려다보고 있었다.

9시-11시: 운동 프로그램(지하 1층 피트니스 센터)

11시: 담배의 해로움과 흡연갈망(별관 프로그램실)

12시: 중식(금연캠프 숙소)

1시-5시: 건강검진(본관 4층)

5시: 금연과 구강관리(별관 프로그램실)

6시: 석식(별관 1층 푸드미셀)

7시-9시: 금연을 위한 미술 치료(별관 프로그램실)

오늘은 정말 긴 하루가 될 것 같았다.

네번째 날—니코틴의 일

가장 먼저 금단현상이 나타난 사람은 오명자였다. 기미는 그 전 날부터 있었다. 미술 치료를 마치고 자리에서 일어나던 중 오명자는 어지럼증을 호소하며 그 자리에 주저앉았다. 밤 아홉시까지 이어지는 일정을 소화하기에 체력적으로 무리가 온 것인지도 몰랐다. 아니면 챔픽스의 부작용일지도. 하지만 문서연이 '금단이야 금단, 금단증상이라고!' 몸서리치며 소리를 질렀을 때, 오명자의 그것은 금단현상으로 확정됐다. 악마를 지목하는 듯한 말투였다. 문서연은 진심으로 걱정했다. 어쩌면 자신에게도 찾아올지 모를, 아니 언젠가 반드시 올 것이 분명한, 절체절명의 위기이자 수난이었으므로.

오명자는 이불을 뒤집어쓴 채 몸을 덜덜 떨며 침대에서 일어나지 못했다. 평소라면 밤새 말고 자던 헤어롤을 떼어내고 화장까지 완벽하게 마쳤을 그녀였다. 이금순은 자신도 어쩐지 머리가 어찔어찔하며 귀울음이 들리는 것 같다고 증상을 호소했다. 오명자는 오전 내내 구역질을 하며 가래를 뱉어냈다. 우엑 우에엑 웩. 그 소리 때문에 다른 사람들도 덩달아 메스꺼움을 느꼈다. 오현주가 걱정스레 물었다. 금단현상이 얼마나 오래갈까요? 글쎄, 사람마다 다르니까 모르지. 몸이 지금 쇼하는 거야. 늘 주던 걸 안 주니까. 금단으로는 일가견이 있는 이정희가 대답했다. 금단으로는 안 죽어. 간혹 쇼크가 오기도 하는데, 그건 당뇨니 뭐니 다른 병이 있어서 그런 거야. 니코틴이 참 무섭네요. 니코틴은 사흘이면 없어져. 그니까 삼 일 만에 다시 피우는 거잖아. 작심삼일이라는 말이 그냥 나왔겠어?

오전에 예정되어 있던 서래마을 산책은 비 때문에 취소되었다. 운영진은 산책 일정을 금연 교육 영상 시청으로 대체했다. 그것은 아무래도 현명한 선택이 아니었다. 보건복지부 금연 광고에, 생로병사의 비밀에, 유아 흡연위해예방교육 인포그래픽에, 담배규제기본협약 모션그래픽에, 지긋지긋하게 들어왔던 얘기들을 다양한 방식으로 반복하는 것이, 금단현상 가득한 병실에 좋은 영향을 미칠 리가 없었다. 숯검댕이처럼 까매진 폐와 쭈글쭈글한 뇌는 더이상 경각심을 주지 못했다. 담뱃갑에 적힌 뻔한 경고 문구와도 같았다. 그것은 오히려 감금된 상황을 부각시킬 뿐이었다. 움직일 수 있는 공간이란 병실에서 화장실까지 스무 걸음 남짓한 복도뿐. 다들 침대에 누워 자다 깨다를 반복하며 무료함을 견디고 있었다.

점심식사 후엔 상황이 더 심각해졌다. 오후 일정은 건강검진과 심리검사를 기초로 한 개인 면담이었다. 의사는 한정되어 있었으므로 면담을 하는 시간보다 기다리는 시간이 훨씬 길었다. 기다리는 사람은 기다리는 대로, 면담을 마친 사람은 마친 대로 지루하기는 매한가지였다. 김숙희는 평소와 마찬가지로 이불을 뒤집어쓰고 잠을 잤고, 서희주도 두 손을 꼭 모은 채 자다 깨다를 반복했다. 그나마 컬러링북을 가져다 색칠을 시작한 이금순만이 앉은 자세를 유지하고 있었다. 문서연은 끊임없이 짜증나, 를 연발하며 이곳저곳 배회하고 다녔다. 게임기를 쓸 수 없어서 짜증이 났고, 누군가 답답하게 커튼을 치고 있어서 짜증이 났고, 금단현상이 올까봐 두려워서 짜증이 났다. 짜증도 전염이 되는지 이정희는 문서연의 목소리만 들어도 짜증이 났다. 금연 교육 영상은 여전히 반복 재생중이었다.

개인 면담을 다녀온 오현주는 표정이 안 좋았다. 유전자가 어떻고 타고난 폐가 어떻고 하며 자신했었는데, 폐 시티촬영 결과가 좋지 않았다. 칠순이 넘은 오명자도 폐는 아주 깨끗하게 나왔다며 자랑을 해댔는데, 오현주 혼자만 이상 징후가 나왔다. 오현주는 의사의 설명을 복기해보았다. 기도 부분에 염증이 있는데, 큰 문제는 아니구요. 폐로 가다보면 여기 표시를 해놨잖아요. 여기 흰 부분, 이게 문제라는 건데. 이렇게 이어지는 게 혈관이고, 이건 이어지지 않고 불쑥 나타났다가 사라지잖아요. 뭔가 좀 이상하다는 건데. 염증인지 흉터인지 결절인지, 지금으로선 결절 같아요. 어쨌든 이상 징후는 이상 징후예요. 크기가 일 센티 이하 두 개니까, 이럴 땐 예후를 본다고 해요. 육 개월 뒤에 사진 찍어보고, 변화를 보고 판단할 거예요. 기고만장. 사필귀정. 인과응보. 오현주는 캠프에 참가한 후 처음으로 담배가 그리웠다. 딱 한 대만 피우고 나면 진정이 될 텐데. 오현주는 연기를 내뿜듯 입술을 모으고 숨을 길게 내쉬었다. 후우우.

아니 왜 자꾸 전화질이야 나한테. 엄마가 알아서 하라고. 그걸 꼭 나한테 전화해서 일일이 보고를 해야겠어? 전화를 받던 문서연이 갑자기 소리를 질러댔다. 복도 끝까지 전해질 정도로 카랑카랑한 목소리였다. 아 짜증나 진짜. 알아서 하라고, 구워먹든 삶아먹든. 그렇게 짜증나면 망치 들고 가서 머리통을 부숴버리든가. 칼로 쑤셔버리든가. 엄마 맘대로 해. 깜빵은 내가 대신 가줄 테니까. 엄마 한탄 듣고 있으면 내가 돌아버리겠어. 나 지금 병원이거든? 그만 짜증나게 하고, 전화 끊어. 아픈 거 아니고, 알 거 없어, 상관하지 말라고. 끊어, 끊으라고 그냥. 끊어엇!

모두가 고개를 돌리고 눈을 질끈 감았다. 천박하기가 아주, 오명자가 입 모양만으로 말했다. 문서연이 뒤늦게 목소리 톤을 바꿔 사건의 내력을 주절주절 덧붙였지만, 그녀의 얘기에 귀기울이는 사람은 아무도 없었다. 갑자기 모든 게 지겨워지기 시작했다. 모두들 이제 그만 집으로 돌아가고 싶은 마음이었다. 무기력하게 조용했다. 내내 잠을 자던 김숙희가 불쑥 일어나더니 가방을 뒤졌다. 으하하하 자 이것들 먹읍시다, 내 깜빡 잊고 있었네. 김숙희는 손님들에게 나눠주는 거라며 홍삼맛 젤리를 꺼냈다. 이제 금연들 하시면 이 맛에 익숙해져야 한다고 응? 담배맛 젤리라고 생각들 하셔. 김숙희가 건들건들 병실을 돌았다. 다들 거절하지 않고 젤리를 받아 씹었다.

비가 계속 오네요, 비 오는 날 담배가 참 맛있는데. 오현주가 창가 쪽으로 걸어가며 말했다. 약간 커피 냄새 비슷하기도 하고. 오현주의 목소리가 촉촉했다. 저 언니 왜 저래, 커피 마시고 싶잖아. 커피는 출소하면 마셔. 이 언니는 꼭 출소라고 그런다, 여기가 감방도 아니고 출소가 뭐예요 출소가. 감방 아냐? 갇혀 있으면 감방이지 뭐가 감방이야? 이렇게 훌륭한 감방이 어딨어요. 난 쨍한 날 피우는 담배가 더 맛있던데. 그래서 일부러 겉을 살짝 구워서 피우고 그랬는데, 파삭파삭 소리가 나잖아요. 담배는 다 맛있지, 비가 오나 눈이 오나 해가 뜨나. 울면서 피워보셨어요? 당연하지, 눈물 젖은 빵이지, 울면서 담배 피워본 적 없는 사람은 인생을 논하지 말라, 안 그래? 그렇죠. 해가 쨍한 날 담배가 대마초 같은 거라면 비 오는 날의 담배는 물뽕 같은 거지. 대마초 해보셨어요? 내가 뭘 안 해봤겠어.

아우 자꾸 담배 얘기 하지 마요. 나 정말 금연해야 해요. 진짜 꿈에서도 금연 금연 그런다니까? 어제 꿈에 이주일도 나왔어. 나와가지고 담배 피우지 말라고. 자기처럼 된다고. 막 기침하면서. 기분 드러워 죽는 줄 알았잖아. 좀 잘생긴 사람 나와서 담배 피우지 말라고 하면 얼마나 좋아. 현빈 같은 애가 부드럽게 누님 담배는 몸에 해로워요, 그럼 당장 끊지, 이주일이 뭐야 이주일이. 현빈 너무 지루하지 않아요? 그럼 누가 좋아? 저 류준열이요. 그 눈 찢어진 애? 류준열이 얼마나 귀여운데요? 그런데 정말 끊으실 거예요? 나? 끊어야지. 끊으러 온 거잖아. 내일부터가 걱정이에요, 지금이야 뭐 이렇게 같이 있으니까 생각도 안 나고 그러는데. 술을 끊어야 돼. 술 먹으면 도로아미타불이야. 끊으실 수 있겠어요? 그걸 내가 어떻게 알아 오십 년을 피웠는데. 전 삼십 년이요. 나 삼십오 년. 우리 다 합치면 삼백 년 되려나? 누가 계산 좀 해봐. 적어도 이백 년은 될걸요? 그렇게 말하니까 진짜 대단하다. 옆방까지 합치면 한오백년이다 그지? 한오백년이라고? 참 징하게들 피워댔다. 그러니까 이제 끊을 때도 된 거라고. 그만 피워도 되겠어. 정말 끊을 수 있을까요, 우리가?

저는요! 갑자기 뚫고 들어오는 윤다영의 목소리. 모두가 입을 다물었다. 병실 안이 고요해졌다. 그룹 상담 때를 제외하고는 입을 뗀 적이 없던 그녀였다. 바다가 갈라지고 길이 열리듯 모두의 눈이 한곳으로 향했다. 어디선가 침 삼키는 소리가 들렸다. 윤다영이 천천히 말을 뱉었다.

저는요, 내일이면 담배를 피울 수 있다고 생각하니까, 너무 행복해요.

아, 저 씨발년.

마지막 날—아무도 모를 일

퇴소식은 오전 아홉시였다. 마지막날의 일정은 아침식사와 퇴소식 외에 다른 것은 없었다. 사람들은 이미 식사 전부터 옷을 갈아입고 가방을 챙겨 떠날 준비를 마쳤다. 몇몇 사람들은 식사를 마치자마자 가방을 들고 복도로 나와 있기도 했다. 중도 퇴소 없이 전원 목적을 달성한 성공적인 캠프였다. 스태프로 활동했던 임시 근무자들은 각자 학교나 집으로 돌아갈 터이고, 파견 나온 운영진들은 복지부 산하 금연지원센터에 있는 자기 책상을 찾아갈 것이다. 암센터연구소와 층을 나눠 쓰는 금연 베이스캠프는 다음 캠프가 시작될 때까지 잠겨 있을 것이다.

캠프 참가자들은 모두 각자 이름이 적힌 수료증을 받았다. 앞으로 12주를 금연에 성공할 경우, 그날까지 든 진료비와 약값을 돌려받을 수 있다는 증서이기도 했다. 금연캠프 성공 기념으로 함께 점심을 먹고 헤어지자 했던 문서연 이금순 이정희는 누가 먼저

랄 것도 없이 다음 기회에 만나 금연을 확인하자며 약속을 변경했다. 서희주는 캠프에 도착할 때와 마찬가지로 엘리베이터 앞에서 남편이 보낸 기사에게 캐리어를 건넸다. 오명자는 손주 얼굴에 입술을 비빌 생각을 하니 모든 금단증상이 사라졌다. 김숙희는 아는 동생에게 전화를 걸어 고양시에 있는 숯가마에서 만날 약속을 잡았다. 오현주는 자기 자신에게 상을 주는 의미로 집까지 택시를 타고 가기로 마음먹었다. 모두 손을 흔들며 서로의 안녕을 빌었지만, 다시 만날 일이 없기를 바랐다. 육지에 도착한 뱃사람들처럼 뒤도 안 돌아보고 뿔뿔이 흩어졌다. 그들이 금연에 성공할지는 그 누구도 모를 일이었다.

윤다영만이 갈 곳을 정하지 못하고 병원 입구 벤치에 앉아 있었다. 그녀의 상처투성이 손에는 전날 제출하지 않은 설문지 한 장이 들려 있었다. 매일 저녁, '매우 그렇다'에서 '매우 그렇지 않다'까지 7단계로 자신의 상태를 표시해오던 바로 그것. 윤다영은 설문지에 적힌 질문을 하나하나 오래오래 곱씹었다. 매우 어려운 질문이었다. 첫날에도 그랬고 마지막날인 지금도 마찬가지였다. 지금 당장, 가능하다면 지금, 지금 가장, 가능하면 당장. 그 단어들의 차이를 알 수 없었다. 또한 자신이 어디쯤 있는지도 자신할 수 없었다. 매우와 매우 사이 어디쯤일지.

당신은 지금 어떤 단계입니까?

나는 지금 당장 담배를 피우고 싶다.

지금 담배를 피우는 것보다 더 좋은 것은 없다.

가능하다면 지금 담배를 피울 것이다.

내가 지금 담배를 피울 수 있다면 지금 하는 일들을 더 잘할 수 있을 것 같다.

내가 지금 가장 원하는 것은 담배이다.

나는 지금 담배를 너무 피우고 싶다.

지금 담배를 피우면 담배 맛이 좋을 것 같다.

나는 지금 담배를 위해서라면 어떤 것이라도 할 수 있다.

담배를 피우는 것이 나를 덜 우울하게 만든다.

나는 가능하면 당장 담배를 피울 것이다.

확실한 한 가지는, 담배 맛이 좋았던 적은 지금까지 단 한 번도 없었다는 것. 담배는 맛이 좋아서 피우는 게 아니라는 것. 담배의 맛이라는 게 무엇인지 윤다영은 알지 못했다.

해
설

관능의 할머니, 미지의 어머니

서영인(문학평론가)

1. 기길현씨, 남명자씨

연작이라 해도 좋고 연작이 아니라 해도 좋겠다는 생각이 들었다. 천운영이 십 년 만에 펴내는 소설집 『반에 반의 반』에 수록된 단편들은 확실히 '기길현'이라는 인물을 중심에 놓은 연작처럼 보인다. 기길현 할머니는 식탐이 많고 제멋대로인 면도 있었지만, 사람들에게 베풀 줄 알고 인심을 얻는 법을 아는 사람이었다. 오래전 세상을 떠난 시아버지의 둘째 부인을 불러들여 함께 살기도 했다. 꽃놀이를 갔다가 만난 여자아이의 사연이 기길현씨와 이어지는 국면에서 연작의 범위는 더 넓어진다. 온 가족이 물놀이를 떠났던 어느 날의 기억에 부치는 「반에 반의 반」, 기길현 할머니와 시아버지의 둘째 부인이었던 순임씨의 꽃놀이를 배경으로 한 「우니」, 그리고 꽃놀이에서 만난 여자아이의 이야기인 「명자씨를 닮아서」와 「봄밤」은 기길현 할머니의 죽음을 다룬 「내 다정한 젖꼭지」에 이르러 하나의 합을 이룬다.

그런데 또 이야기를 세밀히 읽다보면 이 이야기들을 연작이라 해도 좋은가 싶기도 하다. 그도 그럴 것이 이야기의 세부 사실들이 조금씩 어긋나 있기 때문이다. 「반에 반의 반」과 「우니」, 「내 다정한 젖꼭지」에는 모두 기길현 할머니가 등장하지만 기길현 할머니를 둘러싼 배경이 조금씩 다르다. 「반에 반의 반」에서 기길현 할머니의 자식들은 딸 셋 아들 둘의 오 남매이지만, 「내 다정한 젖꼭지」의 자식들은 최소한 딸 셋 아들 셋의 육 남매이다. 「내 다정한 젖꼭지」의 기길현 할머니는 구십 세가 넘어 돌아가셨지만, 「반에 반의 반」의 할머니는 팔십사 세에 돌아가셨고, 「우니」의 기길현 할머니는 구십이 넘은 나이라고 하기에는 너무 활기차다. 이야기들의 개연성이나 디테일의 정확성을 따지고 들자는 것이 아니다. 오히려 이런 어긋남이 사실은 의도된 것이 아닌가 하는 이야기를 하려는 것이다. 어쩌면 이 소설들은 잘 계획된 이야기들이 하나의 중심으로 모여들어 아귀를 맞추는 형식 같은 것을 염두에 두지 않았던 것이 아닐까. 그러니까 이 소설들은 기길현 할머니에 대한 여러 에피소드들이 모여 기길현 할머니를 종합적으로 재현하고자 하는, 기길현 할머니의 일대기가 아닌 것이다. 오히려 기길현이라는 이름을 가진 여러 할머니와 어머니들, 같은 이름으로 모였지만 하나로 재현될 수 없는 여성 캐릭터가 만들어지고 있지 않는가.

전혀 다른 어머니가 등장하는 「아버지가 되어주오」와 「명자씨를 닮아서」가 '명자'라는 같은 이름으로 이어져 있는 지점에 이르고 보면 연작의 연관성은 더 느슨해진다. 서울 홍제동의 '남명자씨'와 미국 코네티컷의 '명자씨'는 전혀 다른 사람이다. 어린 나이에 상경하여 아홉 살 많은 남자와 결혼한 후 폭력적이고 가부장적인 남편을 참아냈던 「아버지가 되어주오」의 명자씨, 사랑하는 남자와 결혼하여 미국으로 가서 남편에게 사랑받는 것 말고는 다른 일을 몰랐던 「명자씨를 닮아서」의 명자씨에게 굳이 똑같은 이름을 붙인 까닭은 무엇일까. 제목은 물론이고 본문에도 표나게 '명자씨'라는 이름을 붙여놓은 것을 보면 이 명명에는 분명 이유가 있을 것이다. 같은 이름 아래의 다른 삶이라는 우연과 다양성을 말하는 것이라고만 정리하기에는 부족해 보인다.

가장 이질적이라 할 만한 「다른 얼굴」과 「금연캠프」에도 다른 소설들과 이어지는 어렴풋한 단서들이 있다. 「내 다정한 젓꼭지」의 기길현 할머니의 큰딸은 독일로 유학을 갔다. 선물이랍시고 치약이나 커피 같은 것을 사가지고 오는 쾰른 큰딸은 독일에 사는 「다른 얼굴」의 '그녀'나 그 근처의 한국인 이웃들과 겹쳐진다. 「금연캠프」의 '오현주'의 할머니, 열네 살부터 담배를 피워 칠십 년을 피우고 가셨다는 그 할머니는 설핏 기길현 할머니를 연상하게 한다. 연결되는 이야기든 아니든 어딘가 기길현 할머니를 연상시킬 만한 단서를 애써 남겨놓았다고 본다면, 그 이유가 무엇인지 궁금해진다. 그러니까 같은 이름으로 소설들을 묶어놓은 이유, 그러나 그 이름의 동질성에 연연하지 않는 이유 말이다. 같으면서 다른 할머니와 어머니들의 이야기라고 가정한다면 이 같고 다름은 무엇을 의미하는가. 우선 여기에 대해 질문해야 할 것 같다.

2. 가부장제, 그리고 여자의 무기는 아무래도 자궁과 젖꼭지

서울의 '명자씨'(「아버지가 되어주오」)와 미국의 '명자씨'(「명자씨를 닮아서」)는 전혀 다른 삶을 살았던 것처럼 보인다. 서울의 명자씨는 순천에서 여고를 졸업하자마자 상경하여 인쇄소 문선공이 되었다. 같은 직장의 아홉 살 많은 남자와 만나 첫아이를 낳고 일 년 후에야 결혼식을 올렸다. 남자는 가진 것 없는 사람이었지만 성실했고, 애쓰는 모습이 안쓰럽고 예뻐 보여서 명자씨는 그의 고백을 받아들였다. 그러나 결혼 전에 임신하여 낳은 딸의 눈에 아버지는 전형적인 가부장이다. 폭력적이고 권위적이고 일방적으로 가족의 삶을 좌지우지했던 사람, 어머니의 희생과 인내를 당연한 것으로 받아들이면서 왕좌를 누린 사람. 미국의 명자씨는 남편을 사랑하고 남편에게 사랑받는 일밖에 모르는 사람처럼 보인다. 남편이 갑자기 발견된 암 때문에 죽은 후에도 줄곧 남편을 그리워하고 그와 함께 얼마나 행복했는지만을 생각한다. 그녀의 남편은 다정하고 굳건하고 성실했던 사람, 죽는 날까지 '사랑해' '미안해'라고 말했던 사람이다. 그러나 이 두 명자씨의 삶은 전혀 다른 것이었을까.

그렇게 말하기에는 가부장제의 외연은 생각보다 넓고 깊고 견고하다. 아버지가 폭력적이고 권위적이든, 다정하고 건실하든 어쨌거나 가족의 질서가 그 아버지를 중심으로 만들어진다는 점에서, 어머니와 자식들의 삶은 아버지를 중심으로 한 가족의 테두리 안에서 영위된다는 점에서 가부장제의 본질은 유지된다. 서울의 명자씨가 감내한 인내와 희생이나, 미국의 명자씨가 누렸던 사랑과 보호나, 남편에 의해 주어진 것이라는 점에서 두 명자씨는 여전히 가부장제의 그늘 아래 있다. 그녀들의 행불행이 남편의 성품이나 수명에 의해 결정된다면, 삶이 아무리 꽃밭이었어도 그 꽃들의 이름을 불러줄 수가 없다. 서울과 미국에 사는 그녀들에게 같은 이름을 붙인 이유가 그렇게 먼 곳에서 전혀 다르게 사는 그녀들의 삶에 놓인 공통의 지반 때문이라고 생각해본다면, 그것은 너무 과한 해석일까.

과격한 딸들이 "어머니를 대변하고, 어머니의 역사를 복원하고, 어머니를 새로운 삶으로 인도하리라"(「아버지가 되어주오」, 42쪽) 다짐하며 아버지를 공격한다고 해도 가부장제의 노회한 성벽은

웬만해서는 타격받지 않는다. 그도 그럴 것이 늙고 힘 빠진 아버지가 좀 풀이 죽을 수야 있겠지만, 딸의 공격 때문에 졸지에 평생을 피해자로, 인내와 희생의 주인공으로 산 사람이 되어버린 어머니의 슬픔을 감수해야 한다면 이 싸움은 이겨도 지는 싸움이다. 그러니 잘난 척 말고, 결자해지의 자세로 평생을 갈고닦아온 어머니의 노하우를 좀 배울 필요가 있다. 어머니는 백전노장, 인생의 스승이다. 아버지를 이기자고 어머니를 적으로 돌리는 것은 바보짓이다. 이 우아한 어머니의 전략을 보라. 일단 이기는 자의 편에 서고 볼 일이다.

어머니의 전략이란 성공을 위한 투쟁의 역사를 '사랑의 역사'로 바꾸는 것이다. "아버지가 쓴 아버지의 역사는 투쟁의 역사였다. 그것이 어머니의 입을 통과하는 순간 사랑의 역사로 바뀌었다." (「아버지가 되어주오」, 65쪽) 사랑을 받아본 적이 없어 사랑을 할 줄도 모르고, 자기 생을 그저 싸움에 걸었던 사람. 이기고 성취하지 않으면 살아남을 수 없을 것 같아 늘 화를 내고 상대를 무시하며 자신의 삶을 지켜야 했던 사람. 그런 아버지에게 어머니는 끝없이 사랑을 주면서 사랑을 가르친다. 인내와 희생이 아니라 사랑을 주는 사람으로 자신의 위치를 정하면서. 아직 실전 경험이 부족한 풋내기인 딸의 입장에서 보자면 어머니의 전략이 너무 무모한 것처럼 보이기도 한다. 어머니는 평생 사랑을 주었으나 아버지는 그 사랑을 모를 것이다. 아버지의 투쟁의 역사가 어머니의 입을 통과하는 순간 사랑의 역사로 변했던 것처럼 어머니의 사랑의 역사가 아버지의 입을 통과하는 순간 투쟁과 정복의 역사로 바뀌는 악순환이 언제까지 계속될지 모른다. 어쩌면 어머니가 쓴 사랑의 역사는 역사의 팩트에 애써 눈감은 자기 위로의 오랜 여정이 아니었을까 의심한다면, 불경한가.

그럼에도 불구하고 어머니가 바꾸어놓은 '아버지의 역사'를 확인하는 순간 무릎을 칠 수밖에 없다. 생각해보면 어머니가 기억하는 어머니의 아버지, 소설의 화자에겐 할아버지인 그분이 그렇게까지 멋진 어른이었을 것 같지 않다. 아침에 일어나 소주 한 컵을 마시고, 밤에 잠들 때 또 소주 한 컵을 마시는 일과를 가진 박봉의 교사. 어린 딸을 애지중지하는 것 말고 생활에 별 보탬이 안 되는 사람. 주렁주렁 많은 자식들을 먹이고 키우고 교육하는 일은 아내와 어머니에게 맡겨두고 자기는 그저 좋은 아버지이기만 했던 사람. 어머니는 그런 자신의 아버지를 자애롭고 현명한 사람으로 서사화한다. 그보다 더 중요한 것은 그녀가 아버지를 '사랑과 환대'의 존재로 정의한 데 있다. 그녀가 그리는 아버지는 집안의 가장도, 가족을 건사할 책임으로 고군분투할 소명을 가진 사람도, 그래서 집안의 질서를 바로잡고 권위를 지켜야 할 사람도 아니다. 그저 어린 딸을 사랑하는 사람이다. 집안의 어른이 아니라 자식을 낳고 키우는 사람이다. 내 자식이 아니라도 새로 태어난 삶의 소중함을 알고 아끼는 사람이다. 훈육이 아니라 양육, 돌보고 지키는 사람. 원래 그것은 아버지가 해도 되는 일이었고, 알고 보니 아버지는 그걸 매우 독창적으로 잘하기까지 하는 사람이었다. 어머니는 아버지의 역사를 바꾸어놓았고, 그럼으로써 가부장제의 서사 안에서 아버지라는 상징을 없앴다.

따지고 보면 미국의 명자씨 남편도 그렇게 좋은 남편이었던 것 같지만은 않고, 명자씨의 삶도 마냥 꽃밭이었던 것은 아니다. 결혼 전에 명자씨는 극본을 쓰는 사람이었다. 아버지를 찾으러 버스를 타고 떠나는 형제의 이야기를 쓰는 사람. 사랑하는 사람의 이야기를 듣고 그 이야기를 담아 자신의 극본을 고쳐쓰는 사람. 과거의 기억 때문에 아픈 사람의 이야기를 들으면서 자신의 이야기를 더 그럴듯하게 만들 줄 아는 사람. 그러나 미국으로 온 후 명자씨가 극본을 쓸 일은 다시 없었다. 남편의 사랑을 받는 일밖에는 한 게 없는 것처럼 보이는 명자씨였지만, 사실은 많은 일이 있었을 것이다. 그렇게 행복한 그녀의 가족은 사실 장기불법체류자 신분이었고, 남편이 죽은 후 한국으로 돌아왔을 때, 수십 년을 떠나 있었던 사람이라고 생각할 수 없을 만큼 그녀는 서울의 모든 곳에 익숙했다. 사실은, 남편의 곁이 아닌 자리를 오래도록 그리워했던 것이 아닐까. 그녀가 더이상 남편의 곁을 지킬 수도 없고 지킬 필요도 없게 되었을 때, 그녀가 한 일은 전혀 뜻밖에도 아이를 낳은 것이었다. 그토록 오랜 사랑이었던 남편과 관계없는 아이, 남편을 그리워하는 일과도 새로운 사랑을 얻는 일과도 무관한 그런 아이.

여기에 서울의 명자씨와는 다른 방식으로 감행한 미국의 명자씨의 싸움이 있다. 그 싸움의 요체는 자궁의 이데올로기 없애기. 이 싸움의 전략은 사실 모호하다. 그도 그럴 것이 사랑의 결실도, 모성의 헌신도 없는 아이의 탄생에 대해서 우리는 생각보다 훨씬 더 무지하기 때문이다.

남편이 죽자 명자씨는 조기 폐경이 온다. 겨우 마흔둘의 나이에 찾아온 폐경 때문에 그녀는 충격을 받는다. 그 충격의 정체에 대한 정보는 그리 많지 않다. 사랑을 나눌 남편의 부재를 깨달은 충격인지, 아니면 남편이 죽으면서 자궁의 소용도 끝나버린 것에 대한 충격인지 우리는 알 수 없다. 그 충격을 뛰어넘는 방법은 그럼에도 불구하고 아이를 낳는 것, 그러나 그 아이의 출생에 굳이 의미를 부여하지 않는 것. 그렇다면 남는 것은 사랑을 나눌 상대가 없어도, 아이를 낳고 키우는 엄마의 역할이 없어도, 아이를 낳을 수 있고 낳기도 하는 그녀의 몸 자체다. 자궁을 갖고 있고 아이를 낳을 수 있는 그녀의 신체. 자궁에 부여된 이데올로기를 제거하고 나서도 남아 있는 그녀라는 존재. 서울의 명자씨가 가부장제에서 '아버지의 이름'을 지웠다면, 미국의 명자씨는 '어머니의 이름'을 지웠다. 아내가 아니어도, 어머니가 아니어도 명자씨는 명자씨. 이제 남은 문제는 그런 명자씨와 우리가 어떻게 만날 것인가이다.

그려보았다. 어린아이들이 팬티 바람으로 물장구를 치고 놀 때,

한편에서 저고리를 벗고 슬그머니 물속으로 걸어들어가는 한 늙은 여자를. 흰 속치마를 수영복인 양 갖춰 입고 물놀이에 동참한 늙은 여자를. 물에 젖은 늙은 몸이 환하게 빛나는 순간을. 늙어서도 줄어들지 않은 둥근 젖가슴과 붉은 젖꼭지를.(「반에 반의 반」, 96쪽)

할머니가 아니어도, 어머니가 아니어도 길현씨는 길현씨. 그런 길현씨를 환하게 빛나는 늙은 몸으로 그려내는 사람은 길현씨의 손녀, 소설가다. 아마도 이 손녀는 「아버지가 되어주오」에서 아버지를 공격하고 어머니에게 면박을 들은 그 딸이지 않을까. 명자씨가 그려낸 아버지의 서사에 가려 그 존재가 분명히 드러나지 않았던 어머니를 기길현씨라고 상상해도 좋겠다. 가부장제에서 아버지의 이름을 지운 명자씨의 은밀한 조력자. 혹은 전장의 은자隱者. 수유의 필요가 다한, 관능의 상징을 요청받지 않는 몸에서도 쪼그라들지 않는 젖가슴과 젖꼭지. 그건 그냥 기길현씨의 몸이다. 그 몸을 그대로 환하게 보아주는 시선은 할머니와 어머니의 분투 끝에 만들어졌다. 그러니 여자들의 무기는 아무래도 자궁과 젖꼭지가 아닌가. 원래의 필요에 연연하지 않고, 세간의 요청에 응답해주지 않음으로써 더 강력한 무기가 되는. 음탕하게 킬킬거리고 남부끄러워하며 한사코 그 몸을 삭제하고 싶어하는 사위와 아들들의 시선을 멀뚱하게 지워버리고 아직 내공이 부족한 손녀가 합세했다. 다복한 가족의 서사를 전장에 비유하며 굳이 싸움을 만들어버린 것이 좀 안됐기는 하지만, 싸우지 않고 얻을 수 있는 것은 없고, 싸움이라고 해서 고독하고 비장한 것만도 아니다. 일생에 걸쳐, 대를 물려가며 가늘고 길게 이어지는, 예측 불가지만 재미지고 우아하고 유쾌한 싸움도 있다는 것을 우리는 길현씨와 명자씨를 통해 배운다.

3. 핏줄도 탯줄도 없는 가족, 사명감 넘치는 딸들의 서사

핏줄도 탯줄도 없으면, 생판 남인데 굳이 여기에 가족이라는 이름을 갖다붙일 필요가 있을까. 가족의 이름을 빌리지 않아도 이들은 이미 서로 의지하고 돌보면서, 그러나 독립적으로 자기 일을 하면서 함께 살고 있는데. 아마도, 생판 남으로 함께 사는 사람들에 대해서 우리가 아직 충분한 서사를 가지고 있지 못하기 때문이거나, 아니면 이런 종류의 공동체를 집어삼키는 가족이라는 이름의 위력이 아직 막강하기 때문일 것이다. 가족이라는 이름을 떼어버리고 나면 시아버지를 매개로 만난 며느리와 어린 시어머니의 관계를, 길에서 만난 어린 양육자와 생판 남인 할머니들과의 관계를, 그 특별함을 어떻게 말하기가 어렵다. 혹은 이런 관계들마저 가족이라 불러야 안심할 만큼 우리는 그 밖의 다른 관계들을 신뢰하지 못한다.

핏줄과 탯줄로 이어지지 않아도 세상은 온통 유사 가족들로 넘쳐난다. 이를테면 독일의 시립오페라단 소속 한국인들의 모임. 이들은 비유를 끌어올 것도 없이 명백히 '가족적인' 집단이다. 「다른 얼굴」의 그녀는 그 모임의 가장 윗자리에 있는 인물로 남자들에게는 '형수님'이며 여자들에게는 '형님', 아이들에게는 '큰엄마'로 불린다. 일 년에 두 번씩 정원에서 바비큐 파티를 열고 만두를 빚어 먹고 헤어지는 모임은 유대감과 친밀성으로 가득차 있는 것처럼 보인다. 그러나 이들의 결속은 집밖의 다른 사람들을 배제하고 차별하면서 겨우 존속된다. 계기는 '큰엄마'가 겪게 된 도난 사건이다. 자신이 경영하는 스시집에서 지갑을 도둑맞은 그녀는 선량한 얼굴의 도둑이 자신의 지갑을 훔치고도 태연하게 웃어 보였다는 사실에 경악한다. 경찰서에서 용의선상에 있는 백여 명의 잠재적 범죄자의 얼굴을 보고 난 후 그녀의 평화로운 마음은 의심과 불신으로 지옥이 된다. 불행은 여기서 끝나지 않는다. 이후 거행된 예의 그 회합에서 그녀는 예전에 듣지 못한 위선의 목소리를 듣는다. 아랍인들과 자신들을 분리하고, 광부나 간호사로 온 이전 이민 세대와 자신들을 구분하면서 우리는 다르다고 말하는 사람들. 그렇게 자신들을 집단화하여 우월감을 누리면서 존재감을 확인하는 사람들. 그녀에게 언제나 너그럽고 다정한 남편도 그 집단 안에서는 다르지 않다. 중국인이나 베트남인이 경영하는 스시집과 자신의 스시집을 구분하면서 정통을 주장하는 이유가 겨우 '기꼬망 간장'이다.

웃는 얼굴로 남의 지갑을 훔쳐간 것은 그냥 범죄일 뿐, 그 범죄자가 아랍인인 것과는 아무 상관이 없다. 범죄를 범죄로 받아들이는 것과 모든 아랍인을 잠재적 범죄자 취급하고, 문제 집단으로 취급하는 것은 다른 문제다. 그러나 그녀의 정원에 모인 사람들은 아무렇지도 않게 그 문제를 뒤섞어놓으면서 그것을 자신들의 친밀과 유대를 확인하는 잡담거리로 삼는다. 꽃을 먹는 달팽이를 으깨 죽이는 천진한 아이처럼, 그들은 담소를 나누고 만두를 빚으면서 아랍인들을 멸시하고 위 세대 이민자들을 비웃는다. 범죄자의 얼굴을 일람하고 의심을 배운 그녀가 이 가족적인 화목을 박살낸다. 달팽이를 죽인 아이에게 무서운 얼굴로 소리를 지르면서, 평화로운 가든파티를 중단시키면서. 이 화목해 보였던 교포 집단은 앞으로 더이상 가족 행세를 할 수 없을 것이다.

자의든 타의든 이런 가족으로부터 이탈한 여자아이들이 있다. 미국의 명자씨의 딸, 그 아이는 아버지가 누구인지는 모르지만 확실히 어머니의 아이이기는 한 갓난 동생과 함께 기길현 할머니에게 왔다(「내 다정한 젖꼭지」「봄밤」). 그리고 대학 시절 '알바몬 언니'라 불렸던 생활력 강하고 자기 주관 뚜렷하며 관세사로 일하면서 단편 영화를 만드는 '그녀'(「우리는 우리의 편이 되어」). 그다지 유복하지 못한 성장기를 보낸 그녀는 어려서 엄마와 떨어져 살았고, 지금은 여자친구 때문에 어머니와 따로 산다. 어머니는 여자를 좋아하는 딸의 성 정체성을 이해한다고 말했으나 받아들이지는 못했다. 소설 쓰는 어머니의 친구가 딸을 인터뷰하겠다고 했을 때에도 얼굴과 이름이 나오지 않게 해달라고 부탁했다. 그녀는 자신의 여자친구를 사랑한다고 운명인 것 같다고 거리낌 없이 말하고 불우하다고 할 수도 있을 자신의 환경에 주눅들지 않는다. 그러니까 기길현 할머니와 명자씨를 거쳐 그녀들이 태어나고 자랐다. 혈연가족으로부터 벗어난 이 여자아이들에게는 아직 이름이 없다. 그리고 기길현 할머니와 명자씨의 삶을 기록하고 「우리는 우리의 편이 되어」의 그녀를 인터뷰하는 소설가. 이 딸에게도 이름이 없다. 소설과 실제를 혼동할 정도로 분별없는 사람이 아니지만 나는 이 소설가 이모를 천운영이라 부르려고 한다. 기길현과 남명자의 이름을 부르고 또 아직 이름이 없는 그녀들의 이름을 온전히 부르고 싶어하는 작가 천운영이라고.

괜한 소리는 아닌 것이 기길현 할머니와 남명자 어머니의 역사는 하루아침에 만들어지지 않았다. 이십 년 전의 「명랑」에서, 십 년 전의 「엄마도 아시다시피」에서 나는 기길현 할머니를 본 적이 있다. 작은 발과 풍만한 젖가슴을 가진 할머니는 아주 오래 천운영의 소설에서 머물면서 기길현 할머니가 되었다. 외딴 백숙집에서 홍수에 떠밀려 죽은 「명랑」의 할머니는 이제 아들 딸 손자를 골고루 거느린 대가족의 어른이 되었고, 자신보다 어린 시어머니와, 어디서 왔는지도 모를 어린 양육자까지 가족으로 불러모았다. 그러니, 「명랑」의 할머니가 지금 우리가 만난 그 기길현 할머니라고 바로 말할 수는 없지만 작가 천운영이 오래오래 할머니의 서사를 만들어왔다고, 그 이야기가 어머니를 낳고 딸을 낳고 또 딸을 낳았다고 말할 수는 있다. 그리고 이제 포기하지 않고 시를 써온 친구에게, 그리고 그 친구의 레즈비언 딸에게 '우리는 우리의 편'이라고 말해주고 있다.

한번 사랑하면 최소 이십 년은 지키는 이 뚝심과 배포를 보며 나도 괜히 가슴이 웅장해진다. 나의 경우로 말하자면 하는 일 없이 나이만 먹었을 뿐이기는 하지만, 그래도 잘 버텼더니 역사가 만들어지더라고 말하고 싶어진다. 그러니 아직 이름을 완성하지 못한 그녀들이 힘을 낼 수밖에 없겠다. 최소 이십 년은 이름을 불러줄 이모가 같은 편이니 겁먹을 필요는 없다. 기길현씨와 남명자씨의 힘을 모아, 건투를 빈다.

작가의 말

엄마는 요즘 외출을 할 때면 꼭 이렇게 말한다. 오늘이 제일 젊고 제일 예쁘고 제일 싱싱한 날이니 재미지게 놀다 와야지. 그 모습이 얼마나 예쁘고 어찌나 서러운지. 기록해두어야 했다. 오늘 제일 생생한 엄마의 기억들을. 그 몸에 쌓여온 무늬들을. 언젠가 당신이 기억해낼 수 없게 되었을 때, 그리고 언젠가 당신 얘기를 영영 들을 수 없게 되었을 때, 내가 대신 기억하고 들려줄 수 있게.

엄마의 이름은 명자다. 중학교 때 단짝 친구 어머니 이름도 명자였다. 우리는 그래서 더 빨리 각별해졌다. 반이 바뀌어도 명자라는 이름의 엄마를 둔 아이 한둘은 꼭 있었다. 성은 기억나지 않지만 아무튼 명자. 성격도 환경도 내력도 다르지만 우리 모두 명자씨의 자식들. 미자 화자 영자 정자 경자 옥자 숙자 그 세대의 흔한 자식 '자'자 이름까지 다 불러모아 명자씨. 명자씨는 어머니와 같은 단어. 그렇게 명자씨는 태어났다.

그리해서라도 되고 싶었던 모양이다 나는. 내 어머니의 엄마가. 다음 생이 아니라 지금 생에. 어머니는 나를 낳고 나는 명자씨를 낳고, 그렇게 서로의 자식으로 생을 마감할 수 있기를.

소설집을 낸 지 꽤 오래되었다. 그만큼 오래 다른 길에 있었다는 뜻이다. 그동안 다큐멘터리를 찍었고 식당을 열었다 닫았고 공부를 새로 시작했고 남극을 다녀왔다. 모두 낯선 길이었고, 두렵고 어려웠다. 누군가는 방황이라 했고 누군가는 외도라 했다. 첫 책을 냈을 때 누군가 내게 했던 충고가 생각났다. 그렇게 쓰다간 진 빠져서 오래 못 쓴다고. 그렇게가 무어냐 했더니, 취재를 통한 글쓰기랄까 너무 공들인 글쓰기랄까, 대략 그런 얘기였다. 그 사람 말대로 진 빠져서 오래 못 버티고 도망을 친 걸까?

어쨌거나 맞는 말씀. 나는 취재 없이 글을 못 쓴다. 공을 들여야 가까스로 글이 좋아진다. 타고난 소설가는 아니라는 얘기. 그래서 나는 어쩔 수 없이 계속 습득하고 거듭 공을 들여야만 한다. 그래야 쓸 수 있다. 소설이란 세상을 먹고 소화시켜 싼 똥이라고, 그때나 지금이나 한결같이 믿고 있으니까. 내 속의 것을 보여주려는 게 아니라, 나를 둘러싼 것들을 이해하기 위해 소설을 쓰는 거니까. 그렇게 해서 알게 된 게 결국 세상은커녕 나의 미욱함일지라도. 뭐라도 싸려면 뭐든 먹을 수밖에. 하지만 이 얼마나 근사한 일인가? 소설을 써서 나를 알게 되다니. 그게 바로 소설이라니. 그 길이 다 너에게 닿기 위한 길이었다.

어린 여자아이의 성기에서 출발했는데 도착해보니 늙은 여자의 젖통이다.

그 지점이 퍽 마음에 든다.

거기 도착하기까지 이십여 년이 걸렸다.

그래서 또 마음이 놓인다.

비로소 하나의 이야기를 마무리하고, 새로운 이야기를 시작할 수 있게 되었다.

나는 오래 쓸 것이다.

2023년 2월

천운영

문학동네 소설집
반에 반의 반

1판 1쇄 2023년 2월 23일
1판 2쇄 2023년 4월 15일

지은이 천운영
책임편집 김수아 | 편집 여승주 정은진
디자인 신선아 최미영 | 저작권 박지영 형소진 오서영
마케팅 정민호 김도윤 한민아 이민경 안남영 김수현 왕지경 황승현 김혜원
브랜딩 함유지 함근아 박민재 김희숙 고보미 정승민
제작 강신은 김동욱 임현식 | 제작처 천광인쇄사

펴낸곳 (주)문학동네 | 펴낸이 김소영
출판등록 1993년 10월 22일 제2003-000045호
주소 10881 경기도 파주시 회동길 210
전자우편 editor@munhak.com | 대표전화 031) 955-8888 | 팩스 031) 955-8855
문의전화 031) 955-2696(마케팅) 031) 955-2675(편집)
문학동네카페 http://cafe.naver.com/mhdn
인스타그램 @munhakdongne | 트위터 @munhakdongne
북클럽문학동네 http://bookclubmunhak.com

ISBN 978-89-546-7202-3 03810

잘못된 책은 구입하신 서점에서 교환해드립니다.
기타 교환 문의 031) 955-2661, 3580

www.munhak.com